## İSKENDER PALA

1958, Uşak doğumlu. İstanbul Üniversitesi Edebiyat Fakültesi'ni bitirdi (1979). Dîvân edebiyatı dalında doktor (1983), doçent (1993) ve profesör (1998) oldu. Dîvân edebiyatının halk kitlelerince yeniden sevilip anlaşılabilmesi için klasik şiirden ilham alan makaleler, denemeler, hikâyeler ve gazete yazıları yazdı. Seminerleri ve konferansları geniş kitleler tarafından takip edildi ve "Dîvân Şiirini Sevdiren Adam" olarak anıldı. Bazı çalışmalarıyla Türkiye Yazarlar Birliği Dil Ödülü'nü (1989), AKDTYK Türk Dil Kurumu Ödülü'nü (1990), Türkiye Yazarlar Birliği İnceleme Ödülü'nü (1996) aldı. Hemşehrileri tarafından "Uşak Halk Kahramanı" seçildi. *Babil'de Ölüm İstanbul'da Aşk, Katre-i Matem, Şah&Sultan, OD, Efsane, Mihmandar, Karun ve Anarşist, Abum Rabum* ve *İtiraf,* adlı romanlarının baskıları yüz binlere ulaştı, ödüller aldı ve yabancı dillere çevrildi. Nisan 2019'da *Kalp* isimli kitabı yayımlandı. Türk Patent Enstitüsü tarafından marka ödülüyle taltif edilip adı tescillendi. 2013 yılı Cumhurbaşkanlığı Büyük Ödülü'ne edebiyat dalında layık görüldü. *Bülbülün Kırk Şarkısı* adlı kitabını ömrünün en güzel çabası sayan İskender Pala evli ve üç çocuk babası olup İstanbul Kültür Üniversitesi öğretim üyesidir.

www.iskenderpala.com
www.iskenderpala.net

Kapı Yayınları 667
İskender Pala Bütün Eserleri 81

**AKŞAM YILDIZI**
**İskender Pala**

1. Basım: Aralık 2019

ISBN: 978-605-7838-40-7
Sertifika No: 43949

Kapak Tasarımı: Lom Tasarım
Kapak Görseli ve İllüstrasyonlar: Bünyamin K.
Sayfa Tasarımı: Mürüvet Durna

Kitaptaki resimler arkeolojik veri
ve kalıntılar kullanılarak oluşturulmuştur.



**Kapı Yayınları**
Ticarethane Sokak No: 15 Cağaloğlu/İstanbul
Tel: (212) 513 34 20-21 Faks: (212) 512 33 76
e-posta: bilgi@kapiyayinlari.com
www.kapiyayinlari.com

*Baskı ve Cilt*
**Melisa Matbaacılık**
Matbaa Sertifika No: 45099
Çiftehavuzlar Yolu Acar Sanayi Sitesi No: 8 Bayrampaşa/İstanbul
Tel: (212) 674 97 23 Faks: (212) 674 97 29

*Genel Dağıtım*
**Alfa Basım Yayım Dağıtım San. ve Tic. Ltd. Şti.**
Ticarethane Sokak No: 15 Cağaloğlu/İstanbul
Tel: (212) 511 53 03 Faks: (212) 519 33 00

Kapı Yayınları, Alfa Yayın Grubu'nun tescilli markasıdır.

İSKENDER PALA

# AKŞAM YILDIZI

BİR GÖBEKLİTEPE ROMANI

kapı

# SUNUŞ

Günlerimin koşup gittiğinin farkındaydım. Yapacak işim çok, çalışacak zamanım azdı. Tedirgindim. Yaşım altmışı bulmuştu ve bazı şeyler için geç kaldığımı düşünüyordum. Özellikle de gezip görmek için... Yıllık tatillerde veya bayram izinlerinde bavuluna daktilosunu koyup yola çıkan bir işkolik için turistik geziler bir yana, kültür turları için bile ömrümün hayıflanılacak yanlarını düşünüp pişmanlıklar duyduğum zamanlar olmuştu. O gün de öyle zamanlardan biriydi. Gazetelerin seyahat eklerine bakıyordum. Göbeklitepe'yle ilgili bir seyahat haberine rastladım. 2019'un, UNESCO tarafından "Göbeklitepe Yılı" ilân edildiği elbette hafızamdaydı. Gazeteciler tarafından "Tarihteki ilk tapınak", "İlk hac merkezi", "İnsanın bitki toplayıp hayvan avlayarak yaşadığı döneme ait bir yapı", "Tarım toplumuna geçişin öncesi", "Yerleşik hayatın başlangıcı", "Buzul Çağı'nın sonu", "Bilinen en eski tarih", "İnsana ait en eski veri" gibi sansasyonel başlıklar atılıyordu. Çok geçmeden Göbeklitepe'nin ne olduğuna ilişkin tartışmalar almış başını yürümüş, tarihçiler, arkeologlar, bilim veya kültür insanlarının fikir ve görüşleri yanında seyahat dergileri ve fantastik kitaplar da arka arkaya teoriler üretmeye başlamışlardı; doğru, yanlış... 1995 yılında Alman Arkeolog Prof. Dr. Klaus Schmidt nezaretinde başlayan kazının 2014 yılında profesörün ölümüyle en heyecanlı yerinde yarıda kalması da bu tür fantezileri köpürttükçe köpürtmüştü. En sonunda işin içine uzaylılar bile karıştı. Bütün bunlar popüler seyahat fenomeni "ölmeden önce görülecek yerler listesi"nde Göbeklitepe'yi ön sıralara taşımıştı.

Göbeklitepe'yi ilk kez 2008 yılında sevgili Ahmet Yeşiltepe'nin bir belgeselinde tanımış, ertesi yıl Urfa'da düzenlenen bir kitap etkinliğini fırsat bilip birkaç yazar arkadaş eşliğinde kazı alanını gezmiştim. Hatta Klaus Schmidt de lütfedip bize bilgiler vermişti. Aradan on yıl geçmişti ve bir kültür adamı olarak "Göbeklitepe Yılı" ilânından sonra bölgeyi yeniden görme ihtiyacı duyuyordum. Değerli arkeolog Rüstem Aslan ile Truva'dan Göbeklitepe'ye uzanan çizgide yaptığımız güzel sohbet de buna ilâve olununca "İnsan hayatında hiçbir gecikme uzun sayılmaz!" dedim kendime ve ver elini Urfa.

Göbeklitepe'ye alıcı gözle yeniden bakarken etkilendiğimi itiraf etmeliyim. Yerli halk oraya "Ziyarettepe" diyordu ve senenin belli zamanlarında hayvanlarını getirip bereket ve bolluk dileğiyle tepenin etrafında tavaf ettiriyorlardı. Tepenin ruhanî bir enerjisi olduğu hemen hissediliyor, gelenek kim bilir kaç bin yıldır burada bir şeylerin biriktiğini açığa vuruyordu. Hakkında okuduğum kitapların üzerimdeki etkisini de hesaba kattığımda orada insan ruhuna dokunan bir ilhamın süregeldiğine inanmaya başladım. Göbeklitepe başlıbaşına bir hikâye anlatıyordu. Tepenin konumu, çevrenin çarpıcı güzelliği, binlerce yıldır biriken ayak izlerinin kesişmeleri, burada yaşanmış hayat sahnelerinin gözyaşları veya kahkahaları sonunda beni kadim insanın dünyasına doğru alıp götürdü; on iki bin yıl öncesine...

Daha fazla okumaya başladım. Buz çağını, çanak ve çömleğin bile olmadığı tarih öncesini, dinler tarihini ve kozmolojiyi, arkeolojik verileri, imgeler ve simgeler dünyasıyla eski inançları ve bilhassa pagan düşüncelere dayalı inanışları, kadim insana ait totemleri ve tabuları, mimarlık tarihinin öncesini, taş devri insanından bugüne kalanları ve elbette insanlığın beşiği Mezopotamya'yla alâkalı her şeyi... Bu konularda yazılmış pek çok kitabın Göbeklitepe'ye bakış açısını dinin başlangıcı, tanrıların doğuşu, dinin icadı gibi iddiaların temellendirilmesi çabasından ibaret gördüm. Pek çoğu naturalist bir görüşü benimseyip insanın evrimini anlatıyor ve evrimin içinde Göbeklitepe'ye bir eşik, bir merhale, bir aşama gözüyle bakıyorlardı. Avcılık ve toplayıcılıkla geçinen "ilkel insan"ın buğdayı ehlileştirmesi ve tarım toplumuna geçişi... Böyle bir aşamada insanı ilkel kabul etmek acaba hata mı olurdu? Belki de "kadim insan" olarak değerlendirmek gerekecekti. Ve Göbeklitepe yahut Neolitik Çağ'a ait yazılmış her şeyi bu gözle yeniden okudum. Bir anlama çabasıyla ve olabildiğince yalın... Gördüm ki söz konusu kitapların pek çoğu bilimsellik adına ziyadesiyle önyargılı hükümler ve fantezilerle dolu. Batılı bazı araştırmacılar Göbeklitepe'yi abartılı bir coşkuyla anlatıyor burayı âdeta insanlık tarihinin başlangıcı olarak kayda geçirmeye çalışıyorlar, bulunan tapınağı ya Mısır piramitleriyle kıyaslıyor veya semavî dinleri göz ardı edecek teorileri ardı ardına sıralıyorlardı. Böylece Göbeklitepe tarihin başlangıcı olacak, bulunan stellerle ilgili cümleler, yeni bir özgürlük alanı bulmuş da zincirlerinden kurtulmak isteyen kölelerin ağzından yazılacak kadar çığırtkanlaşacaktı. Tarihte her ne var ise kendine mâl ederek zamanın, insanlığın, medeniyetin sahibi olma iddiasında olan birilerinin bu görüşlerini bir kez daha kuvvetlendirme gayretiyle tekrarlamaları, insanlığın ve insaniyetin her zaman küçümseyip sömürdükleri Afrika'dan dünyaya yayılışına bir tepkiden öte değildi. "İlkel insandan başlayıp yapay zekâya kadar uzanan çizgide bir evrim başarısı; her şeyiyle bizim!" der gibi. Ne var ki arada Kara Afrika'nın ve Mısır'ın yeryüzündeki ilk medeniyet örneği olan piramitleri vardı ve bu elbette hazmedilemezdi. Böylece Göbeklitepe, piramitleri aradan çıkaran bir araç olarak parlatılmalıydı.

İlgili kitapları okuyunca görüyordunuz ki bundan daha beterini ateist araştırmacı, yazarlar yapıyor ve Göbeklitepe'deki tapınağı bütün semavî dinlerden evvelki inanışın merkezine koyarak semavî dinlerin tamamını bir kalemde silip atıveriyorlardı. Bu gayreti, üç semavî dinin yurdu olan Bereketli Hilâl'in tapusunu değiştirmek için atılan bir adım olarak görmek de mümkündü. İbrahim'in çocuklarından daha evvel burada pagan fikirlerin olduğunu ve bunların da insanlar tarafından üretildiğini söylemek, insanların ateizme veya deizme daha fazla yaklaşmaları anlamına geliyordu. Bilinçli veya bilinçsiz, bu fikir veya fantezilerin hakikat karşısında bilinçli yalanlardan daha tehlikeli olduğu ortadaydı. Birileri kendi fikirlerini hakikat gibi sunarken aslında hakikati bâtıla dönüştürüyordu. Size şu kadarını söyleyeyim; Göbeklitepe'yi kuran insanların inanç yönünden ilkel olduklarını söyleyenler yanılıyordu. Bunun için ben ona ilkel yerine "kadim insan" demek gerektiğini düşünüyorum.

Göbeklitepe'nin çok bereketli bir araştırma alanı olduğunda şüphe yok. Hemen her gün yeni bir teorinin öne sürülmesine, her araştırmacıdan ayrı bir ses yükselmesine müsait. Böyle bir alanda roman kurgulamak da elbette riskli bir alandır. İşte bu yüzden okuyacağınız satırları yazmak üzere yaptığım okumalar ve araştırmalardan yalnızca bilimsel olanları kullandım ve Göbeklitepe'deki arkeolojik kalıntılar üzerindeki hakikati gördüğüm şekliyle anlattım. 2019 yılına gelesiye kadar elde edilen kazı neticeleri ve bilimsel incelemeler bana ışık oldu. Romanımı bitirdiğim şu anda bile yeni fikirlerin üretilip yeni görüşlerin öne sürüldüğü zengin bir tarih sahnesinde olduğumuzun bilincindeyim. Benim satırlarım dahil, yazılan her cümlede "şimdiki veriler ışığında" kaydını düşmek zorunda olduğumuzu da itiraf ederim. Kazılar tamamlanıp da on iki bin yıl evvelki kadim insana dair hakikatler tamamıyla ortaya çıktığında bu kitabın içindekilerin bir kısmı bâtıl bile olabilir. Bu durumda yanıldığıma üzülmek yerine hakikatin ortaya çıkmasına sevinmek ve okuyucularımdan beni bağışlayacaklarını beklemekten öte yapacak şeyim kalmaz. Umarım ki kazılar hızla tamamlanır ve Göbeklitepe'nin ne olduğu yahut ne olmadığı bilimsel olarak sonuca bağlanıp yazdıklarım doğrulanır; umarım.

*

Bu kitap üzerinde çalışırken;

Yazdıklarımı bilimsel açıdan inceleyen değerli akademisyenler sayın Dr. Ercüment Asil, Dr. Enis Doko ve Bilal Toprak ile Göbeklitepe'deki araştırmalarım esnasında bana eşlik eden Urfa Emekli İl Kültür ve Turizm Müdürü Selami Yıldız ve Urfa Müzesi Uzmanı Ahmet Yavuzkır Beyefendilere, Rusya'daki arazi araştırmalarıma rehberlik eden R. Oğuz Aybars'a,

Yayın öncesinde kitabımı okuyup değerlendirme nezaketini gösteren Sayın Rabia Aydın ve Funda Özsoy Hanımefendilere,

Evlâtlarım Hilye Banu ile Bilal Değerli'ye ve özellikle Zeynep Tuğçe'ye, Elif Dilasa ile Emin Köse'ye,

Kapı Yayınları'nın fedakâr çalışanlarına,

Kitaplarımın her zamanki ilk okuyucusu değerli eşim Fatma Hülya Pala Hanımefendi'ye,

Minnet ve şükran hisleriyle teşekkür ederim.

# Bölüm 1

"Bak! Bak, bak; yeni doğuyor! İşte orada, bak!" Tam sekiz ay evvel, tenha bir eylül akşamında, gün batımının Harran'ı kuşatan ferah kokularını soluklandıkları Göbeklitepe'nin tam şu noktasında parmağıyla Akşam Yıldızı'nı ona böyle göstermiş, saçının saçına değdiği, nefesinin nefesine karıştığı o sırada kokusunu doya doya içine çekmişti; bir sahiplenme gibi. Alaca aydınlıkta belli belirsiz görünen yıldızı fark ettiği anda da bağlamasını kucağına almış, mızrabı tele dokundururken "Dinle bak," demişti, "işte o yıldız için:"

*Bir yıldız doğdu nur ile*
*Âlemi yaktı nar ile*
*Küsülüyem ben yar ile*
*Niye doğdun sarı yıldız, mavi yıldız*

*Evler yıkan, beller büken*
*Kanım döken, Kervankıran*

Türkünün hazin hikâyesini anlatmıştı sonra da ona; bir kervanın hikâyesini. Her bir cümleyi dikkatle dinleyen genç kız vaktinden evvel yola çıkan kervanın dondurucu ayazda karlara gömülerek can verişinden etkilenmiş ve yanaklarına süzülen yaşları gizlemeye çalışırken sormuştu; titreyen bir sesle:

"Bu yüzden mi Kervankıran diyorlar?"

Delikanlı gözlerini tekrar gökyüzüne çevirip yıldızın artık daha net göründüğünden emin olarak cevap verirken parmağıyla tekrar işaret etmişti:

"Görüyor musun, kızıllık azaldıkça onun ışığı çoğalıyor. Muhtemelen kervanın kırıldığı gün de şimdiki gibi nur topu olup parlamıştı. Yoksa karlı bir gecede, şu gurup kızıllığına benzer bir şafak kızıllığı arasında görünüp âlemi nara yakmazdı."

Genç kız hüznü çağrıştıran bir tonda itiraz etti:

"Ondan bir suçlu gibi bahsetmene şaşırdım!"

"Asla! Bir yıldız parladığı için suçlanabilir mi hiç? Hele de göğümüzün ilk doğan, son kaybolan süsüyse. Güneş gitmiş, ay ve yıldızlar henüz gelmemiş ve o bize bakıyor."

"Bu yüzden Akşam Yıldızı demişler!"

"Şafak sökerken de adı Sabah Yıldızı oluveriyor ama! Üstelik başka adları da var. Güneşin doğuş ve batış zamanlarında güneş ışıkları ve ufuk kızıllığını yansıttığı için Sarı Yıldız diyorlar, meselâ. Akşam kızılının ve lacivert gecelerin en parlak yıldızı olduğu için de Mavi Yıldız. Kur'an'da adı 'Tarık' diye anılıyor, Tevrat'ta 'Sabah Yıldızı'. Zühre deyip kızlarımıza ad olan da o; Mısır'da kurbanlar adanan da. Eski Türkler 'Tan Yıldızı' veya 'Yaruk Ilduz' –Işıklı Yıldız demek– Osmanlılar 'Erte Yıldızı' diyorlar. Bâbilliler onu tanrılarından biri olarak saydı. Asurlular takvimlerini onun döngülerine göre hazırladılar. Ve Yunan panteonundan bildiğimiz Afrodit'in ta kendisi. Gezegenler sıralamasında ise Venüs... Son iki ismiyle dişi güzelliğinin sembolü..."

"Yeter, tamaaam!.. Kısaca 'Işıltılı bir güzellik' desen hepsini özetlemiş olurdun!"

Delikanlının hiç unutmadığı bir gülümsemeyle söylemişti bu cümleyi. Sonra da onu şaşırtmıştı; tılsımlı bir eylül akşamının gurup alacasından çevreye yayılan romantizmi umursamazcasına:

"Baktığımız şu güzelliğin güneşten ve aydan sonra gökyüzünün en parlak yıldızı olduğunu bilmek..."

Konu daha bilimsel bir mecraya dökülmek üzereydi. Bu konuda da delikanlının pek çok mâlûmatı vardı üstelik:

"Yıldız diye adı çıkmış; hakikatte bir gezegen."

"Doğru dersin, Venüs'ün çıplak gözle görülen en parlak gezegen olduğunu ilkokulda öğretmişlerdi bize."

"Dünyanın ikiz kardeşi olabilecek bir cesamette olduğunu da öğretmişler miydi; biraz küçükçesi, hı? Ve birkaç fark; bunun rengi mavi, onunki sarı. Biz hızlı dönüyoruz ama o çok yavaş. Biz kendi eksenimizde saat yönünün tersine soldan sağa dönüyoruz o tam aksi."

"Orada güneş batıdan doğup doğudan mı batıyor yani?"

"Venüs'te yaşayabilseydik öyle görecektik. Ama Venüs sıcak okyanusların, volkanların ve yanardağların istilâsı altında milyonlarca yıl geçirmiş. İnternete bakanların, üzerinde çikolata parçacıkları bulunan bir top keke benzettikleri sarı-turuncu rengiyle güneşi andırır. Buna körle yatan şaşı kalkar diyorlar, güneşle bu kadar yakın olunca ister istemez ona yaranmaya çalışan bir görüntü veriyor. Yine de evreleri ayın evreleri gibi. Bir teleskopla bakılsa çok rahat izlenebilir."

Hafif bir rüzgâr esip geçmiş, genç kız ürperir gibi olup delikanlıya daha yaklaşmıştı. Omuzlarının birbirine yaslandığı bir andı ve delikanlı kuru bilgilerle onu sıkmaktan korkup sözü değiştirmişti:

"Biliyor musun, bizim oralarda annelerin çocuklarına ilk öğrettikleri yıldız, Akşam Yıldızı'dır; eve dönerken yollarını bulabilsinler diye. Üniversitede tarih okumak için İstanbul'a giderken de babam böyle bir akşam vakti bana şu ışık topunu göstermiş ve 'Oğul!' demişti. 'Oralarda yolunu kaybedersen ve üstüne akşam garipliği çökerse, bizleri düşün ve işte şu yıldıza bak, evin yolunu bulursun!'"

"Hiç kaybettin mi peki?"

"Yok, kaybetmedim. Lakin İstanbul'da Akşam Yıldızı'nı her zaman görmek mümkün olmuyordu. Yine de ona her bakışımda babamı, köyümü hatırladım. Sonra da merak salıp hakkında bilgi edinmeye başladım. Sırf bana köyümün anılarını getirdiği için. Sarıydı, maviydi, akşamdı, sabahtı, yıldızdı, gezegendi derken bir de baktım kendimi Astronomi Derneği'nde bulmuşum. Az evvelki gevezeliklerim de, okuduğum türkü de hep o derneğin bana kattığı zenginliklerdi. Gökyüzünü ve yıldızları tanımadan geçen hayatımın ne kadar anlamsız, heyecansız ve renksiz olduğunu astronomiyle ilgilendiğim zaman anladım. Buna astroloji de dahil. Burçlar, yükselenler, yıldız haritaları. Bâbil merkezli panteonlarda ve Orta Asya'da bazı Türk boyları ile Moğollar arasında Güneş ve Ay ile birlikte Akşam Yıldızı'nın da kutsal sayıldığını bilmiyordum meselâ. Hatta kuzeyin soğuk iklimlerinde onu Tanrı'nın ışıklı ülkeleri olan mavi gökle, doğurgan ana yağız yeri birleştiren kutsal bir kapı olarak gören obaların yaşadığını da. Paganizm ve şamanik inanışlarda dünyanın sembolize edildiği Hayat Ağacı'nın, nâm-ı diğer 'Ulu Kayın'ın soyut dallarının bu yıldıza kadar uzandığını ve dünyayı öte âleme, Tanrısal âleme bağladığını başka nerede öğrenebilirdim ki? Düşünsene yer ile gök arasında bir tür geçit, bir göbek bağı sanki."

"Profesör Schmidt'in Göbeklitepe için düşündüğü gibi mi?"

"Aynen! Akşam Yıldızı'nı Göbeklitepe'nin gök versiyonu saymak gibi bir şey."

Konuşmanın burasında genç kız, ellerini dürbün gibi birbirine ekleyerek yeniden Akşam Yıldızı'na bakmış ve öğrendiklerinin onu mutlu ettiğini gösteren bir sesle mırıldanmıştı:

"Ne yıldızmış be! Karizmatik bir sultan gibi... On iki bin yıl önce şu Göbeklitepe'yi kuranların nasıl yaşadıklarına da nasıl ve niçin bu mabedi kurduklarına da şahit olmuştur mutlaka."

*

Kayan bir yıldız, delikanlıyı anılarından uyandırdı ve henüz kutusundan çıkarmadığı teleskobunu dizlerinden indirip yeşeren otların üzerine koymasına yol açtı. Bir an, bağdaş kurup dirseklerini dizlerine, avuçlarını şakaklarına dayayarak tıpkı o sonbahardaki gibi şu ılık Harran akşamında, pırıl pırıl gökyüzünün haşmetiyle daldığı hatıralarında gözünü yumarak kaybolmak istedi ama başaramadı. Yeniden Akşam Yıldızı'na baktı. Ve hayret, onun da kendisine baktığını görür gibi oldu; hiç göz kırpmadan. Sanki o andaki yalnızlığını, hüznünü, özlemini paylaşmak istiyordu. Yarın gelmesini umut ettiği ve şu anda yanında olmadığı için melâle kapıldığı müstakbel eşinin hasretini sanki Akşam Yıldızı da duymuştu da şimdi kendisine dert ortağı olmak istiyordu. Tekrar onu düşündü, hasretini içine soluklandı. Gelebilmiş olsa, yanında otursa, sohbet edebilseler, teleskobun merceğinden yıldızlara yol arasalardı. *"Ah, keşke!"* Geçen sonbaharda, veda gecesinde onunla tam burada oturmuş ve gözlerinin Akşam Yıldızı'na kilitlendiği bir sırada ona "Bizim oralarda bir erkekle bir kadın Akşam Yıldızı'na aynı anda bakıyorlarsa ikisinin arasında bir söz verilmiş olur. Birinin diğerini hiç bırakmayacağına dair bir söz..." diyebilmişti, binbir heyecanla ve titreyen bir sesle; dün gibi hatırlıyordu. Bütün kış durmadan onu anması, hayaller kurması, hayallerini ona anlatması da hep bu sözün ahit ve misakına sığınmasındandı zaten. Ve aldıkları karar gereği, baharda kazı ekibi yeniden toplanırken bir teleskop getirip ilk gün batımında Akşam Yıldızı'na birlikte bakacaklar, tıpkı ayın evreleri gibi ona Venüs'ün evrelerini anlatacaktı. Gerçi o, teleskopla yıldızları izleme teklifine bir cevap vermemişti ama telefon mesajlarına aksini gösterecek bir şey de yazmamıştı.

Düşündü. Bir kazı sezonu nasıl da çabucak geçivermişti; kış günlerinin aksine. On iki bin yıllık hatıraların arasında onunla yan yana fırça sallarken, toprakta çekiç veya ıspatula gezindirirken sık sık ona kadim insanlardan ve göklerin düzeninden bahsedip durmuş, dinlenme saatlerinde de onun suluboyaları nasıl maharetle kâğıtlara yaydığını hayranlıkla izlemişti. Arada sırada tartıştıkları, kâh çatışıp kâh görüşlerini paylaştıkları da olmuştu elbette. Hâlâ hatırlıyordu meselâ, "Ölenlere acınır da doğanlara neden acınmaz?" sorusu üzerinde tam bir ay konuşmuşlardı. Sonunda doğanlara ölenlerden daha fazla acımak gerektiğine birlikte inanmışlar sonra da ağlamanın bir lezzeti olup olmadığı üzerine felsefe üretmişlerdi. O, "Ağlamakta büyük lezzet vardır, çünkü gözler yaşla dolunca acılar da akar gider" diyordu. Sevinç ile acının kardeş olduğunu da söylüyordu. "Belki de bu yüzden..." dedi delikanlı, "bütün kış boyunca onu adıyla anmak yerine 'Akşam Yıldızı' diye sayıklayıp durdum!" Tam o anda gözlerinden akan yaşı hissetti. Ipıssız bir vadide, görkemli bir göğün altında, Akşam Yıldızı ona bakarken, hasretiyle ağlıyordu. Çevresine bakındı. Gözyaşlarını görecek birisi olur korkusuyla... Burada, bu ıssız yerde ondan başka kim görebilirdi ki kendisini! *"O da gelmediğine göre!"* Bir kışta ona anlatacak ne kadar çok şey biriktirdiğini düşünüp acıyla gülümsedi. *"Özlemin sonucu!"*

Yerinden kalktı. Başını, yamacın sırtında bir araç farı görme umuduyla ovaya çevirdi. Nafile! Karanlık bastırıyordu ve işte gelen giden yoktu. Teleskobu açıp açmamakta tereddüt etti. I-ıh, içinden gelmiyordu. *"Yarın, belki!"* Yeniden Akşam Yıldızı'na baktı. Artık onu karşılama, selâmlama, valizini yerleştirme, yardım teklifinde bulunma provaları yapmak istemiyordu. Hasretini ona sarılarak göstermeyi kafasına koyduğu sırada bir ses duyar gibi oldu; "Evet öyle yapmalısın!" Çevresine bakındı. Kimsecikler yoktu. Tekrar Akşam Yıldızı'na baktı; en parlak, en güzel ve gizemli hâliyle o da kendisine bakıyordu. *"Hayır, bunu o söylemiş olamaz!"*

Profesör Schmidt'in geçen yılki veda konuşmasında "Dünya Kadınlar Günü'nde ben burada olacağım, siz de Nevruz'a kadar aramıza katılın. O vakte kadar gelmemiş olanların kazma küreği başkasına verilir!" dediği geldi aklına. Bunu o da biliyordu mutlaka. Peki ama neden gelmemişti? *"Ya hiç gelmezse!.."* Yarın Nevruz idi. Kazı ekibinin oluşması için son gün. Son telefon mesajında yola çıkmak üzere hazırlandığını bildirmişti. Aradan geçen yirmi saat boyunca bütün denemelerde ona ulaşılamadı. Telefonu kapalıydı. Bağlamasını eline aldı, başını gökyüzüne çevirdi, sol ayağını bir taşa kaldırdı, sonbaharın veda akşamında söylediği yine o türküyü, yine o yanındaymış gibi hazin hazin okumaya başladı. Sesini ovalar dinlesin, tepeler dinlesin, yer dinlesin, gök dinlesin istiyordu ve bu sefer türkünün ikinci bendi geliverdi diline:

*Sana Kervankıran derler*
*Bana dertli Kerem derler*
*Yare ikrar veren derler*
*Niye doğdun sarı yıldız, mavi yıldız*

*Evler yıkan, beller büken*
*Kanım döken, Kervankıran*

Nağmelerle birlikte yerinde dönüp duruyordu. Ne olurdu, gelseydi. Şimdi birlikte Akşam Yıldızı'ndan bahseder, pagan dinler ve Göbeklitepe hakkında edindiği yeni bilgileri ona anlatır, okuduğu kitaplardan alıntılar yapar, bir zamanlar buralarda yaşamış kadim insanlar, bilim kitaplarının homo sapiens, homo neanderthale veya homo erectus dediği atalar hakkında ahkamlar keser, bir kışta ne kadar çok şey öğrendiğini gösterip onu büyüler, hatta şu tepeye tırmanmış cilalı taş devri bilgeleri için felsefeler üretip yorumlarda bile bulunurdu. Bunun için bütün karlı ve yağmurlu günlerde kütüphaneleri mekân edinmiş, dersini iyi çalışmış, on iki bin yıl evvelki insanlardan karakterler yaratıp isim bile koymaya başlamış, Profesör Schmidt'in anlattıklarının ötesinde hayat biçimlerini, konuşma tarzlarını, çatışmalarını, iş ortaklıklarını, duygularını ve hatta aşklarını hayal etmeye, kavramaya, yorumlamaya başlamıştı. Göbeklitepe'nin ilk insanları, kazdıkları şu tapınak, duvarların sırrı, burada neler yapıldığına dair ipuçları ve sonu gelmeyen tahminler... Rüyalarına giren taş devri adamları, T başlı heykellerdeki figürler, kurnaz tilkiler, güdümlü domuzlar, bilge yılanlar, arasatta kalmış kelerler... Okuduğu yığınla kitap sayesinde düşündükleri ve hayal ettiklerinin arasında yeni bir dünya kurma aşamasında, kendine göre pek sahih yorumlar bile yapabiliyordu. Göbeklitepe'de yaşanan hayatı artık gözünde canlandırabiliyor, kadim insanları, okuduklarıyla örtüşen sahnelerde bazı yorumlarla birleştirip hareket ettirebiliyor, birbirleriyle konuşmalarını, tartışmalarını veya avlanışlarını görebiliyordu. On iki bin yıl evvel yalnızca taştan aletler kullanarak bu mabedi yapan gizemli insanlardı onlar. Aralarında bir işçi, bir din adamı veya bir mümin, bir mande veya bir reis olarak kendini kurguladığı zamanlar bile olmuştu. Sonbaharın veda gecesinde gönlünün sultanının, on iki bin yıl önce şu Göbeklitepe'de olup bitenleri izleyen göklerin en parlak, karizmatik sultanından bahsedişini hatırladı. Sonra da Akşam Yıldızı'na başını çevirip içinden bir fantezi kurdu; "Eğer şu yıldızın gözüyle bakabilseydim şu anda onun nerede olduğunu görebilir, her şeyi izleyebilir, hatta belki de şu mabedi yapanların sözlerine, fiillerine şahit olabilirdim." Fantezisi hoşuna gitmişti, hasretini de unutturacaktı, öylece içine daldı. Oturdu. Gözlerini göklere ve sultana çevirdi. Garip bir zaman uzamıydı. Birden Akşam Yıldızı'nın da kendisini izlediğini hisseder gibi oldu. Titredi. Zaman kısalmış, gece uzamış, hayaller çoğalmıştı sanki. Zihninde Göbeklitepe'nin mabedi kuruluyor, kalbinde eski insanların kalp atışları gümlüyor, gözlerinde durmadan göz kırpan yıldızlar dolanıyordu. Kendisi Akşam Yıldızı'ydı da şu tepede çalışan kadim insanları izliyor, işitiyor, ruhlarını okuyordu sanki. Birden kulağına sesler gelmeye başladı. Bilmediği ama düzenli cümle yapısının, vurguların ve ahengin olduğu seslerdi bunlar. *"Göbeklitepe işçilerinin sesleri?"* Ürperdi. İnanmak istemedi ama işte kulağına cümleler çarpıyordu. Dillerin ortaya çıkışını düşündü. Kitaplar, ilk dillerin, tok ve ahenksiz hecelerin tabiattaki sesleri taklidinden ibaret söz öbeklerini esas aldıklarını söylerdi. Eğer duyduğu sesler on iki bin yıl öncesine ait ise tabiat taklidi sesler, yansımalar, ünlemler falan olmalıydı. Hayır, duyduğu cümleler öyle değildi. Bu insanlar dil teorilerinin hiç birine uymayacak kadar mükemmel konuşuyorlardı. Allah'ın Âdem'i yarattığı zaman ona konuşma yeteneğini de verdiğini düşündü. "Ana belleğe yüklenmiş bir program!" dedi içinden. Eğer gönlünün sultanı Akşam Yıldızı yanında olsaydı "insanın fabrika ayarları" diye kendisine takılırdı mutlaka. Ama göklerdeki Akşam Yıldızı'ndan yansıyıp yeryüzüne akan bir ses dalgalandı kalbinde: "Akşam Yıldızım!" İç sesi değildi bu, hayır, on iki bin yıl önceden bir sesti. Hepsini çok net duyabiliyor, anlayabiliyordu. Mabet kuran taş işçilerine ait eylemler, hitaplar, itiraz veya kabuller... Nasıl olup da bu dili biliyordu? Rüya gördüğünü düşündü. Uyanmak istedi ama gözünü gökyüzünden alamadı. Ve birden, bütün o seslerin arasında onun sesini duydu; her zamanki akıcı, heyecan verici ve neşeli edasıyla:

"Neredesin Akşam Yıldızım?!"

Delirecek gibi oldu. Şu mabedin çevresindeki Göbeklitepe insanlarından birine ait, on iki bin yılı aşıp gelen bir sesi duyabilir miydi? Elleriyle iki yanağına sonra kulaklarına baskı yaptı. Sayıklama olup olmadığını bilmek zorundaydı. Nafile... Sesler gelmeye devam ediyordu. Bir rüyadaydı da kendisini mabet işçilerinden biri olarak mı görüyordu, yoksa mabet işçilerinden biriydi de kendisini rüyada mı görüyordu; kestiremedi. Lacivert derinlikte ışıl ışıl binlerce yıldız ona göz kırpıyor, gülümsüyor, alkışlıyor ve Akşam Yıldızı onunla konuşuyordu. Yeniden bir fısıltı duydu. Bu sefer beklediği gönül sultanı soruyordu sanki:

"Akşam Yıldızı?"

Başını salladı. Mutlaka hayal görüyor ve onun sesini duyuyordu. "*Gelmiş olabilir mi?*" Başını Akşam Yıldızı'ndan alamadı. Ses devam etti:

"Bak! Bak, bak; doğuyor! İşte orada, bak!"

"Evet!.."

Hayır, hayal veya rüya değildi. Bayılacak gibi oldu. Kulağının dibinde fısıldıyordu işte. Başını çevirip çevirmemekte tereddüt etti. Ya hayal ise!

*"Peki ya hayal değil ise!"*

Kımıldamadı. Yalnızca gözlerini yumdu.

*

"Bak bana, ben sana yolunu bulduracak Akşam Yıldızı'nım, bak bana!"

İtaat etmemek mümkün olamayan bir sesti bu seferki. Üstelik hoşuna da gitmişti. İnsan, hoşuna giden bir şeyi doğru olmasa da doğru sanırdı. Gözlerini açıp açmamakta tereddütler ediyordu. "Bak bana!" demişti. İtaat etmezse? Peki ya ederse? Keşke yapsaydım diye pişmanlık duymaktansa keşke yapmasaydım diye hayıflanmak daha kolayına gitti ve gözlerini açtı. Gök ışıl ışıldı ve işte o da tam oradaydı, Akşam Yıldızı. Konuşanın o olduğunu bakışından anladı. Derin bir nefes aldı. Bir rüzgâr saçlarını dağıtıp geçti. Son bir kez "Çıldırma, kendine gel!" diye başını çevirmek istedi ama yapmadı. Akşam Yıldızı bütün ışıltısıyla tam karşısında, bütün görüş alanını kaplamış bir çehre gibi, öylece kendisine bakıyordu. Sevimli, merhametli, şefkatli. Gülümsüyor ve konuşuyordu da. Kendini çimdikledi. Aklından şüpheye düşmek üzereydi. Gökyüzündeki bir yıldıza bakıp gülümseyen bir yüz görmek normal olamazdı. Ama bir yıldız da her zaman bir insana gülümsemezdi.

Kader gülümsediği zaman çok sevinmemeyi; kader gürlediği zaman da çok üzülmemeyi bilenlerdendi. Uyanmakla rüyanın içine daha da dalmak arasında bir anlık tereddüt etti. *"Uyan-" / "-ma sakın!"* Gönlü, gülümsemeyi takip etmekten yanaydı. Ve tercihini pekiştiren o soruyu duydu:

"Anlatayım mı sana?"

Sorunun içeriğini düşündü. Neyi anlatacaktı? Beklediğinin niçin gelemediğini mi? *"İmkânsız!"* Duyduğu konuşmalar mabedi yapan işçilere aitti madem o da büyük ihtimalle Göbeklitepe'yi anlatacaktı. Eğer öyle ise taş devrine ait bütün tereddütleri ortadan kalkabilirdi. Gerçi şu anda yaşadıklarını birine anlatsa kendisine bir akıl hastanesi arayacağından şüphesi yoktu ama iki yıldır kazılarına katıldığı şu mabet zihnini o derece ele geçirmişti ki hakkında duyacağı şeyler belki de tarih ve arkeoloji eğitiminin bile yetersiz kalacağı bilgiler olacaktı; tabii eğer kendi belleğinin bir yanılsaması değilse. Bundan emin olmak için sordu:

"Neyi?"

"Hikâyemi. Gördüklerimi. Mabetteki gizemi. İlk yalanı... İlk savaşı... İlk buğdayı... Ve senin merak ettiğin hemen her şeyi."

Ne diyebilirdi ki:

"Anlat!"

# Bölüm 2

“Üstte mavi gök, altta yağız yer yaratıldı. Her yere yayılan Yer Ana'yla, her şeyi kaplayan gök hâkimiyeti arasında güçlü güçlü insanlar kılındı ve insandan daha güçlü hayvanlar var edildi. Kudret ve hâkimiyet sahibi Ulu Ruh gökleri direksiz yükseltti. Geceyi karanlık, gündüzü parlak etti. Yeri döşedi, ırmakları, ormanları, ovaları yaydı. Hepsinin üstüne dağları, dağın üstüne de şu Ulu Kayın'ı oturttu.

Suları düzden çekip dağlarda buz eyledi. Buz yayıldı, yayıldı, her yanı kapladı. Buz dünyasında çocukların çocukları oldu; onların da çocukları oldu, sonra torunlar birbiri ardına gelip geçti. Geyiklerin, gergedanların, atların, sansarların, koyunların, tilkilerin, köstebeklerin, karıncaların ve tabii ki ormanın sahibi kurdun yavruları büyüyüp nesil nesil yavrular doğurdu. Onların yavruları tekrar yavrular doğurdu. Binlerce ve binlerce zaman geçti, Yer Ana birini diğeri için uygun gördü, birini diğerine av veya avcı yaptı. Böylece ruh ruha karıştı, beden bedeni kuşattı. Ağaç ile ırmak, ot ile tavşan, kuzgun ile kaya birbiriyle konuştu, anlaştı, yaşadı. Biri diğeri için öldü, öbürü bunun için yaşadı. Ulu Ruh insanı seçti, ona aklı verdi. Akıl obayı kurdu, insan avcı oldu. Avcılarla iyi geçindi ve geyiğin ve koyunun ve gergedanın ve mamutun etini aldı, kendi bedeninde yaşattı. Bunu yaparken hiçbir hayvanın ruhuna asla zarar vermedi; yalnızca boynuzu, derisi ve etiyle yetindi. Boynuzunu kazma, derisini örtü ve etini yemek eyledi. Bunun için Yer Ana'ya şükran sundu, adak verdi. Ve bir gün bir avcı avının ruhunu da istedi, onu hunharca öldürdü. Büyük hata!.. Ulu Ruh hunharlığın cezasını istediğinde..."

Başında kuzgun tüylerinden bir başlık, sırtında kurt postuyla Kurttepe'de raks ederek ayin yöneten kam birden sustu. On kulaç çapında bir ateş halkasının içinde, tam merkezde, dalları insan kolları gibi açılmış bir Ulu Kayın, Ulu Kayın'ın dalları altında biri diğerine T biçiminde çatılıp yere saplanmış iki kargı ve alev halkasının dışında sıralanıp ayinin ruhaniyetine uymuş on yedi kişiydiler. Kuzgun Obası'nın kamı Konuşkan ve obanın diğer avcıları... Konuşkan durup birden Ulu Kayın'a baktı. Nutkunu bitirince gövdesine tırmanacak, dallarında asılı duran kemikleri sallayacak ve Ulu Ruh'u ayinden haberdar edecekti. Ama önce ateşe sihirli tozdan serpmesi ve alevleri birdenbire harlandırıp ifritleri, nefilimleri, kötü ruhları kovması gerekiyordu. Yoksa direğe tırmanamaz, oba için tehlike arz eden hayvanları kovamaz, bereketli av yapabilmek için avların nerelerde saklandığını öğrenip sorumluluğunu taşıdığı on yedi kişiye haber veremezdi.

Kurttepe, Kuzgun Obası için kutsaldı ve şimdi herkes büyük bir sessizlik içinde Konuşkan'a kulak kesilmişlerdi. Burada sesler ancak fısıltı hâlinde çıkar, Yer Ana'ya saygısızlık olmaması için başlar eğik hareket edilirdi. Kimse buranın otlarını koparmaz, taşlarını başka yere taşımaz, toprağından alıp götürmezdi. Burada nesillerdir kamlar aracılığıyla Yer Ana'ya kurbanlar sunulur, kötülüklerden arınılır, ölen bedenlerin ruhları cennete gönderilirdi. Konuşkan bu bilinçle etrafına baktı, kömür karası ve safran boyalı yüzüne gülümseme vererek karanlıklardan gelen kurt ulumalarını dinledi. Ardından bir ayı homurtusu ve dağın eteğindeki dişi mamutun ardı ardına salıverdiği çığlığına dikkatleri çekti. Her vakit sevimli, hatta saygın karşılanan bu sesler o gece ayine katılanlar için ürkütücü oluvermişti nedense. "Ve işte lânet!" dedi sonra; annesinin memesinden başını ayırıp viyaklayan bebeğin tiz sesinin ardından, "Düşkün nefilim lâneti!" diye ekledi. Bütün başlar ağlayan bebeğe ve annesi Çira'ya çevrildi. Konuşkan'ın öz kızı, Çira...

Kuzeyin taygalarında ekseriyetle geyik avlayarak yaşayan Kuzgun Obası'nın her dolunayda Kurttepe'deki Ulu Kayın'ın çevresinde tekrarladığı Ulu Ruh'a ve avların yerini kendilerine haber veren Kuzgun'un ruhuna neşeyle teşekkür ettikleri ayin bu sefer kederle doluydu. Elbette yine Kuzgun'a adak gönderilecek ve obaya musallat olan lâneti kaldırması dileğiyle Ulu Ruh'a uçması istenecekti. Eğer Ulu Ruh lâneti kaldırmazsa avladıkları geyiklerin ruhları ayinden sonra kolayca Yer Ana'nın kalbine ilerleyemez, tekrar hayat bulup ormana dönemezlerdi. Konuşkan elindeki T kargının çevresinde dönerek herkesin ezbere bildiği nutkunu söylemeye devam ediyordu. Cümleleri bu kargının, yerin üstündeki hayat ile yerin altındaki ölüm arasında bir geçit, bir dehliz olduğunu dillendiriyordu. Bir tür göbek bağı... Tıpkı doğum esnasında ana rahmiyle hayat arasında uzanan göbek bağı gibi, hayattan cennete bir geçit, dünyanın ekseni ve merkezine uzanan bir dehliz. Bir avcı doğarken dünyaya nasıl kanallardan geçip geliyorsa hayata veda edecek bedenler de karanlığın iblislerine yakalanmadan bu T dehlizinin kanallarından öylece geçip kolayca aslına dönebilir, Yer Ana'yla bütünleşir, sonra da yükselip cennete gidebilirdi. Konuşkan, T sayesinde ruhları serbest bırakıyor, ruhlar da göklerdeki geçit hükmündeki Akşam Yıldızı'nın tavassutuyla yükselerek Ulu Ruh ile buluşuyor, Yer Ana'da ete kemiğe bürünecek diğerlerine yer açmak için cennete geçiyorlardı.

Konuşkan, başını göklere çevirdi. Birkaç dua mırıldandıktan sonra döndü, hayata veda edecek iki insana baktı. Biri artık avlanmaktan düşmüş bir ihtiyar, diğeri de kafası bir yumurta gibi tüysüz doğduğu için lânetli sayılan bir bebek; öz torunu... İhtiyar, artık avlanamadığı ve avlananlara ayak bağı olduğu için, bebek ise tüysüz doğma lâneti yüzünden bu istenmeyen ve kederli ayin için seçilmişlerdi.

Çira, bebeğinin tüysüz doğmasına aldırmıyor, onun yüzüne değil ruhuna bakılması gerektiğini, doğan her bebeğin de dost bir ruh ile doğduğu gerçeğini dillendiriyordu. İhtiyarın ölüme hiçbir itirazı yoktu. Zamanını tamamladığını, bir avcı olarak görevini yerine getirdiğini ve başka avcılara yük olmaktansa Ulu Ruh'a gitmeye hazır olduğunu kendisi dillendiriyor, hatta bunun için seviniyordu. Ruhlar dünyaya sırayla gelip bedenlere girer, iyi davranışlarla cenneti hak etmeye çalışır, bunu başardıklarında da başka bir bedenin ruhla buluşabilmesi için hükmünü tamamlamış bedenine veda ederdi. İhtiyar, bunun için kendini hazırlamıştı bile.

Gözler bebeğin annesine çevrildi. Anlaşılan yavrusu için direnecekti. Kaşları ve kirpikleri bembeyaz, yahut başında tek tel saç bulunmuyor diye birilerinin bebeğini uğursuzluk ve lânet kaynağı olarak görmesi doğru olamazdı. Ulu Ruh bunu kabul etmeyecekti elbette. Çünkü dünyaya gelen her yeni bebek istenmeye, sevilmeye ve kaderini yaşamaya layıktı ve buna inandığı için hamile kaldığı gecenin gündüzünde oba kadınlarının acı elma kabuğuyla yoğurdukları macundan yutmaya gerek duymamıştı. Şimdi nedense Konuşkan, kendi babası, onun av mevsiminde bilerek isteyerek hamile kalmasını hazmedemediği için Yer Ana'nın böyle bir küstahlığa öfkelendiğini dillendiriyor, "Eğer karanlığın düşkün nefilimleri tohumlamadıysa elbette bir bebeğin saçları bulunmalıydı" diyordu. Obadakilere göre ete kemiğe ihtiyaç duyan her ruh uygun zamanda belli bir anne karnında kendine yer arar, bulamazsa bir başkasına gider, böylece gezinip dururdu. Konuşkan hamile kalmama yolları denemediği için anneye vebal yükleyip ifritler tarafından tohumlandığını iddia ediyor, bebeği kurban verip obayı kurtaracağını söylüyordu. Saçsız bebek ifritlerin tohumu ise zaten obanın felâketi demekti. Obadakiler de baharda bebek doğurmanın hayra yorulmadığını biliyorlardı. Baharda doğan bir bebeğin obaya yük olduğu, avcıların yolunu da avını da yavaşlattığı herkesin tecrübeyle bildiği bir husustu zaten. Çira'ya göre, avcıları lânete kolayca inandıracak uyduruk bir gerekçe…

Bütün gözler Konuşkan'ın başını vecd ile iki yana sallamasına kilitlenmişti. Keçeleşmiş uzun saçlarını savurup Çira'ya dik dik bakmaya başladı. Çira, pembe yanaklı, yeşile çalan mavi gözlü, ince dudaklı, fındık burunlu her zaman gülümser duran, obanın o güzel kızı, bu bakıştan rahatsız olduğunu göstermek için bebeğini bağrına yeniden bastırıp sırtını dönüverdi. Oba avcıları Konuşkan'ın zoruyla katıldıkları böyle bir keder ayininden rahatsızlıklarını mimikleriyle gösterdiler. Bir an önce bu işin olup bitmesini istiyorlardı. Ayinden evvel zaten Kurttepe'de kötü hatıraları çoğaltmanın anlamsızlığını konuşmuşlardı. Bu yüzden Çira'nın sırtını dönmesiyle herkesin suratı ekşiyiverdi. Çira ise alevlere sığınmak yerine karanlığın içinden hırlayarak kendilerini izleyen bir çift kurdun –belki de çakal– parlayan kâh kırmızı kâh sarı gözlerini takip ediyordu. Başkaları bu tavrın Ulu Ruh tarafından reddedileceğini düşünüyordu ama o aldırış etmedi. Anne olmanın tutkulu tavrıydı bu. Gözleri karanlığı delip geçen sarı bakışlara kilitlenmiş olarak bebeğini bağrına daha sıkı bastırdı. Sol avucu da kargısını gayriihtiyari arayıp buldu. Gelenekle savaşmak üzere…

Kuzgun Obası'nın avcıları Konuşkan'a itaat etmeyen Çira'ya homurdanırken hafif bir rüzgâr esip geçti. İçinde bunaltıcı kokular taşıyan kasvetli bir rüzgâr. Genizleri yakan bir acılık. Hiçbir ayinde böyle bir şeyle karşılaşmamışlardı. Buzlarla kaplı zirve noktalarda hiç rastlamadıkları türden bir esintiydi hissettikleri. Ulu Kayın'ın geniş dalları altında Ulu Ruh, insan ve Yer Ana arasında sürüp giden ayinlerde hep güzel rayihalar gelirdi burunlara. İnsan bedeninin toprağa geri dönerek toprağı beslemesine karşılık bitkiler de insanın temiz hava soluması ve güzel kokular almasını sağlardı.* Oysa şimdi hissettikleri tiksindirici bir kokuydu. Böylesine sıra dışı bir rüzgâr hayra alâmet görünmüyordu. Konuşkan, kötü ruhların obadan uzak durması için bazı dolunaylarda okuması gereken duaları zihninden geçirdi ve ateşin etrafındakilerin kutsandığından emin olmak için herkesin ayrılmasını istedi. Temassızlık, lâneti ferdîleştirirdi. Eğer bir şeyler ters gidecekse avcıların çoğunu bundan emin kılmak onun vazifesiydi.

Koku dağıldığında Konuşkan, neşeyle alevleri harlandırıp her ayinde tekrarladığı ve oba mensupları için artık ritmik bir dil pelesengine dönüşen sözlerine döndü. Dinleyenler pek çoğunu ezberledikleri dualara iştirak etmeye başladılar. Komşuları olan Kartal Obası'nın avcılarıyla yardımlaşırken, yaralı geyikleri uysallaştırırken, avlayacakları koyun veya

* Ulu Kayın: Kuzey ulusları, Hindistan ve bazı Uzak Doğu inançlarında "banyan" adıyla anılır. Geniş dalları ölümsüzlüğü simgeler, havadaki güçlü kökleri de ruhlar âlemini temsil eder.

tilkilerin yerlerini bulurken, sürek avında atları, sığırları veya bizonları tuzağa çekerken yardım istedikleri totemlerini hoşnut etmekle ilgili yakarışlardı bunlar. Ve avladıkları hayvanların toteme dönüşen ruhlarından beklenen yardımlar, ifrit veya nefilimlerden korunma dilekleri...

Çira, bebeğinin babası olduğundan şüphelendiği üç erkeğe sırasıyla baktı. İkisi birbiriyle kardeş, biri diğerlerinden biraz daha olgun... Üçü de yan yana oturmuş, dizlerine ve bağırlarına vurarak ayine devam ediyor, hiçbiri kendisiyle ilgilenmiyordu. İlgilenmelerini de beklemedi. Obada çocuk annenin hakkı ve sorumluluğuydu. Anne, hamile kaldığı erkeği belirleyip onu sahiplenmediği müddetçe çocuk obanın çocuğu olur, erkekler babalık iddiasında bulunamaz, bütün sorumluluğu anne yüklenirdi. Yine de aynı kuşaktaki oba halkı akraba kabul edilir, yaşıtlar birbiriyle kardeş sayılır, böylece her çocuğun pek çok annesi, pek çok babası olur ama annelerin sözü babalardan çok geçerdi. Çira bunca anne ve bir o kadar babanın kucağındaki bebeğe gösterdikleri duyarsızlığı düşündü. Biraz sonra dolunay görünmez olduğunda Konuşkan sözlerine son verecek ve yavrucak boğularak kurban edilecek, taze bedeni de T biçimli kargının altına bırakılıverecekti; karanlıkta dolanan sarı veya kızıl gözlü avcılar gelip ölü etlerini ve hareketsiz kemiklerini parçalayıp yutsunlar diye. *"Kemikleri mi? Asla!"* Bebeğinin saçsız başını öperken direncini tazeledi. Gerekirse kurtların önüne bebeğiyle birlikte gidecek, kendisi can vermeden bebeğini ölüme göndermeyecek, lânetlenenler gibi boğulmasındansa mücadele esnasında kurtlara teslim olması için savaşacaktı. Kargısına baktı. Bebeğinin ölümünü düşündü. Şu yumuk ellerinin, henüz saç büyümeyen başının, kirpiksiz ve kaşsız gibi duran gözlerinin, mini minnacık ayaklarının hareketsiz kaldıktan sonra çevrelerinde gezinmekte olan kurt veya ayılarca somurulmasını aklından geçirip titredi. Ya kemiklerini de yutarlarsa? Kemikleri Yer Ana'ya geri dönmezse cennette dirilemezdi ki! Ulu Ruh buna müsaade etmemeliydi. Kim olursa olsun, bir insan öldükten sonra kurtlar, ayılar, sansar veya tilkiler etlerini sıyırmalı ama kemikleri kalmalıydı. Ulu Kayın'ın dallarında salınıp rüzgârla birlikte sesler çıkarmalı, ilâhilere dönen bu sesleri yeterince duyduktan sonra gömülmeliydi. Aksi takdirde Yer Ana'yla bütünleşemez, bir kurdun, bir sansarın veya bir ayının bedeninde yaşamak üzere hayata geri dönemezdi. Sırf bu yüzden bebeğini hiç olmazsa kemikleri sertleşip kurtlar tarafından yutulamayacak hâle gelesiye kadar yaşatması gerekiyordu. Av mevsiminde kucağında bebek olduğu için obayı yavaşlattığının o da farkındaydı ama sırf uyduruk bir lânet kılıfına sığınanların onu bebeğinden ayırmalarına fırsat tanımayacaktı. Kargısına daha sıkı yapıştı. Konuşkan'ın nutku da geçmişten bahseden sözleri de umurunda değildi ve artık duydukları kulağında birer uğultu olup akıyordu:

"Ulu Kayın her şeyi gördü. Kayayla konuştu, kurtla konuştu, insanla konuştu. İyilik isteyene iyilik, av isteyene av, şifa isteyene şifa yollarını o gösterdi. Görünmeyen ile görünen, karanlık ile ışık, doğan ve ölen hep onda bellidir. Kökü yağız yerin dibine, dalları mavi göğün üstüne uzandıkça göklerden geleni yere, yerden geleni göklere eriştirir. Gövdesi, yoklukla varlığı birleştirir. Ta ezelden ta ebede bu böyledir. Çünkü yıldızlar birer ateş olup yağdığında, dağ homurdanarak içindeki ateşi akıttığında ve yer, içindekini dışarı püskürttüğünde Ulu Kayın buradaydı. Buzların eridiğini o gördü. Erime kaç evlâdın kaç evlâdına kadar uzadı, uzadı, uzadı. Ateş yağmurları ve dağın homurtusu nesiller boyunca sürdü. Büyük su her yandan akmaya durdu. Önce dereler, ırmaklar ve denizler kabarıp büyüdü. Sonra sular, düzleri ve kumları çiğneyip istilâ etti. Ulu Kayın yine buradaydı. Sonra güneş bulutları kovup toprağı ısıttı; Ulu Kayın buradaydı. Sığırları tek lokmada yutan kertenkelelerin ve gölgesi ırmakları karartan büyük ayakların nesilleri tükendi; Ulu Kayın elbette buradaydı. Velhasıl ağacın ilk yaprağı yeşerdiğinde, balık suda kımıldadığında, güneş dağlarla fısıldaştığında, yılan ilk kez fareyi yuttuğunda, kurt kendi sesini duyduğunda, insan ateş yakmayı başardığında veya köpeği avladığında Ulu Kayın buradaydı; bizim için. Ruhlarımız ancak Ulu Kayın vasıtasıyla Ulu Ruh'a ulaşır. Şu yere sapladığım kargı Ulu Kayın'dan bir örnektir, Yer Ana'nın hayatla göbek bağı olan dehlizdir. Ölenlerin ruhları bu dehlizden geçmediği müddetçe ruhları serbest kalamaz, lânetli bir ifrite dönüşüp sonsuza dek azap çeker. Azaba uğramamaları için av avlayamayan şu ihtiyar ile lânete uğramış şu bebeğin ruhlarını şimdi serbest bırakacağız."

Konuşkan, derenin alt tarafındaki mağaradan aldığı sihirli tozları serperek ateşi alevlendirdiği sırada kaş altından Çira'ya baktı. İleride güçlerini ona devredecek, bu ayini o yönetecekti. Şimdi kendisini dikkatle izlemesi, herkes gibi ellerini sırasıyla dizine ve bağrına vurarak ayinin ritmine iştirak etmesi gerekiyordu ama işte o alevlere hiç bakmamakla kamın iradesine karşı geliyordu. Başını kaldırdı. Dolunay dağın zirvesine yaklaşmıştı. Biraz sonra dağı aşacak ve her şey sona erecekti, ihtiyarlayan avcı ve saçsız bebek için... Konuşkan, ağzındaki kelimeleri çoğaltacakmış gibi sesini kalınlaştırdı ve iki elini ağacın dallarına doğru açıp ayini sonlandıracak duayı okudu:

"Ey Ulu Ruh'tan bize gelecek ne varsa bilen ve ona gidecek her şeyi götüren Ulu Kayın! Ey atalarımızın ruhlarını koruyan cennetin giriş kapısı! Ey..."

Gök birden aydınlandı. Parlak bir ışık gözleri kamaştırdı. Rüzgârla karışık bir gök gürlemesi işitildi ve ateş aniden sönüverdi. Ayin esnasında ateşin sönmesi en büyük uğursuzluktu. Konuşkan göğe baktı. Nereden geldiği belli olmayan kara bir bulut dolunayı yutmak üzereydi; bir yılan gibi. Ve yutuverdi. Zifiri karanlık... Genç bir ses yayıldı çevreye; Sarıca'nın sesi:

"El ele tutuşun. Ulu Kayın'ın gövdesine sarılın!"

Kimsenin eli kimseye ulaşamadı. Gördüklerinden dilleri tutulmuş, nutukları kesilmişti. Dolunay görünmüyordu ama gökyüzünde parlak ışıklar vardı; yıldız, yıldız. Ve yıldızlar akıyordu, hiç kaybolmadan, devamlı yaklaşarak... Parlak ışıkları gitgide kızıla bürünüyor ve büyüyorlardı. Yer sarsılmaya başladı. Ayakta zor duruluyordu. Korkudan açılmış gözler gökyüzünden yağan ışıkları takip ediyor, genişleye genişleye yaklaşmalarını ürküntüyle izliyorlardı. Çok geçmeden gök, yuvarlanarak büyüyen ateş yumaklarıyla doldu. Yumakların iri topaklara, iri topakların daha iri topaklara dönüşmesi için çok beklemek gerekmemişti zaten. Herkesin uğultuyla çığlıklar atmaya başladığı bir andı. Üzerlerinden savrulan topakların ateş dağları olduğunu artık görebiliyorlardı; saçaklanarak yağan dağlar... Ve dağlar dağlara vurdu, ateşler buzları güm güm depreştirdi. Şurada, burada, orada... Her çarpışmadan sonra parçalanıp etrafa saçılan alevler Kurttepe'den görülebiliyordu. Sarıca, "Her şey yanıyor olmalı" dedi ne yapması gerektiğini düşünmeye çalışırken. Yeni bir rüzgâr dalgası geldi; ateş parçalarıyla birlikte kaynayan çamur ve serin yağmuru harmanlayarak. Hava birden ısındı. Aydınlıkla karanlık iç içeydi. Gözler bir kör oluyor bir kamaşıyordu. Sanki gök çatlamıştı da gümbürtüden yer sarsılıyordu. Düşen ateşlerin çıkardığı uzak yangınların ışığı göğe vuruyor, ısısı rüzgâr olup Kurttepe'yi terletiyor, yeri eritiyordu. Çok uzaklarda kor kütlelerinin dehşetle savruluşu, tutuşan nesnelerin buz dağlarına doğru sürüklenip gidişi... Sarıca, başını Ulu Kayın'a çevirip Kurttepe'nin hâlâ isabet almamış olmasına şükretti. O sırada suyla karışık gözleri yakan bir çamur geldi. Bedenlere dokununca deriyi kavuran bir çamur. Sonra boğucu bir kasırga... Sarıca yeniden bağırdı:

"El ele tutuşun. Ulu Kayın'ın gövdesine sarılın!"

Bazı avcılar söyleneni yapabildiler, eller birleşti. Kasırga gittikçe şiddetleniyordu. Kargılar, tulumlar ve yiyecekler, ardından baltalar sürüklenerek uçtu. Çığlıklar çığlıklara karıştı, kimse ne duyuyor ne dinliyordu. Ulu Kayın'ın gövdesine sığınmanın dışında yapılacak bir şey yoktu. Çok geçmedi, gümlemelerle birlikte bedenlerine bir şeyler küt küt çarpmaya başladı. Yuvarlanarak veya sırtüstü sürüklenerek; yakarak veya dondurarak gelen çarpmalar... Fırtınanın önüne kattığı dört ayaklıların, sürüngenlerin homurtu veya uluyuşlarıyla birlikte kütüklerin, kayaların ve insanların savruluşları... Can korkusunun sesi başka bir can korkusunun sesini bölüp geçiyordu. Ayakların altında yer oynuyor, çamur kaynıyor, suyla alev birlikte vuruyordu. Ovadan ve ormandan sürüklenip gelen tutuşmuş bedenlerin, karanlığın içine alevler bırakarak vızır vızır geçtikleri bir andı. Ulu Kayın çatırdadı. Kalın gövdesi sallandı ve obadan ilk kopuşlar başladı; kadın ve erkek... Arkalarında bıraktıkları sesler, yuvarlanarak ve taşlara, kayalara çarpa çarpa gittiklerini gösteriyordu. Birbirine tutuşabilenler daha sıkı sarıldılar. Heybetli alev toplarının düşüşü hiç yavaşlamıyordu. Yakına, daha yakına... Sepken çamur ve şiddetli rüzgâr gözleri açtırmaz olmuştu. Kulakların uğultusu şiddetleniyor, zihinler çalışmaktan kalıyordu. Güçlerden sonra umutlar da tükenmek üzereydi. Sarıca içinden Ulu Ruh'a yalvardı, Ulu Kayın için... Kendileri yok olabilirlerdi, peki ya Ulu Kayın yok olursa? Eğer öyle olursa yalnızca Kuzgun Obası'nın değil diğer obaların da hayat bağları kopacakti. "Eğilen dallara tutunun!" diye var gücüyle bağırdı; "Ulu Kayın sizi korur!" Ama korumadı. Daha kötüsü geldi. Göğün gümbürtüsüne yer karşılık vermeye, toprağın altından korkunç sesler dışarıya fırlamaya başladı. Sarıca, oba kamının bir şeyler yapması gerektiğini düşündüğü anda Konuşkan'ın kaybolup gidiş sesini duydu. Ve artık tuttuğu elin kime ait olduğunu bilmiyordu. Artarak yaklaşan homurtular, havlamalar, böğürtüler, meleyişler ve ulumalar... Anladı ki obalarda ve ormanda ne varsa karanlığa çekiliyordu. Ulu Ruh her şeyi alt üst ediyor, belki de düzeni yeniden kuruyordu. Dedelerinden, onların da dedelerinden dinledikleri hikâyeler gerçek oluyor; gökten taş ve ateşlerin yağdığı zamanlar geri geliyordu. Ve bu sefer taşları ateş getiriyordu. Yahut ateşi taşlar. Buzları düşündü; bunca alevin yaladığı buzları. Fırtına, kasırga, felâket, musibet ve sonuçta yeniden erimeye başlayacak olan buzlar... Mavi gökte yağmurlar tükenmiş olmalıydı. *"Gökten ateş yağdığına göre!"* Karşı tepeden homurdanan alevler püskürmeye başladı. Mavi göktekiler yetmemiş, yağız yer ateşini ortaya saçıyordu. *"Muhtemelen dağlarda* *artık erimedik buz kalmayacak!"** Deniz yeniden azgınlaşıp obalarını kurdukları yeni vadiyi de işgal edecek, Yer Ana'nın şeklini değiştirecekti. *"Su geçidinde balık avlamak daha zor olacak!"* Bunu düşündüğü için kendine güldü. Şu anda yaşadığı felâketten kurtulması gerekiyordu oysa. Yeri yokladı; kuytu bir çukurda tek başınaydı. Obadan kalan biri olup olmadığını merak etti. Bağırarak bunu sorduğunda bir tek bile cevap almadı. İçinde bir şeylerin kaybolduğunu hissetti. Herkesin gittiği yere gitmek üzere kendini Yer Ana'ya bırakıverdi. O anda, Konuşkan'ın kendilerine anlattığı her şeyin sahte olabileceğini düşündü. Belki de Ulu Ruh, lânetin ve lânetlenmenin ne olduğunu anlatmak istiyordu. Yuvarlanmaya başladı. Yer ile temasının kesildiğini fark etti. Muhtemelen dağın arka yüzündeki uçurumdan aşağıya düşmek üzereydi. Ölmüş babasının hayali belirdi karşısında. Kuzgun Obası'nda babasını bilen birkaç çocuktan biri olmanın ayrıcalığıydı bu; babasıyla veya hayaliyle konuşmak. Nitekim işte yine o sevgi dolu tavrıyla Sarıca'nın başını okşuyor ve gülümsüyordu. İçten, samimi ve hasbi. Bir an gerçek mi, rüya mı ayırt edemedi. Babası yine yardımına gelmişti, belki de kendisi babasına gidiyordu, kestiremedi. Babasının, Konuşkan'ın aksine rüyalara inandığını, rüyalarında da sık sık Öğreten'i görüp sözlerini hakikat kabul ettiğini hatırladı. Annesinden çocukken dinlediğine göre hamileyken onu bırakıp gitmiş, beş kar döngüsünden sonra başka düşüncelere ve inanca sahip birisi olarak dönmüştü. Arada sırada "Öğreten" keli-

---

* Bilimsel çalışmaların pek çoğu Genç Buzul Çağı olarak bilinen dönemin yaklaşık 12.000 yıl önce büyük bir kuyruklu yıldızın parça parça dünyaya çarpması sonucunda sona erdiği ve coğrafyanın yeniden şekillendiği tezini benimsemektedir.

mesini kullandığını hayal meyal hatırlıyor ama onun kim olduğuna, ne yaptığına veya neye inandığına dair söylediği hiçbir şeyi bilmiyordu. Annesinin "Baban Ulu Ruh'u bırakıp başka ilâh edinmiş Sarıca!" dediğini düşündü. Sonra da kendisine o ilâhtan hiç bahsetmemiş olmasına hayıflandı. Oysa Öğreten'den sonra babasının obanın en iyi, en çalışkan, en yardımsever, en... en... avcısı olduğu için gurur duymuştu.

Sarıca, bedeninin uçtuğunu hissediyor, biraz sonra şiddetle düşecek veya çarpacak oluşunu düşünüyor, herkesin akıbetine kendisinin de uğrayacağını çok iyi biliyordu. Belki de babasının hayali onu alıp götürmek için gelmişti. Onu özlediğini hissetti. Ne zaman birlikte tilki avına çıksalar iz sürerken durmadan erdemlerden, iyilikten, güzelliklerden bahsedişini, adak sunmayı ve paylaşmayı âdet hâline getirişini hatırladı. Başkalarına yardımcı olan, obasının iyiliği için çalışan, gece uyanıp obanın çevresinde tehlikeli yaratıklar dolaşıyor mu diye gözcülük yapan bir baba. Bedeninin sürüklendiğini, oraya buraya çarptığını biliyor ama hiç acı duymuyordu. Bunun sebebi babası olabilir miydi? "Sen iyi bir adam olacak, büyük işler başaracaksın, Sarıca, oğlum; bunu yüzünden okuyabiliyorum" dediği günü hatırladı. İnsanları tanıma konusunda ölçütler belirlediği zamanlardan birindeydi, bir uçurumun kıyısında elinden yapışmış, uzakları ve uçurumun boşluğunu gösteriyor ve gülümseyerek konuşuyordu. Tıpkı şimdi olduğu gibi. Sarıca o anda elini tutan bir el hissetti. Ardından uçurumda düşmekte olduğunun bilincine vardı. Bedeninin savrulduğunu biliyor ve babasını hissediyordu. Tıpkı tilki izi sürdükleri zamanlarda konuştukları gibi fısıldaşarak ve elbette gülümseyerek yine öğüt veriyordu:

"Sarıca! Her kimin dışını görürsen içine şahit say oğlum; insanın içi, dışı gibi, dışı da içi gibidir. Aklından çıkarma, baba bey ise oğul bey doğar, iyiden doğan iyi olur. Yüzü ve dış görünüşü güzel ise, onun içi de güzeldir. Çok kahkahalıdan ayrıl; ağırbaşlılık tebessümle kaimdir. Dikkat et, kişide büyük baş olgunluğa; kalın saç yiğitliğe alâmettir. Geniş alın düzensizlik, dar alın cimriliktir..."

Sarıca, babasının hayalini birden kaybetti. Bir babanın uçurumdan ölüme düşmekte olan oğluna o anda lazım olacak bilgiler verip yol göstermesi ve kurtulmasını sağlamaya çalışması gerekirken alâkasız ve tuhaf hükümlerle zaman geçirmesi garipti gerçekten. Belki de onu oyalayarak ölümü hissetmemesini sağlıyordu. Ama hayır, birden idrak etti ki aslında bu cümlelerle babası ona ölmeyeceğini anlatıyordu. "Birisine gelecekte yapması gerekenleri anlatanlar aslında onun öleceğini hiç düşünmeyenlerdir" diye düşünüp içi ferahladı. O anda elini boşlukta hissetti. Babası yanında yoktu ve uçurumdan düşüyordu. Yere düşüp parçalanmaktan artık o kadar da korkmuyordu. Sanki havada asılı bir dala tutunur gibi kımıldamadan nefesini tutup gözlerini yumdu. Maksadı babasının hayalini tekrar çağırmak ve elini tutmasını sağlamaktı. Zihnini ve hayalini babasına kilitledi. Ulu Ruh'a yalvardı. Olmadı. Yalnızca sesi geldi yanına. On bahar öncesinde ölürken tekrarladığı cümleyi fısıldayarak:

"Sarıca! Hakikate yürü oğlum, hakikate inan. Ulu Ruh'un sesindeki hakikate! Adak sunmayı ve paylaşmayı ihmal etme. Öğreten'i ara, Uçan Haberci'yi... O seninle konuşacak..."

# Bölüm 3

Belinleyerek kendine geldi. Burnunun dibinde pis bir deri kokusuyla yüzünü kaşındıran tüyler vardı. Karanlığı hissetti. Başını zorla yana çevirebildiğinde bir yerlerden ışık sızdığını gördü. Çevreyi dinledi. Göklerin ateş kustuğu, yerlerin ateş püskürttüğü büyük kasırga sükûnete ermiş gibiydi. Nereye düşmüştü, neler olmuştu, kestirmeye çalıştı. Etrafını görmek için kımıldanmayı denedi. I-ıh!.. Gündüz olmalıydı. Burnuna deniz kokusu geliyordu. Galiba uçurumlu sahilin dibine kadar sürüklenmişti. Üzerindeki ağırlığın ne olabileceğini kestirmeye çalıştı. Bir ayı, bir gergedan, bir fil? En kötü ihtimalle bir mamut veya bizon. Ölü olmalıydı. Yoksa bunca kımıldanışa bir tepki verirdi. Etrafını anlamayı yeniden denedi. Çamur, ağaç dalları, çakıllar, kemikler ve büyük bir ıslaklık… Buradan kurtulmalıydı. Gücünü zorladı. Derin nefesler almaya çalıştı; kokudan boğulacaktı. Kımıldayıp göğsünü bir parça rahatlatmayı denedi. O sırada yakınında bir bebek sesi duydu. Ağlıyordu. Ardından bir köpek havladı. Korktu. Köpeğin kendisini veya bebeği çaresiz yakalayıp parçalamasından korktu. Ellerini yokladı. Ne bir bıçak ne kargı…

Köpeğin önünde çaresiz. Kurtlar kadar olmasa da köpek cinsinin avcıları parçaladığına yeterince şahit olmuştu ve tıpkı insan obaları, kurt sürüleri gibi topluca avlandıklarını, avlarını gördüklerinde acımasızca saldırdıklarını biliyordu. "Daha yakınında yemesi için başka ölü bedenler olduğu muhakkak!" diye düşünüp kendini rahatlatmaya çalıştı. Bebeğin sesi yükselmeye başladı. Onu emniyete almak için derhâl buradan kurtulmalıydı. Bütün gücünü toplayıp kendini yukarı doğru çekti. Kolundaki yarayı o vakit hissetti. Eti acıyordu. Kırık veya çıkık olmadığına sevindi. Dişini sıkıp biraz daha ıkındı. Derken üzerindeki ağırlığın kımıldadığını hissetti. Yüzünde bir şamar patladı; şlopp! Bir filin altında ezilmekte olduğunu anladı. Kulağının tam altında. Filler et yemezdi; rahatladı. Onu ürkütmeyecek şekilde kımıldanmaya, kulağını çekiştirmeye, gıdıklamaya, tırmalamaya başladı. Fil hiç oralı değildi. Belki yaralıydı yahut üzerinde onun da kımıldamasını engelleyen bir şeyler vardı. Başını diğer yana çevirip bir tahminde bulunmaya çalıştı. Işık sızıyor ama hiçbir şey görünmüyordu. Bebek ağlamaya devam ediyordu. Nihayet başını filin kulağı içine girebildiği kadar soktu ve var gücüyle bağırdı. Üzerindeki ağırlık da karanlık da tehlike de birden sona eriverdi. Fil koşarak uzaklaşıyordu.

Önce yaralı koluna baktı. Eti dilimlenmiş, sarkıyordu. Gözleri bebeği aradı. Sesin geldiği yöne ilerledi. İşte orada, paramparça olmuş fil dişli bir kaplan ile bir tilki ölüsünün arasında, yığınla çam dalının üzerinde, açıkta. İyi ama nasıl kurtulmuştu? Yanına vardı. O da ne? Konuşkan'ın ölüm ayinini yaptığı beyaz kirpikli saçsız bebek; lânetli velet. Durmadan kıpırdanıyor, açık ve geniş burun delikleri kasılıp gevşeyerek var gücüyle nefes alıyordu. *"Hırslı, haset-*

*çi, kinci olacak!"* Konuşkan'ı düşündü. Obanın kamıydı ve ona lânetli dediyse belki de sözüne güvenmeliydi. Bebeğe yaklaştı. *"Acaba şuracıkta boğuversem mi?"* Sonra birden durdu. Ulu Ruh dün gece herkese ölümü gönderirken ona hayat verdiyse belki de Konuşkan yanılıyordu. Ulu Ruh'a karşı gelmek istemedi. Annesinin de yakınlarda bir yerde olacağını düşündü. Ölüm herkes için sabahı bile beklemediği hâlde bebeği görmezden geldiyse hayatının devamı için annesini de görmezden gelmiş olmalıydı? Etrafına yeniden bakındı. Bebek için çevrede dolaşan tehlikeli bir hayvanın olup olmadığını kontrol etti. Manzara ürkütücüydü. Cesetler birbirine karışmış, pek çok hayvan da üst üste yığılmış ölümlüler dünyasında kımıltısız duruyorlardı. Alev saçan kasırganın ne kadar açgözlü olduğunu düşündü. Yer Ana acı çekiyordu besbelli. Ulu Ruh'un merhameti unuttuğu böyle bir zamanı hiç yaşamamıştı. Sebebini veya sonucunu anlayamadığı bir şey vardı mutlaka. Aksi takdirde bir seferde bu kadar avın telefi israf değil miydi?! Denizin üzerini maviden siyaha çe-

viren leşleri hiç saymıyordu bile. Bebeğe uzandı. Hemen yakınında susuzluktan can çekişen uzun dişli bir köpek balığı gördü. Geceki şiddetin miskin yer ile öfkeli gök arasında olduğunu zannediyordu; oysa dalgalı deniz ile hareketsiz toprak da kavgaya karışmış, yürüyenlerle yüzenler birbirine çarpmıştı. Bir köpek balığının sansar ve fil dişli kaplan ölüleri arasında başka ne işi olabilirdi ki? Acısını dindirmek için yüzgeçlerini iki eliyle tıkayıp hareketsiz kalasıya kadar bastırdı. Bebeği kucakladı. Avcıların Ulu Ruh'u kızdırmış olduğu kesindi; öleceği yaşatıp yaşayanı öldürdüğüne göre. Şimdi bu bebeğe bakmak gerekecekti. *"Annesi olmadan?"* Durmadan da ağlıyordu. Hayvanlardan birinin memesini yarıp birkaç yudum süt içirse susabilirdi. Ateş taşından* yonttuğu bıçağına el attı. Belinde değildi. Bir avcı için bıçak her şey demekti; üstelik ateş taşı gibi değerli bir maddeden imal edilmişse. Derhâl bir bıçak edinmesi gerektiğini düşündü. Kuşandığı kurt postu da birkaç yerinden delinip yırtılmış, kedi tulumundan yaptığı küçük torbası da içindeki deniz kabukları da belinden kopup gitmişti. Bu kabukları denizin derinlerinden çıkarıyor, boncuk ve takı hâline getiriyor ve ince dilimlediği kaytanlara dizip değer verdiği insanlara hediye ediyordu. Annesi, kardeşleri, Toprak Tutan, Kartal Göz ve birkaç kişi daha. Bazı kadınlar ile Büyük Kuzgun onun hazırladığı takılar için can atarlardı. Çevresine bakınca bir daha deniz boncuğu hediye edecek kimse bulamamaktan korktu. Torbasının kayboluşuna üzülmenin anlamsızlığını fark etti. Yaşananlardan sonra deniz kabuklarının fazla

* Obsidiyen; yanardağ lavlarının birdenbire soğuyarak taşlaşmış hâli.

bir önemi de kalmamıştı zaten. Sahili dolduran her cüsseden ceset ve denizin üzerini kaplayan karaltılar... Annesi ve kardeşleri... Geride kalansa işte şu bebek ile havlayıp duran köpek. Köpeğe baktı. Bacaklarının biri ağaç budağına takılı kalmış, kıpırdayamaz hâlde, öylece bekliyordu. *"Taze av?"* Çevresindeki yığın yığın ete bakarak "Ölü zannettiğim şu canavarlardan biri uyanırsa o yesin, böylece bana saldırmaz!" diyerek ilerledi. Avare ve kararsız adımlarla. Ne kadar çok derdi ve ne çok ihtiyacı vardı.

"Kimse yok muuu?"

Bebek durmadan ağlıyordu. Açlıktan. Sesi onun sesine karışarak defalarca bağırıp bir canlı aradı. Zaman ilerleyip de umudunu kesmeye başladığı sırada daha güçlü haykırmaya başladı:

"Kimse yok muuu?"

Yoktu. Ölümün ürkütücü dehlizlerinde ilerleye ilerleye denize kadar vardı. İnsan cesedi gördükçe kim olduğuna bakıyor, tanıdığı birine rastlamak istiyor, tanımadığı biriyse eşyalarından işe yararları alıyordu. Çakmaktaşından güzel bir baltası, ucu ateş taşı kıymığından bir kargısı, boncukları, boynuna takacağı kaplan ve ayı dişleri, sopa olarak kullanabileceği bir gergedan kemiği bile oldu. Düşündü, kardeşlerinin malını elinden alan kötü avcılar gibi hissetti. *"Utanmalısın!"* Ulu Ruh buna razı olmazdı elbette. Ama işte herkes ölmüştü. Yine de kefaret için bir şey yapmalıydı. Bir yunus gördü. Derhâl karnını yarıp yumurtalarını sıcak bir bulamaç yaparak bebeğin ağzına akıttı. Babasının sesi çınladı kulaklarında; "İyilik yapmak yetmez, oğlum; iyi de olmak gerekir!" *"Daha iyi olmalıyım!"* Birkaç yumurta daha... Bebeğin ağlaması kesilesiye kadar.

Kargısını ölü bir mamutun karnına saplayıp diğer eşyaları onun yanına yığmaya başladı. Yürürken ölülere tek tek bakıyor, göğsünde, omzunda veya alnında oba damgalarına rastlıyor; yılanlar, kartallar, aslanlar, kurtlar görüyor ama hiç kuzgun damgası bulamıyordu. Bunu bebeğin uğursuzluğuna yordu. İyi ama en çaresiz konumdaki bebek burada olduğuna göre oba halkının daha değişik bir yere savrulma ihtimali olabilir miydi? Rastladığı damgalar sahile uzak obalara aitti. Kasırganın ilk vurduklarıyla en son sürükleyip getirdikleri üst üste, alt altaydı. Kuzgun Obası'nın insanları belki de ölü yığınlarının altında kalmışlardı. "Ne kötü!" diye geçirdi içinden; sonra da "Belki de ölülerimizi diğerleri gibi uzun sürüklemediği için Ulu Ruh'a şükretmeliyim!" dedi. *"Böylece kendiliğinden gömülmüş oldular!"*

Gün ilerledikçe çaresizliği ve karamsarlığı katmerleniyordu. Dilinde bir tek haykırış; gitgide daha umutsuz ve cılız:

"Kimse var mııı?"

A-a!.. Bir inilti duyar gibi oldu. Dikkat kesildi. Evet, bir ses. Üstelik boğuk boğuk kendi adını sayıklıyor:

"Sarıca!.. Sarıca!.."

"Kimsin? Neredesin?"

"?"

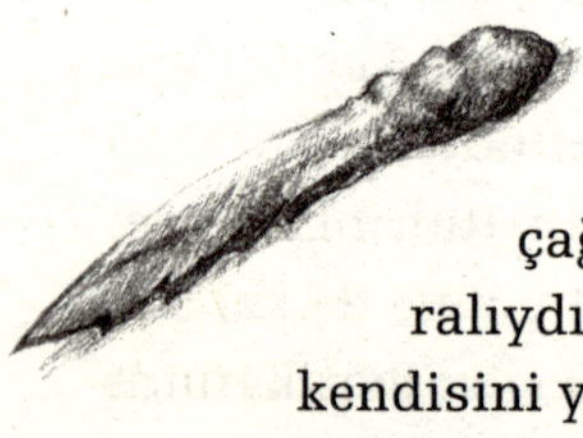

Her kim ise cesetlerin altında yüzeye yakın bir yerde olmalıydı. Adını çağırmıştı. *"Obadan olmalı!"* Belki yaralıydı. Bir kadın sesine benzetmişti. Bilinci kendisini yanıltmış da olabilirdi. Yine de bir kadın çok işine yarar, şu bebeği sustururdu.

"Sarıcaaa!"

Kulaklarına inanamadı. Felâketten sonra tam bir müjde gibi... Evet, Çira'ydı bu. Bu sefer ses birkaç adım öteden gelmişti.

"Çira? Neredesin?"

"Buradayııım! Nefes alamıyorum."

Sarıca sese doğru ilerledi. Ulu Ruh, Çira'yı bağışlamıştı, ellerini göğe açıp teşekkür etti. Sonra da "Bebek lânetli olabilir mi?" diye yeniden geçirdi aklından.

"Sarıcaaa!"

Çok hızlı karar vermek zorundaydı. Yüzükoyun yatan kambur bir bizonu gözüne kestirdi. Sırtındaki hörgücünü baltasıyla tek hamlede ikiye yarıp bebeği içine yatırdı. Böylece üşümeyecek hatta belki uykuya varacaktı. Sonra "Çira! Dayan!" diye diye leşleri kenara çekmeye ve yuvarlamaya başladı.

"Bebeğim? Sesini duydum?"

"Evet, merak etme... Yanımda!"

Bebek, bizonun karnında mayışıp uykuya varmıştı. Sarıca onun sesini duyması için kaba etine bir çimdik attı. Bebeğinin ağlayışlarını duyan bir annenin yaşama azminin artacağını düşündü. Çira boğulur gibi sesler çıkarıyor, nefes almakta zorlanıyordu ama başarmak zorundaydı. Sarıca kolundaki yarayı hissetti. Sanki daha fazla sızlamaya başlamıştı. Gücü tükense, son nefesini verse de bunu başarmalıydı. Yığınla leşin altından Çira'yı çıkardığında öylece uzanıp kaldı.

Çira'nın imrendirici güzellikteki bedeninde de ateş ateş güzellik saçan yanaklarında da tek çizik yoktu. Oba Reisi Büyük Kuzgun'un onu çocukken ilk gördüğünde pembe pembe yanağına bakıp "Kor tanesi bebek, sanki bir çıra!" dediğine, ateşe hükmeden babasının bu sözden hoşlanıp kızını Çira diye çağırdığına dair söylentileri hatırladı. On üç ya-

şına girdiğinde onun için yapılan şölende bütün obanın ellerinde birer çıra ile buzların üstünde sabaha kadar eğlendiklerini ve ertesi sabah gurur duyduğu kızının ateş ateş güzelliğine ziyan erişmemesi için Konuşkan'ın yedi dağdaki kuzgunlara ve kartallara et dağıttırdığını bilmeyen yoktu. Şimdi Çira'ya bakınca dağıtılan etlerin işe yaradığını ve uzaktan seyredip bir türlü yanına yaklaşamadığı şölen gecesini hatırladı. Çira da kurtuluşuna minnetini bildirmek için Sarıca'ya sarıldı, ardından bebeğini kucakladı. Sonra da çevresine bakınıp ağladı. Felâket her yandaydı. Gözleri hayatta kalmış birilerini arıyordu. *"İmkânsız!"* Sarıca bir fil ile bir köpekten başka canlı görmediğini anlattı; başıyla köpeği işaret ederek. Sonra da köpeğe doğru dikkatle yaklaştı. Avcı refleksiydi bu. Göz göze geldiler. *"Sanki bir yavru. Kolay av!"* Köpek dikkatle onu izliyordu. Merhamet dolu gözlerle bakıştılar. Birinde isteyen, diğerinde gösteren... Babasını hatırladı ve kararını verdi. Onu avlamak yerine kurtaracaktı. Babası böyle yapardı. Daha yakınına vardı. Kuru bir kütük dalı ön dizlerinden sağdakine kargı gibi saplanmış, âdeta bedenini askıya almıştı. Kasırgada kütükle birlikte sürüklenirken çok acı çekmiş olmalıydı. Gözlerindeki bakış bütün o acının birikmiş hâlini dışa vuruyordu. *"Belki de boynunu keserek ıstırabına son vermek daha iyi olacak!"* Onu ateşte pişerken hayal etti. Başını kestikten sonra henüz eti soğumadan çiğ çiğ yiyerek ona saygısını göstermeyi de geçirdi aklından. Böyle yaparsa kemiklerini de gömerdi. Yaklaştı. Hayır bütün bunları yapmayacaktı. Köpek onu anlamış gibi boynunu büktü. Hiç havlamadı, mızıldanmadı. Yalnızca boynunu büktü ve öylece gözünün içine baktı; ıstırap ve melâl içinde. Acınacak hâldeydi ve bakışlarıyla bir dostluk kurmaya çalışıyordu. Bıçağını kaldırdı, önce ağaca birkaç çentik attı, sonra da kırıp nazikçe köpeğin bacağını kurtardı. Köpek birden üzerine atıldı. Kuyruğunu sallayarak ayaklarını yalıyor, ona teşekküre çalışıyordu. Sarıca "Git buradan!" dedi. Hayır, gitmiyordu. Uzaklaşması için ayağıyla hemen yakınlarında göllenmiş deniz suyunu köpeğe doğru birkaç kez sıçrattı. Tuzlu su ağzına girince viyaklayarak geri çekildi.

Sarıca, Çira'yla bebeğin yanına yürüdü. Köpek bir yandan derisindeki sulardan silkeleniyor, diğer yandan sekerek yine onu takip ediyordu. O durunca köpek de durdu. Çira köpeğin yakınına gelişinden tedirgin olmuştu. *"Ya saldırırsa?"* Sarıca onun korktuğunu görünce teselli için anlattı:

"Yaralı; bize zarar veremez. Hem görüyorsun küçük bir köpek, 'Parmak' kadar."

"Peki ya 'Tırnak' kadar şu bebek, bebeğim?"

Sarıca ona hak verir gibi başını sallayıp köpeği kovmaya çalıştı:

"Huşt!.. Köpek, haydi git!"

Köpek kımıldamadı bile. Sarıca konuyu değiştirmek istedi:

"Pekâlâ, yapılacak çok iş var!"

"?"

"Hayatta kalmak için, yani!"

"Köpeği öldür önce!"

"Parmak kadar bir köpek mi seni korkutan? Bence bu kadar et yığınının kokusunu alacak leş yiyicilerin dişlerini hayal edip korkmalısın! Gelmeye başladıklarında..."

"İyi ya işte, en yakınındakinden başla ve öldür şunu!"

"Tek derdimiz köpek değil Çira. Güneş gittiğinde, fırtına yeniden başladığında, sular yeniden geldiğinde veya ölüler kokmaya başladığında... Bunlardan korkmalıyız."

"Elbette korkunç şeyler; ama..."

"O hâlde şimdi köpeği öldürme değil, tedarik zamanı. Buradan alabildiğimiz ne varsa alıp bir an evvel gitmeliyiz!"

"İyi, hemen başla!"

Sarıca içinden geçeni dillendirmedi. "A-ha... Bana emretmeye başladı!" *"Teşekkür böyle mi olur?"*

Sarıca, kolunun ağrısına rağmen uğraşıp didindi, bebek için bir tilki postu yüzdü, gece içinde uyuması için. Sansar tulumundan bir torba yaptı. Bir devenin mesanesi ve meme torbasından dikkatlice tulum çıkardı; matara olarak kullanmak için. Ayaklarına sarıp yürümek için de bir bizon derisi parçaladı. Parçaları dizlerine kadar doluyor, sonra da geyik derisinden ince ince kestiği kaytanlarla sarmalayıp bağlıyordu.

Son bir kez yerde serili insanları kontrol etmeye başladı. Eğer canlı var ise... Süslü başlık taşıyan bir avcı cesedi çıktı karşısına. Boynunda bir gerdanlık, yanında da şimşir dalından yapılmış süslü ve kakmalı kargısı vardı. *"Sansar Obası'nın reisi olmalı!"* Totemin çıktığı yuvaya en keskin kargı ucunu taktı ve savaş narası atarak havaya kaldırdı. Ergenlik yaşına bastığı günleri hatırladı. Gerçek bir avcı olmak için fırsat kollayıp durduğu zamanlar. Ne ki obanın kamı Konuşkan her defasında onu geri çevirmiş, küçümsemişti. *"Ben Konuşkan'ın kızına böyle davranmayacağım!"* Kam olarak ona duyduğu saygıyı artık kızına göstermeye karar verdi. Yanına döndüğünde Çira sanki niyetini anlamış gibi elinden tutup onu yere oturttu. Kolunda sarkmakta olan etlerini yıkayıp düzeltti. Üzerine merhem sürmeye başladı.

"Bu nedir?"

"Yaranı iyileştirecek bir macun, ölü bir koyundan kuyruk yağı, şuradaki bataktan da kantaron otu, sarısabır ve karabaş tohumu."

"İyileştirecek mi?"

"Elbette! Ben ruhanî bir kamın kızıyım! Hangi bitkinin neye yaradığını bilirim."

Sarıca, Çira'yı ruhlara hükmederken düşündü. Kamın kızı kam olurdu. Ulu Ruh'un ve Yer Ana'nın gücünü elinde tutar, bitkilerin ve hayvanların ruhlarıyla konuşur, avlanacak hayvanı belirleyip canını vermesi için razı eder, ölü ruhları incitmeden cennete gönderir, Ulu Kayın'ın dilini okur ve kuşlarla hayvanların resimlerini yaparak onları koruyucu ruhlara döndürürdü. Çira'nın bitki yapraklarından ve saplarından merhemler yapma konusundaki maharetini obada herkes bilirdi. Öte yandan, kurutulmuş bağırsaktan parmak boğumu büyüklüğünde boya keseleri düğümler, bunları şap ile karıştırdığı ayva kabuğu, ceviz yaprağı, boyacı dikeni, soğan kabuğu, papatya, diken üzümü, çivit otu gibi bitkilerden ve isten elde ettiği renk renk boyalar-

la doldurup saçlarının ucuna süs diye asar, gerektiği zaman bir sıçan kuyruğuyla istediği renkte totemler çizerdi; ağaçlara, bedenlere, kayalara, taşlara... Tıpkı şimdi yaraya saracağı deriye yaptığı Ulu Kayın resmi gibi.*

Çira ağacın gövdesini insana benzetmiş, âdeta kendini çizmişti. Tılsımlı bir şifa niyetine. Sararken de ayağına doladığı derinin kaytanını kullanmıştı. Dokunuşlarının yaraya şifa vermekten öte Sarıca'nın kalbine sevgi ve dostluk akıttığından habersizdi. Sarıca teşekkür etmek için elini tuttu. Yavaşça avucunu açmasını sağladı. Sonra da deniz kabuklarından yapılmış gerdanlığı gülümseyerek içine koydu. Ortada başparmak büyüklüğünde parlak bir sedef parça, iki yanında gitgide küçülüp serçe parmak ebadına doğru sıralanan on ikişer ışıltılı kabuk ve aralarında renkli deniz çakıllarının mükemmel uyumu. O güne kadar gördüğü en güzel takı. Çira'nın yanağı kızardı. İnce ve kırmızı dudağının kıvrımı gamzelendi. Bir an ne yapacağını şaşırır gibi oldu. Neden sonra Sarıca'ya gözlerini yummasını işaret etti. O hazır olunca da avucuna bir kemik parçası koyup kulağına eğilerek fısıldadı; ikisi ilk kez birbirinin kokusunu duyuyorlardı:

"Bu, beni kurtardığın için!"

Sarıca avucundaki kemiğe baktı. İri bir kertenkelenin kuyruk sokumundan nadir incelikte bir kemikti. Bir karış uzunluğundaki bu tür kemiklerden hep kaval yapılırdı; küçük ama gür sesli bir kaval. Obanın kavalcısı olarak bunu en iyi o bilirdi. Ağzına götürdü. Üflese belki ses çıkartırdı ama birkaç delik açtıktan sonra güzel bir ezgiyle

---

* Bu labirent pagan kültürlerde din adamlarınca kötü ruhlara kurulan bir tuzağı da temsil eder.

bu zarif teşekkürün karşılığını en görkemli şekliyle vermek üzere niyetinden vazgeçti.

"Sığınacak bir yer arasak iyi olacak!"

Akşam alacası çevreyi kuşatmıştı. Biraz sonra gece olacaktı. Çira onu duymamış gibi kemiği işaret etti. Sesini dinlemek istiyordu besbelli.

Sarıca gülümsedi. Elinden tutup onu en yakın ağacın altına götürdü. Küçük ellerinin yumuşaklığını hissedince içinde bir titreme belirdi. Sebebini anlayamadığı, heyecan verici bir titremeydi bu. Sonra ince parmaklarını sıkmak geldi içinden. *"Yapma!"* Babasının "Küçük elli kadın, mert olur Sarıca, evlâdım; ince parmaklının ise anlayışı tez, cömertliği çoktur" dediğini ona söylemek istedi. *"Yapma!"* Heyecanı konuşmasına mâni oluyordu sanki. Sarıca oturması için ağacın gölgesinde kalan toprağı düzleyip ona yer hazırladı. Sonra da tıpkı Ulu Kayın'ın altında yahut bir kutsal mekândaymış gibi üflemeye başladı. Çira onun üflediği ezgiyi biliyordu. Obanın yuğ ve ölüm törenlerinde, baharın geliş bayramında, av şölenlerinde ve gerdek gecelerinde çalınır, Ulu Kayın'ın hışırtısıyla dinlenirdi.

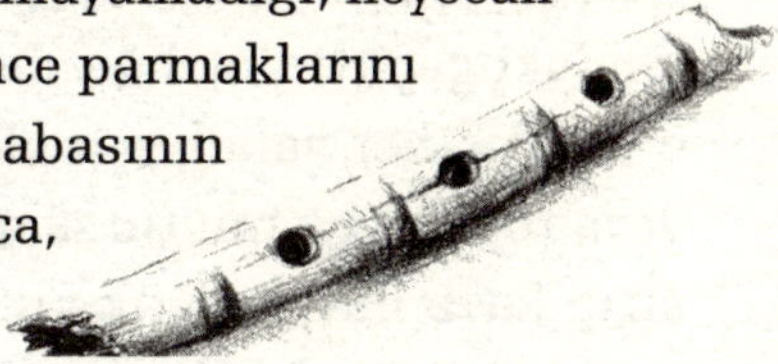

Çira başını göğe çevirip "Akşam Yıldızı" diye fısıldadı. Sarıca kızıllığı gitgide laciverde dönmekte olan akşamın büyüleyici göğü altında, belli belirsiz parlamaya başlayan yıldızı seçmeye çalıştı. Gözlerini kısabilir, iki elini dürbün gibi yapıp yıldızı görebilir, bazı zamanlardaki gibi kendisine gülümsediğini veya fısıldadığını bile hissedebilirdi. Üflemekte olduğu hüzünlü ezgi buna mâni oldu:

"Akşam Yıldızı?"

Çira parmağını onun gözleri hizasına getirip işaret etti:

"Bak! Bak, bak; doğuyor! İşte orada, bak!"

Sarıca, onun heyecanına katılmaktan kendini alamadı. Saçının saçına değdiği bir andı.

"Evet!.."

Kuzgun Obası'nda bir erkekle bir kadın Akşam Yıldızı'na aynı anda bakıyorlarsa ikisinin arasında bir söz verilmiş olurdu. Birinin diğerini hiç bırakmayacağına dair bir sözdü bu. Çünkü Kuzgun Obası'nda herkes bilirdi ki her akşam bütün yıldızlardan önce görünen bu yıldız gök ile yer arasındaki geçittir ve diğer bütün yıldızları her gece arkasına o dağıtır, her sabah o toplar. Eğer o bir yıldızı toplamazsa veya toplamayı unutursa o yıldız sonsuza kadar yolunu şaşırıp kaybolur ve artık yıldız olamaz. Ama eğer o bir yıldızı, bir erkekle bir kadının ortak sesine şahit ediyorsa yıldız bir toteme dönüşür, erkekle kadının mutlu olması için parlamaya başlardı. Çira, ölümün, yalnızlığın ve çaresizliğin ortasında, akşam alacasının hüznüyle, tam da Akşam Yıldızı'na bakarak kendiliğinden verilen karşılıklı sözün mutluluğu ve elbette sorumluluğuyla tek tük ayakta kalan ağaçların yapraklarındaki hışırtıları dinledi. Ulu Kayın'ınki gibi ulvî bir ses gelmiyordu kulağına ama Sarıca'nın üflediği ezgiyle kendisine bir oba olma teklif ettiğini, matem ve sevinci birlikte yaşama davetini ta içinde duyabiliyordu. Gözünden iki damla yaş yanaklarına süzüldü. Onca derdin ve acının içinde bir anlık mutluluk için... Sonra da Sarıca'nın hediye ettiği gerdanlıktaki deniz kabuklarının iç kıvrımlarına Ulu Kayın'ın resmini çizmeye başladı. Sırayla ve zarafetle... Yerler ve göklerle bütün bir kâinatı temsil eden bir Ulu Kayın... Ve Ulu Kayın'ı içine sığdıran tırnak ebadında bir deniz kabuğu... Ve kokuları birbirine karışan iki bedende sevgiyi en yoğun şekliyle hisseden kalpler...

# Bölüm 4

Geceledikleri mağaraya güneş girmeye başladığında bayatlamış et kokusuyla uyandılar. Sarıca çıkışa ilerleyip uzun uzun etrafa bakındı. Devâsâ ateş toplarının erittiği buzlar sele dönüşüp sahile ceset taşımaya devam ediyordu. Ölüm, bütün korkunçluğuyla her yandaydı ve birkaç gün içerisinde mağaranın su altında kalacağı, çürümüş et kokusunun her yanı kaplayacağı ortadaydı. Gidebildikleri kadar uzağa gitmeleri gerekiyordu. Suların ve ölümün kendilerini takip edemeyeceği kadar uzağa. Dev akbabalar tepede dolanıp durmaya başlamıştı bile.

Güneş yükseldiğinde, Ulu Ruh'un lânetlediği ölüm sahilinden ayrıldılar. Niyetleri ateş yakarak güvende geceleyecek bir mağara buldukça durmak, güneş doğar doğmaz ilerlemekti. Yolları üzerinde tehlikeler, ölüm ve açlık kol geziyor olacaktı. Her gece ateş yakmaları şarttı. Teda-

rikleri buna göreydi. Büyük kasırga, avlayacakları hayvanlar kadar toplayacakları meyveleri ve bitkileri de telef etmiş olmalıydı. Bunun için sahilden ayrılmadan evvel ölü avlardan taşıyabilecekleri miktarda et tütsülediler. Onları sürükleyip taşımak için iki sırık arasına bir gergedan derisi gerdirdiler. Dolunay yeniden gelesiye kadar hayatta kalmayı başarmak ve yeni bir oba bulmaktı niyetleri. Bunun boş bir umut olduğunu henüz bilmiyorlardı. Yine de Çira kayaların üzerine işaretler çize çize ilerlediler; kendi tecrübelerinden hareketle arkadan gelenlerin nerede neyi bulabileceklerine dair işaretler ve en sonunda kendilerini bulabileceklerine dair işaretler...

Yolda ilk tartışmaları, bebeğin doyurulması üzerine çıktı. Çira onun her ağlayışında Sarıca'dan bir şeyler yapmasını istiyor, o da gece uykusunu bölen, üstelik Konuşkan'ın lânetli olduğu için ölmesi gerektiğine karar verdiği bir bebek için bunu yapıp yapmama konusunda çekincelerini dile getiriyordu.

"Çira! Şu bebek diyorum; ya baban haklıysa?"

"Haklı değildi. Bir kam sırf saçsız doğdu, kaşı kirpiği beyazdır diye bir bebeği uğursuz saymamalı."

"İyi ama yeraltı iblisleri? İfritler? Belki de bu kasırga onun yüz..."

"Kasırga onun yüzünden olsaydı babam hayatta, bebeğim de ölmüş olurdu."

"Bir nefilim tohumu için..."

Çira bıçağını çekip Sarıca'nın gırtlağına sarıldı:

"Sakın bunu bir daha deme. Bir ifritle yattığ..."

Çira sözün gerisini getirmedi ama Sarıca'ya bu konudaki öfkesini göstermiş oldu. Onun geri çekildiğini görünce de sesini bir perde düşürüp devam etti:

"Bebeğimin bize ayak bağı olacağına dair binlerce sebep göstersen de onu feda etmeyeceğim Sarıca; bunu benden isteme. Eğer isteyeceksen şimdi bizden ayrılabilirsin, yok ayrılmayacaksan git şimdi ona yumurta bul çünkü kasırgada sütüm çekildi, birkaç zaman onu emzirmeden doyurmak zorundayız."

Sarıca bir an duraksadı. Akşamki cana yakın kızın bebek söz konusu olunca vahşi bir çitaya dönüşmesini anlamaya çalışıyor sonra da kendisine hayret ediyordu. Daha ilk günden ona itaat edişine, söylediklerini emir gibi algılayışına... Çira'nın öfkesi veya haşin yaratılışına karşılık kendisi iyilik yanlısı, mülâyim bir huya sahipti. Onu uzaktan sever, güzelliğine ve endamına hayran kalır, avcılık sırasında bir ceylana rastladığında onu hatırlar, obaya döndüğünde ise samimiyet kurabilmek için fırsat kollar ama bir türlü başaramazdı. Biraz da utanmasına bağlıyordu bunun sebebini. Belki de anaların babalardan etkin olduğu Kuzgun Obası'nda kadınların üstünlüğü içgüdüsel olarak ona itaatini zorunlu kılmıştı; kestiremedi. Dediğini yapmak üzere ilerlerken arkalarında bir havlama sesi duydu. Tanıdık bir ses.

"Köpek?"

Evet, işte oydu. Birkaç metre ötede öylece durmuş, sakat dizini bükerek kuyruğunu sallıyor ve kendisine bakıyordu. Demek takip edilmişlerdi. Yaralı bir köpek gün boyunca kendilerini neden takip etmiş olabilirdi ki? Belki de kokularını alıp gelmişti. Bir köpek için sahildeki onca yiyeceği bırakmak şaşılır şeydi. Bebeği bir av olarak görmediği de ortadaydı artık. Sarıca ona yaklaşmak için hareket ettiği sırada kolunda bir kaşınma hissetti. Yarasının iyileştiğine işaretti bu. Aklına geldi. Çira'ya, hazırladığı macunun kalanını sordu.

"Bu akşam yeniden süreceğiz!"

"Şimdi versene onu bana!"

Çira onun bu merhemi köpeği tedavi için kullanacağını bilse belki vermezdi. Sarıca, bebeğin devam eden ağlamasına aldırmadan köpeğin ayağını sarmaya girişti. Çira bozuldu:

"Yarın kolunu koparması için bugün parmak kadar dediğin şu köpeğin bacağını iyileştireceksin ha?!"

"Yapma Çira, şu hasta yaratık mı kolumu koparacak?"

"Senin değilse bile tırnak kadarcık bebeğim için tehlikeli!"

"Sen bir parmaktan tırnağa ziyan eriştiğini gördün mü hiç?"

Çira hiç gülmedi, bilakis hoşnutsuzluğunu belli edecek tonda cevap verdi:

"Ziyan eriştirecek olursa ben de seni..."

Sarıca köpeğin ayağını sarmayı bitirmişti:

"Haydi bakalım; şimdi git... Ve Tırnak'tan uzak dur!"

Sarıca "Sıra bebeğin karnını doyurmakta!" der gibi Çira'ya bakıp oradan ayrıldı. Geri döndüğünde kendini affettirmek için bir sebebi vardı:

"Bak, yumurta ararken ne buldum!"

Elindeki mankala tahtasını Çira'ya uzattı. Mankala, oba reislerinin oyunuydu. Güya isabetli karar verme ve muhakeme yeteneklerini geliştirirken, ileriyi görüp olacakları bilirken, farklı düşünme ve görmeyi sağlarken, hızlı karar verirken yahut bir problemi çözerken mankala onlara yardımcı olurmuş. Kuzgun Obası'nda mankalayı en iyi oynayanın Çira olduğunu herkes bilirdi. Sandal ağacından gelişigüzel oyulmuş iki karışlık tahtaya baktı. Arkasını çevirdi. Evet, Sansar Obası'nın totemi.

"Biliyorum bu mankalayı, Reis Ulu Sansar'ındı. Bir kere de karşılıklı oynamıştık. Kasırga onu da savurmuş anlaşılan!"

Sarıca, Çira'nın sesindeki hüznü hissedince teselliye çalıştı:

"Herkes gibi..."

"Herkes gibi..."

"Kalan bir sen, bir ben..."

"Bir Tırnak, bir Parmak..."

Buna ikisi de gülümsedi. Biri Tırnak'ı, diğeri Parmak'ı kabullenmiş gibiydi. Elleri kendiliğinden buluştu. Sonra da Çira kalkıp ateşi harlandırdı. Korları bir kenara çekti. Et pişirecekti anlaşılan. Tütsülenmiş eti pişirmek bir şükran göstergesiydi. Şu anda hissettikleri mutluluğun sürmesi için... Sarıca etten iri bir parça kopardı. Yolduğu bir kabağı parçalayıp çekirdeklerini ayırdı. Üzerine bir yaban muşmulasının suyunu sıkıp birkaç erik yaprağı ufaladı ve düz bir taşın üzerinde ezip hamur etmeye başladı. Her şey sakız ve reçine kıvamına gelince üstüne iri bir kertenkele yumurtası kırıp bulamaç yaptı. Pelteleşen hamuleyi taşın üzerinden bir incir yaprağına parmağıyla sıyırdı ve cızırtıyla kızarmakta olan etlerin üzerine sürmeye başladı. Çevreyi güzel bir koku kaplayıverdi. Birbirlerine gülümsediler.

Birlikte mutlu olabileceklerini hissediyorlardı artık. Onca sıkıntı ve acının ardından yekdiğerine olan ihtiyacı fark etmişlerdi. Sarıca onu bulduğu için Ulu Ruh'a teşekkür edip Yer Ana'ya adak adadı. Bunu hissettirmek için kısacık bir an da olsa Çira'nın omzunu eliyle sıvazlayarak minnetini bildirdi. Eriyen buz dağlarından akıp gelen suların döküldüğü coşkun ırmağa ve suya yansıyan güneşin oynak ışıklarına dalmışken elini tuttu. Bir an, ılık esen rüzgârın getirdiği bahar kokusunu hatırladı. "Bir daha bahar olur mu acaba?" diye geçirdi içinden ve ortamın hüznünü dağıtmak için neşeli bir sesle sordu:

"Mankala oynayalım mı Çira, ne dersin?"

"Karşımda dayanamazsın, zevksiz bir oyun olur!"

"Denemeden bilemeyiz?"

Sarıca mankala tablasını getirdi. Çira kendisi için azı dişleri büyüklüğünde beyaz çakıl taşları, Sarıca için de kurumuş keçi boku topladı. Bunları daha sonra kırmızı taşlarla değiştirmeyi kurdu. Sarıca çukurlara taşları koyup aldıkça Çira'nın nasıl bir yol takip ettiğini çözmeye çalıştı. İlk oyunu elbette kaybetti. İkincide, Çira'nın yaptığı her hamlede onun düşündüğünün tersini düşünüp oynadı. Çira zorlandı ama belli etmedi. Hatta oyunu öğrenmesi için mahsus yenildiğini söyledi. Üçüncü oyun bir türlü bitmek bilmedi. Ne tepelerine gelen dev kanatlı leş yiyiciler ne Parmak'ın havlamaları onları mankalanın heyecanından uzaklaştırabildi. Ta ki Tırnak uyanıncaya kadar. Onun sesine ikisi birlikte koştu.

# Bölüm 5

İlerliyorlardı... Buzların erimeye devam ettiği ıslak bir dünyada ve çamurlara bata çıka... Üstelik geçtikleri her yerde ölümü görerek... Tırnak kucakta, Parmak peşlerinde... Dolunaylar geliyor, dolunaylar geçiyordu. Geceler uzadıkça uzamış, gündüzler kısaldıkça kısalmıştı. Sarıca, gittiği her yere babasının hayalini ve tembihlerini de taşıyordu; "Hakikate yürü oğlum, hakikate inan. Ulu Ruh'un sesindeki hakikate! Adak sunmayı ve sadaka vermeyi ihmal etme. Öğreten'i ara, Uçan Haberci'yi... O seninle konuşacak..." Kuşları izlemeye böyle başladı; uçtukları yöne giderek ve bir gün gelip birinin kendisiyle konuşmasını bekleyerek. Uçan Haberci, bir kuş olmalıydı veya bir melek... Sonra bunun beyhude oluşuna inandı. Peki ama hakikati kime soracak, kimden öğrenecekti? Ne bir can ne bir insan!.. Günler aktıkça karamsarlık ve umutsuz-

luk ruhlarını esir alıyordu. Bıkkınlık, çaresizlik... Neşelenmek istediklerinde mankala oynuyorlardı ama artık ondan da bıkmak üzereydiler. Sarıca, Çira'nın reisliğini çoktan kabullenmişti. Onun herhangi bir konuda başarısız olunca öfkelendiğini, taşkınlığa vardığını ve mağlubiyeti hazmedemediğini artık biliyordu ve sevinmesi, neşeli olması için yollarda akıp giden zamanı elinden geldiğince şenlendirmeye bakıyordu. Akşam Yıldızı'nın doğuşunu izledikleri gün batımlarında sık sık kavalını ağzına götürüp Kuzgun Obası'nda herkesin ezberlediği ezgilerden birini üflemesi, onun yanağındaki pembeliklerin çoğalması ve dudağında görmeyi umduğu tebessümün oluşması içindi. Yine böyle bir akşamda Sarıca, Çira'ya özel bir yemek hazırladı. Birer karış uzunluğunda yılan yavrularından da çerezler kızartıp sundu. Yemekten sonra ise bir bilezik hediye etti; rengârenk taşlardan ufak ufak yontulup parlatılmış bir salkım. Daha önceki gerdanlığa uyumlu. Onunla gelecek hakkında konuşmak istiyordu; sakin ve anlayışla. Ne ki Tırnak ağlamaya başladı. Çira yemek ve gerdanlığın sarhoşluğuyla onu kucağına alıp memesine tuttu. Hayret, çocuk emiyor, anne de emziriyordu. Çekilen sütü geri gelmişti. Mutluluk da. O gece dördü kucak kucağa yattılar; Sarıca, Çira, Tırnak ve Parmak... Bir oba özlemiyle... İkisi de uzun uzun Akşam Yıldızı'na baktıklarını birbirlerine söyleyemeden.

Ertesi sabah Çira saçlarını minik tohumlar, küçük kemikler, minik dallar, otlar, çiçekler ve tüyler bağlaya bağlaya neşeyle ördü. Sarıca onu seyrederken içten içe bir şarkı söylediğini bile düşünüyordu. Kaç zamandır hiç bu kadar mutlu olmamışlardı.

Eriyen buzların ulaşamadığı kuru topraklarda hayat eskisinden de zordu. Toprak sarı ve ıssız, ağaçlar meyvesiz ve hışırtısızdı. Kıyısında ilerledikleri suya renginden dolayı Karasu dediler. Karasu kâh kıvrıldı kâh duruldu kâh uçurumdan atladı ve gitgide genişledi, sesi uykuları bölecek kadar çoğaldı ve nihayet bir göle ulaştı. "Göl özgür ruhlar için bir tuzaktır!" demişti bir keresinde babası. Çira'ya ne yapmaları gerektiğini sordu. "Güneşin ardından gidelim; o nerede geceliyorsa biz de oraya varalım!" cevabını alınca günlerce yeni bir ırmak aradı kendine. Karasu'ya oranla daha tatlı bir suyu ve kıyılarında çeşitli otları olan bir ırmak. Adını Selenge koydu. Sonra bir ırmak daha gördüler; Sarısu* dediler. Ve sonraki Yenisey, bir sonraki Seyhun... Seyhun boylarına on altıncı dolunayda gelebilmişlerdi; Tırnak'ın paytak paytak adım atışına sevinme zamanları. Güneş burada yakıcı, günler daha sıcaktı. Gün ortasında yürüyüşlerini bölüp dinlenmeye ve gecenin yarısından itibaren yürümeye alıştılar.

Çok yürüyüp yoruldukları bir günün ortasındaydı. Sarıca, ırmağın kuytu inlerine dalıp iri balıklar yakalamıştı. Irmaktan çıkınca beline uzanan ıslak saçlarının suyunu süzdü. "Biraz kısaltsam iyi olacak!" diye düşünürken Parmak, ayaklarına dolanmaya başladı. Telâşla Sarıca'ya bakıyor, durmadan burnunu ayağına sürtüyordu. Bir-

---

* Lena ırmağı

kaç adım gidiyor sonra geri gelip aynı hareketi yeniden yapıyordu. Üçüncüde daha uzağa gitti. Sarıca onun bir şeyler anlatmaya çalıştığını düşünüyordu ama ne olduğunu kestiremedi. Peşinden gitti. Evet, işte oradaydı. Bir koyun kayayı ısırmaya çalışıyordu. Demek Parmak onun kokusunu almıştı. Usulca geri dönüp kargısını kaptı. Koyun hâlâ ağzını kayaya sürüyordu. Temrenini kontrol etti. Omzuna doğru çekip hizaladı ve koyun ile göz göze geldiği anda fırlattı. *"Oh, tam isabet!.."* Bir sevinç narası atarak koştu. Çira ve Parmak için taze av eti bulmanın nadir sevinciydi bu. Hazır ateş de yanarken... Ama o da ne? Koyunun ayakları dibinde iki yeni doğmuş kuzu. Peki ama koyunlar bu mevsimde yavrulamazdı ki. Bilse bu koyunu avlar mıydı hiç? Bütün avcılar bilirdi ki mantar veya meyve toplarken bile yalnızca ihtiyaç duyulan kadarı alınır, bir bitki yatağının tümü sökülmez, bir av öbeğinin tamamı avlanmaz, belki en yaşlı olan ile yetinilirdi. Avcılar dünyasında her şeyin bir amacı olur ve tesadüf diye bir şeye inanılmazdı. Yer Ana'da anlamsız veya yanlış hiçbir şeye rastlanmaz; yanlış, avcılar tarafından yapılırdı. Şu anda olduğu gibi. Bu koyunun kendilerine yiyecek sağlamak üzere yollarına çıkıp çıkmadığını iyice araştırmadan ona kargısını fırlatmamalıydı. Yer Ana'nın lânetini çekmemek için derhâl sevinmeyi bıraktı. Kuzulara baktı. Doğumdan sonra tüyleri yeni kurumuş gibiydi. Biri ayağa kalkmaya çalışıyordu ama bacakları gövdesini taşımaya yetmedi. Diğeri ağzını uzatmış kayayı ısırmaya çalışıyordu. Kayaya baktı. Koyun veya kuzu kayayı neden ısırmaya çalışsındı ki? Elini uzatıp kayadan bir parça kopardı; dişine götürdü. Bir tür mantar olup olmadığını anlamaktı niyeti. Ama hayır, işte bildiği taş idi. Ağzında hoşlanmadığı bir tat oluştu. Tükürdü. Koyunu omzuna, kuzuları kollarına alıp Çira'ya getirdi.

"Bak Çira, taze et. Bu yavruları da yarına saklarız! Tabii Yer Ana'nın lânetine uğramazsak!"

Çira olup biteni öğrendiğinde onu vicdanen rahatlatacak birkaç cümle etti ve taze av bulduklarına sevinmesi gerektiğini söyledi. Sonra da ateşin içine yumruk büyüklüğünde moloz taşlardan atmaya başladı. Yandaki kayanın çukuruna baktı. Sarıca onun çukurda et haşlayıp suyunu Tırnak'a içirmeyi kurduğunu anladı. Çukuru suyla doldurdu; biraz sonra kızgın molozlarla ısıtılmak üzere. Sarıca içinden koyunun ruhuna teşekkürler ede ede derisini yüzerken ağzındaki tadı yeniden hissetti. Taşın tadı. Bu sefer tiksindirici veya kötü gelmemişti. Eti parçalayıp ateşe koydu. Tütsülenenleri deriye saracak ve geriye kalan parçayı kızartıp yiyeceklerdi. Ağzındaki tat şimdi hoşuna gitmeye başlamıştı. Koyunun kayayı neden ısırdığını şimdi daha çok merak etti. Üşenmeyip gitti, bir parça daha kopardı. Yeniden ısırdı. I-ıh!.. Çok sertti. Yine ağzı zehir gibi olmuştu. Et pişerken taş parçasını Çira'ya gösterdi:

"Bu zehir dilime değdi. Ya bir şey olursa..."

Çira bütün şifacı kamlar gibi tabiatta neyin zehirli neyin derman olduğuna dair bilgilere sahipti. Taşı aldı. Ağzına götürüp ısırdı. Keskin bir acılık... Sonra taşı yerdeki başka bir taşa çaldı. Evet, kolay kırılmış, parçalara ayrılmıştı. Bu sefer küçük bir parçayı alıp çiğnemeyi denedi. Hayır, tiksinerek ağzından ateşe doğru püskürttü; "Tusz!.."

Tükürülen bazı parçaların pişmekte olan ete rastladığını o anda ikisi de fark edemediler. Lakin etten ilk lokmalarını aldıklarında damaklarında bambaşka bir lezzet hissettiler. Önce bunun kötü bir şey olup olmadığını birbirlerine sordular. Sonra yeniden ısırdılar. Evet, güzel bir tat idi. Ateşe tükürdükleri taşın adını "tuz" koydular.

O gün tuzun şerefine yolculuğa devam etmediler ve gece boyunca kızarmış lezzetin keyfini çıkardılar. Sarıca uyku için iki pöstekiyi yan yana koyup Çira'ya "Uyku zamanı!" dedi. Umduğu cevap yerine bir emir aldı:

"Kuzular... Kuzuları ihmal ettin, bakıver!"

Sarıca, ağaçta asılı duran koyun postunu aldı. Yavruların üzerlerine örterek onların ana kokusuyla uyumalarını sağlamak istiyordu. Böylece hem koyunun ruhunu rahatlatmış hem de yavrularını kutsamış olacaktı. Lakin daha Çira kuzuların yanına yaklaşır yaklaşmaz ikisi de melemeye başladılar; ana kokusuyla... Çok hazin ve acındırıcı inlemeler gibiydi. Çira, Ulu Kayın'ın altında oturduğu günü hatırladı. Onu kendi kuzusundan bizzat babası ayırmak istemişti. Kuzulara yeniden bakıp acıdı. Meleşmeleri ana kokusu kadar açlıktandı da anlaşılan. Gece vaktinde onların yiyeceği taze otları bulmak zordu. Sarıca'nın şaşkın bakışları arasında onları sırayla kucağına aldı. Bekledi, baktı. Hissetti ve nihayet birine sağ, diğerine sol memesini yaklaştırdı. Kuzucuklar birbirine sarmaş dolaş emişip sıcak bir kucakta uykuya vardıklarında, Çira önce onları otların üzerine bıraktı, sonra üzerlerini örtüp uzun müddet seyretti. Kendisine takdir dolu gözlerle bakan Sarıca'ya fısıldadı:

"Kuzuları evlât edindim. Artık Parmak senin için neyse, kuzular da benim için o!"

# Bölüm 6

Çira'nın çığlığı gökleri parçalayacak gibiydi:

"Haaayıııırr... Hayıır... Yapmayıııın!.."

"Ugghhh!.."

"Hayıııır... Avlamayın onları..."

Sarıca imdada koşmak için fırladı. Ne çare ayağa kalkar kalkmaz şiddetli bir darbe onu yere yıktı. Bir anda çevresinde ayaklar gördü. Atik, çevik, iri ve nasırlı ayaklar. Dolunaylar boyunca görmeyi isteyip de göremedikleri insan ayakları. Ve boğazına dayanan boynuz bıçaklar...

Çira o sırada avlanacak iri hayvanlar, dinleyecek veya koklayacak rüzgârlar ve uğultuların olmadığı bu yerde daha evvel hiç görmediği bir köstebek yakalamış, tuz topaklarına sürterek lezzetini arttırmaya çalışıyordu. Homurdayan Dağ'dan bu yana geçtikleri yerlerde hep taşlara, ağaçlara, kayalara kartal, kurt, ayı, yılan, sinek resimleri ve Ulu Kayın motifleri çizmiş, takip eden birisi olursa kendilerini bulabilsin istemişti. Kendilerini kıskıvrak yakalayan tehlikenin bu izleri ve resimleri takip etmiş olabileceklerini

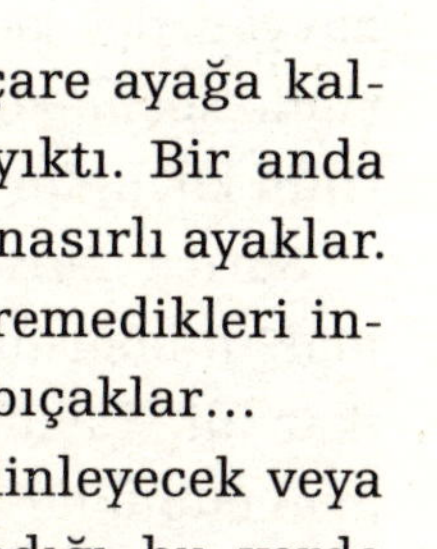

düşündü. Oysa daha az evvel kendisi için totemler hazırlamış, deniz kabukları ve süpürge pürçeklerinden tılsımlar oluşturmuş, artık koşup oynamaya başlayan evlâtlık iki kuzunun dört candan ibaret obaya kabul merasimi için hazırlık yapmıştı. Böylece altı can olacaklardı ama heyhat, iki kuzu şimdi yerde kıvranıyordu.

"Haaayıııır! Onlar av değil, duruuuun..."

O da ne? Parmak da yerde kıvranıyordu; hem de mızıldanarak. Böğrüne parmak kalınlığında, kol uzunluğunda bir çubuk saplanmış vaziyette. Sarıca, boğazına ve bileklerine dayanan bıçaklardan başını bile çeviremiyor, Çira şaşkın, öylece bakıyor ve bağırıyordu. Nereden çıkmışlar, nasıl yaklaşmışlardı? Kalabalık olmalıydılar. Kalabalık ve sessiz. İyi ama kalabalık avcılar sürek avı yapıp tembel hayvan, dev kertenkele, fil veya mamut gibi iri avların peşinde koşmazlar mıydı? Küçük bir köpek ile iki kuzu dişlerinin kovuğunu doldurmazdı ki!

Sarıca kurtulmak istediği anda ayağının ucuna Parmak'ın böğründeki çubuklardan biri saplanıverdi. Bu bir ikaz idi. Başını kaldırıp çevresine bakınabildi. Her yanda aynı çubuklardan vardı ve bir de kargılı adamlar.

"Bırakın beni!"

"Ughhh!"

Bırakmadılar. Yalnızca birbirlerine bakıp anlaşılmaz hecelerle homurdandılar. İçlerinden biri gözlerinin içine baktı. Gök renkli keskin bir bakış... Uslu duracağına dair söz alır gibi. Sarıca evet anlamında başını salladı. Boğazına ve ayak bileklerine dayalı bıçaklarla elbette.

Hepsi öfkeli görünen kara yağız erkeklerdi gelenler. Aynı anadan doğmuş gibi birbirine benzeyen sık ve kalın kıllı sakalları olan avcılar. Konuşmuyor, kelimeler yerine heceler püskürtüyor, çoklukla ise bakışlar ve mimiklerle anlaşıyorlardı. Yüzleri ve yanakları etli etli, gözleri çekik çekikti. Babasının yüz okumalarına göre adamların haşin, az akıllı ve söz anlamaz tipler olması gerekiyordu. Hepsi hemen hemen aynı yaştaydı ve en uzun olanının boyu Sarıca'nın göğüs hizasına gelecek kadardı. *"Bu kadar bozguncu adam bir araya nasıl toplanabilmiş ki?"* Ellerindeki eğri çubuklara baktı. Daha evvel hiç böyle silahlar görmemişti. Gerdirilip bükülmüş kuzu bağırsaklarıyla iki ucu birbirine bağlanıp hilâle benzetilmiş ağaçlar. Tek heceyle ona "yay" diyorlardı. "Ok" dedikleri çubukları onunla atıyorlar ve bir kargıdan çok daha uzun mesafelere eriştirebiliyorlardı. Bazılarının bellerinde birer kulaç uzunluğunda sığır ve antilop boynuzları vardı. İç bükümlerine zift ile keskin çakmak taşları yapıştırılarak uzun ağızlı baltalara döndürülmüş boynuzlardı bunlar. Boğazındaki bıçağın keskinliğini şah damarında hissederken sordu:

"Ne istiyorsunuz?"

"Hugggh!.."

Hayır, ne dediğini anlamıyorlardı. İşaretleşmek gerekecekti. Sarıca karşısındaki kısa adamların ok ve yayları sayesinde avcılıkta kendisinden maharetli olduklarını ama konuşma ve düşünce geliştirme konusunda ilerleyemediklerini görüyordu. Akıllıca davranırsa şerlerinden kurtulabileceğini düşündü. Sonra bir şeyi fark etti. Aralarında hiç dişi avcı yoktu. *"Acayip!"* Bacak aralarına bağladıkları tavşan veya tilki derileri dışında hiçbir örtü veya giysi de kullanmıyorlardı. Peki ama obaları neredeydi? Son dolunaydan bu yana ırmağı takip ederek kuru ve düz bir bozkırda ilerlemişler, yakınlarında konaklamış bir kadınla bir erkeği güvenliklerine tehdit sayacak ne bir oba ne bir sığınak veya mağaraya rastlamışlardı. Belki de taze köpek veya kuzu eti her avcı gibi onların da iştahını kabartmıştı ama eğer öyle ise neden Çira ile kendisine de av gibi davranıyorlardı? Bir an sevecen ve mülâyim görünüp onlarla konuşmak, haberler almak, yabancısı oldukları bir yerde neler olup bittiğini, neler yapıldığını, nelerin önemsendiğini vs. öğrenmek, sonra da anlaşmaya varmak emeline düştü. Ateşin yağıp buzun eridiği büyük kasırgadan bu yana ilk kez Çira'dan başka birileriyle konuşmuş olacaktı. Boğazına dayalı bıçaklar olmasa bunlarla karşılaşmasına ne kadar da sevinirdi. Kuzulardan birini Çira'nın evlâdı olduğunu bilmeden avladıklarını varsayabilir, hatta daha sağlam olanını hediye diye verebilirdi. Yüzündeki öfkeyi giderip karşısındaki adamlara gülümsemeyi denedi. Etrafında dolanıp ona garip garip bakıyorlardı. Muhtemelen boy farkını anlamanın merakındaydılar. İçlerinden biri sakallarını yolar gibi tutup kendi sakallarıyla kıyasladı. Diğeri uzun saçlarını elledi. Çünkü kendi saçları yoluk yoluktu. İmkânı yok, bu adamlarla anlaşamaz, derdini anlatamazdı. Ne türlü denediyse her defasında bir homurtu, bir ret, bir itiş-kakışla cevap aldı. Çira'ya baktı. Çevresinde birbirine benzeyen yirmi avcı... Yaklaşmıyorlar ama uzaklaşmasına da müsaade etmiyorlardı. Hem ürkek ve saygılı hem de egemen ve hükümran. Bir adım ileri, bir adım geri. Ritmik bir ayin gibi. Saygıyla dehşet iç içe. Korku ve hürmet, saldırma ve sahiplenme bir arada. Neden sonra bütün bunların Çira için değil kucağında sımsıkı tuttuğu Tırnak için olduğunu anladı. İçlerinden birinin –muhtemelen en cesur olanı– ona dokunmak için elini uzattığını gördü. Tırnak kendisine uzanan eli oyun oynamak istermiş gibi tutmak istediğinde ise şiddetle elini çekti. "Ne kadar kalabalıklar!" diye geçirdi içinden. *"Baş edebilir miyim?"* Sonra da umutsuzca başını salladı. Kuzgun Obası'nın neredeyse dört katı avcı vardı karşısında. Hepsi erkek... Kadınlarıyla birlikte düşündüğünde dehşetli bir topluluk olmalıydılar. Ürktü. İyi ama nereden gelmişlerdi ve ne arıyorlardı? Nasıl bu kadar kalabalık olabilmişlerdi? Avlanmak için bu bölge hiç de bereketli sayılmazdı. Üstelik hâllerinden hiç öyle yoksulluk çektikleri anlaşılmıyordu. "Bundan sonrası bereketli avların olduğu yurtlar olmalı" diye düşündü. Ama bunu hayal etmek yerine Çira'nın imdadına koşması gerektiğini biliyordu. Baktı, kimse ona müdahale etmiyor, dokunmuyor, hatta yaklaşmıyordu. "Çira!" diye ünleyip yanına gelmesini istedi. Gerçekten de Çira hareket edince etrafındaki çember açılıp ona yol verdiler ve ardınca yürüdüler. O sırada iki avcı yaralı kuzuları kucaklayıp getirdi. Çira kuzuları evlâtlık edindiğini, dokunmamaları gerektiğini defalarca söyleyip durmasına rağmen sözünü anlatamadı, anlatabildiyse de dinletemedi. Uzanıp yakınındaki kuzunun yarasına baktı. Oku çekip çıkarmak istediğinde önce hepsi müdahale etti. Sonra Sarıca'nın sakalını ölçen adama baktılar. O, gözleriyle karışmamalarını işaret etti. *"Reisleri belli oldu!"* Sonra da yanına varıp kuzuya yardım ederken kucağından Tırnak'ı almak istedi. Çira eline vurdu. Adam ürkerek geri çekildi.

"Dil bilmiyorlar Çira. Ve tahminim, seni reis zannediyorlar. Hepsinin erkek ol..."

"Anladım Sarıca. Dost olmadıklarını da!"

"Kuzuları da Parmak'ı da onlara bırakamayız!"

"Bunun için planın ne?"

"!"

Parmak böğründeki okun acısıyla viyaklamaya devam ediyordu. Çira onun kıvranmasına son vermek istedi. Oku bedeninden çıkarmalarını işaret etti. Avcılardan biri Parmak'ın böğrüne saplanmış oku bükerek kırdı. Sarıca, okun temrenini de çıkarmak gerektiğini söylediyse de ona kimse dönüp bakmadı bile. Yüzü çamurlu birisi Parmak'ın dört bacağını birbirine bağlayıp saz kamışlarından ve sarmaşık dallarından örülmüş bir sepetin içine attı. Benzer sepetlerde Parmak gibi yaralı tilki ve porsuk ile ölü kaz ve tavuklar, fare ve köstebekler ayrı ayrı istiflenmişti. Belki de buralarda iri hayvan eti makbul değildi veya kutsal sayılıyordu. Çira, Tırnak'ı ve kuzuyu getirip birer birer Sarıca'nın kucağına verdi. Kendisi de Parmak'ı kucakladı ve Sarıca'nın elinden tuttu.

"Benimle yürü!"

Avcılar hayret ve öfke içinde kendi aralarında ateşli bir tartışmaya başladılar. Sarıca konuyu anlamaya çalıştı. Sık sık kendisine bakıp bağrışıyorlardı. İçlerinde reise itiraz eden biri vardı ve avcılar reis ile onun teklifi arasında oylama yapmaya zorlanmışlardı. Reisin karşısındaki adamın diğerlerinden hiç farkı yoktu. Ne kam ne ruhanî veya ikinci reis... Sonunda reisin somurtan bir yüzle bağırdığı duyuldu. Adamlardan bazıları Sarıca ile Çira'ya yöneldiler. Çira "Kaçalım!" diye fısıldadı. Var güçleriyle adımlarını açtılar. Ne var ki kucakları doluydu ve "Kucağı dolu olan daima av olur, avcı değil" kuralı onlar için de yürürlüğe girdi. Çok geçmeden bir yığın adam önlerini kesti. Bazıları Çira'yı nazikçe kenara çekti. Geri kalanlar Sarıca'yı tartaklayıp elinden zorla Tırnak'ı aldılar. Tırnak ağlamaya başladı. Reis Tırnak'ı iki avucuyla göğe doğru kaldırıp dua gibi sözler mırıldandı. Sonra hepsi çocuğu sırayla kaldırıp aynı hareketi yapmaya başladılar. Tırnak bunu oyun zannedip ağlamasını kesti. Sarıca yere yıkılıp sarmaşık dallarıyla sımsıkı bağlanmıştı. Kımıldayamıyordu. Reis ile tartışan adam öne çıkıp Sarıca'nın uyluğuna boynuzdan baltasıyla bir çentik attı. Sarıca bağırmamak için dişini sıktı. Adam ısrarla bir şeyler homurdandı. Anladığı kadarıyla kendilerini takip etmelerini istemiyorlardı. Az evvelki tartışmanın kendisi için bir ölüm kalım oylaması olduğunu hissedince adama nazikçe başını eğerek minnettarlığını gösterdi.

Adam da bunu "Peki, takip etmeyeceğim!" gibi bir cevap kabul edip başıyla olumladı. Sonra da onu bir ağacın altına getirdiler. Avcılardan biri ağaca çıktı. Elinde sarmaşık dallarından bir halat vardı. Ucunu yüksekçe dallardan birine bağlayıp yere sarkıttı. Yerdekiler sarkan ucu Sarıca'nın bileklerine geçirdiler. Bu, onu burada terk edeceklerini gösteriyordu. Peki ya Çira, Tırnak, Parmak ve kuzu? Hayır, olamazdı, onlardan ayrılamazdı. Adamların niyetlerini anlar anlamaz Çira bağırıp çığlıklar atmaya başladı. Sarıca öfkesini kustu. Bağlarını parçalamak istedi.

Avcılardan biri onu teselli eder gibi halatın ağaç dalına uzanan ucunu gösteriyordu. Avcılar bir insanı bağlayıp terk ederlerse onları bağışlamış, yırtıcı bir hayvan geldiğinde ağaca tırmanma fırsatı tanımış olurlardı. Eğer ağaca bağladıkları bir hayvan olursa o bir av sayılırdı ve arkadan gelecekler onu canlı bulsun diye bırakılmış farz edilirdi. Kuzuyu ve Parmak'ı bağlamamışlardı. Demek adamlar gidecek ve arkadan başkaları gelmeyecekti. Bu da Çira'yı ve Tırnak'ı bir daha görememesi anlamına gelirdi. O sırada adamlar yeni bir iyi niyet göstergesi olarak Sarıca'nın bıçak ve kargısını da bağlı bulunduğu ağacın erişilemeyecek dallarına sapladılar; ağaca tırmandığı vakit onları alıp el ve ayaklarındaki bağları kesebilsin diye. Adamlar konuşamıyorlardı –belki de kasten konuşmuyorlardı– ama avcılıktaki teknikleri, işbirlikleri ve planları oldukça etkileyiciydi. Elleri bağlı ve bacağı yaralı birinin ağaca tırmanması, bıçağa veya kargıya erişmesi, bağlarını kesmesi ve peşlerine düşmesi uzunca bir zamanı alırdı. Üstelik gün kararmak üzereydi ve bunu gece yapmak zorunda kalacaktı.

Çira çırpınıyor, Sarıca çığlıklar atıyor, adamlar bunu anlıyor ve hiç umursamıyorlardı. Gitmek üzere hazırlanmışlardı bile. Tırnak şiddetle ağlamaya ve çırpınmaya başladı. Öyle ki onu taşıyan kişi yere bırakmak zorunda kaldı. Çocuk yerde hem ağlıyor hem annesinden yana emekleyerek gitmeye çalışıyordu. Yürümeyi unutmuş gibiydi. Çira kendini tutan ellerden kurtulup Tırnak'a koştu. Onu yerden alıp bağrına bastı. Tırnak içli içli ağlamaya devam ediyordu. Sarıca ileri hamleler yaparak öfkesini kusuyor, bağlarından kurtulmaya çalışıyor, çırpınıyor, durmadan "Hayıııır! Götürmeyin onları! Hayıır!" diye bağırıyordu. Ama olan olmuştu. Çira'yı sürüklüyorlardı; kucağında Tırnak'la birlikte. O giderken dönüp dönüp bakıyor "Sarıcaaaa!" diye haykırıyor başka bir kelime telaffuz etmiyordu. O sırada boynundaki gerdanlığın kaytanı kopup deniz kabukları dağıldı. Çira ısrarla kabukları toplamaya çalıştı. İki avcı onu tekmelemeye başladığında Sarıca bütün gücüyle bağırdı. Sesi hemen hepsini ürkütmüştü. Akşam

alacasında, ırmağın akış istikametinde gözden kaybolacakları sırada Çira avucundaki deniz kabuklarını havaya kaldırdı ve "Sarıcaaa! Unutma, sen bütün karanlıklarımın ışığı, ilerleyeceğim dolunayımsın!" diyerek öptü. Sarıca, gerdanlığın geride kalan parçalarına bakıp karşılık verdi:

"Sen de benim hakikatimsin Çira; sevgilim ve hakikatim! Seni kimseye bırakmayacağım..."

Karanlıkta sesler birbirine karışarak sürdü:

"Çiraaa!.. Bekle beni... Seni ve Tırnak'ı onlara bırakmayacağım..."

"Sensiz olmayacağım, daima bekleyeceğim, unutma!"

"Çiraaaa!.. Gelip kurtaracağım sizi. Ulu Kayın'a and olsun Çiraaaa!"

"Sarıcaaaa! Her dolunayda..."

"Ya ölümüne gelip sizi bulacağım ya sizi bulmadan ölmeyeceğim. Çiraaaa!.. Akşam Yıldızı şahit olsun Çiraaaa..."

"Sarıcaaa!.."

"Çiraaa!.."

Ve gözden kayboldular.

Sarıca her iki nefeste bir "Çiraaaa!" diye haykıra haykıra önce ellerinden asılı olduğu ipe tırmanıp ağaçtaki bıçağı almaya çalıştı. Bileğindeki yara, her deneyişte zıplamasını bir kat daha zorlaştırıyordu. Dişini sıkıp durmadan denedi; ölüm pahasına...

"Çiraaaa!.. Çiraaaa..."

Gücü tükenesiye, sesi kısılasıya kadar çırpındı. Zıplıyor, başaramıyor, yeniden zıplıyordu. Neden sonra yerde bir ışıltı gördü. Kanı birikmiş, dolunayı yansıtıyordu. Bu kadar kan kaybetmesi iyi değildi. Biraz sonra yara soğuyunca bileği daha çok acıyacak ve hiç sıçrayamaz olacaktı. Üstelik yerdeki kan kokusuna kurtlar ve boynuzlu panterler gelebilirdi. Çığlıkları ve haykırışları sayıklamalara dönmek üzereydi:

"Çiraaaa!"

Nihayet!.. İşte ipi sağlam yerinden avuçlayabilmişti. Şimdi marifet pazı gücüne kalıyordu. Bileğindeki gevşeklik el verdiği kadar, birer parmak, birer parmak... Gerisi bedenini yukarıya çekip ayaklarıyla dalı yakalamaktan ibaret olacaktı. Artık sesini yalnızca kendisi duyuyordu:

"Çiraaaa! Çiraaa... Çi..."

Sarıca son gücünü kullanarak başarabildiği tırmanışın ardından ağacın dalında kendinden geçip de asılı kaldığında ağzından çıkan son kelime de kulağına giren son ses de kalbinde hissettiği son sevgi ve zihninde taşıdığı son bilgi de "Çira" oldu. Pembe yanaklar, parlak saçlar, hokka burun, yeşile çalan mavi gözler... Ve kıvrımında tebessümler harmanlanan kırmızı, ince dudaklar.

Ağacın dalında derenin sesi ve gecenin hükmü sürerken uzun uzun düşünme fırsatı buldu. Bir yandan çevreyi ve gelebilecek vahşi tehlikeleri kolladı, diğer yandan kendisinden alınanları nasıl kurtaracağının planlarını yaptı. Tekrar tekrar bozarak ve tekrar tekrar dizerek. Nafile, çıkış yolu bulamıyordu bir türlü. Avcı iken av olmanın çaresizliği ona derinden tesir etmişti. Daha gündüz, kısa adamlar gelmeden evvel dereye bakıyor, akşam güneşinin suda kırdığı yakamozları izliyordu. Bir at sineği vınlayarak kulağını dolanmış, dereye doğru alçalmıştı. Önce sineğe öfkelenip söylendiğini, sonra bu yaptığının ne kadar beyhude olduğunu, bir sineğin elbette vınlayarak uçacağını, uçarken de başkasının huzurunu kaçırmayı düşünmediğini falan hatırladı. Sonra bir kurbağa onu kapıvermişti. Kurbağayı avlayıp hemen yanı başındaki ateşte kızartmayı aklından geçirirken onun da el kadar bir kertenkeleye yem oluşunu görmüştü. Sonrası, kertenkelenin yuvasına girmek üzereyken kuyruğunu bir kirpiye kaptırışı, kirpinin çıkardığı ses ile Parmak'ın dikkatini çekmesi ve kirpiye doğru koşturması. Şimdi ise kendisi ağaçta tünemekteydi ve belki de az sonra kirpiyi bir porsuk yakalayacak, porsuğun etini kurt kemirecek, kurdun budunu ayı kapacak, ayı bir gergedana, o bir mamuta, o bir tembel hayvana av olacaktı. Yer Ana'daki bütün avcılar sonunda av oluyorlardı. Kimisi gönüllü, kimisi gönülsüz. Ruhlar ölmüyordu ama ödünç aldıkları bedenler, diğer ruhlar Yer Ana'da yaşayabilsin diye terk ediliyordu. Terk etmemekte direnen en güçlü avcıyı ise en sonunda Ulu Ruh yakalıyordu. Ulu Ruh'un Yer Ana'da nefes alıp verenlere neden avcılığı uygun gördüğünü düşündü. Hepsinin ölüme gönüllü gidip gitmediğini merak etti. Sonra da etçil hayvanlara birbirini avlayarak yaşamayı kimin yazdığını sorguladı. Yaşayabilmek için birbirlerini avlarken ne hissediyorlardı. Deredeki balıklar, keza... Büyük küçüğü, küçük daha küçüğü... Bir döngü. Ulu Ruh onları birbirine vesile yapıyor ve evrenin ruhunu hayat adıyla devam ettiriyordu. Belki de birbirine av olan hayvanlar ile onlara sesleniyor ve avlarının ruhuna teşekkür etmelerinden hoşnutluk duyuyordu. Ve aklına bir soru takıldı? Avcılar birbirleriyle neden hep dost gibi yaşamıyorlardı? Kardeşlerin birbirine düşmanca davranışları ve haksızlıkta bulunmaları elbette Yer Ana'nın acı çekmesine yol açıyordu. Babasının aramasını istediği hakikati bulunca sorularının da cevabını bulmuş olacağını düşündü. Bulamayabilirdi de. Gerek hakikate erişmek gerekse Çira ile Tırnak'a kavuşmak için şimdi başka bir yol izlemesi gerekebilirdi. Kalbinden veya ruhundan başlayıp en uzaklara kadar uzanabilecek bir yol; belki! Belki de zihnindeki uzakları kalbine yakın edecek bir yol... Düşündü, düşündü, düşündü... Köpek ile kuzular birlikte oynayabiliyorsa, avcılar arasında dostluk neden olmasındı? Bütün saldırganlıklar, avlanmalar, öldürmeler hep karınları doyurmak için miydi? "Hayatın hakikati!" dedi bütün düşündüklerine ve yaşamanın avlanarak devam ettiği gerçeğinden hareketle. Bundan böyle Çira'nın av, kendisinin de avcı olduğunu zihnine yerleştirdi.

*"Av benim avım, başkasına kaptırmayacağım!"*

# Bölüm 7

"Çira!" diye sayıklayarak kendine geldi. Tan yeri az sonra kızaracaktı. Tünediği ağaca baktı. Gece yorgunluktan sızıp kalmış olmalıydı. Bir çatalda durduğunu gördü. Budaklar, kıymıklar sırtını ve kalçasını çizmiş, ağrıtıyordu. Doğrulur gibi oldu. Kemiklerinin sızladığını, belinin kaykılıp kaldığını ve üşüdüğünü hissetti. Uyluğundaki kesiğin kanaması durmuş, yarası soğumuştu. Elbette ağrıyordu. Gece ağaca tırmanırken tahriş olmuştu besbelli. Ayaklarına bağlanan sarmaşık dalları da bileğini sıkıyordu. Biraz şişmişti galiba. *"Sonra bakarım!"* Şimdi bağdan kurtulması gerekiyordu. Gözlerini kıstı; ağacın dallarını seçmeye çalışarak. Bıçağının ve kargısının uzanamayacağı kadar yüksekte asılı durduğunu gördü. O arada gözüne dalların arasından Akşam Yıldızı ilişti. *"Sabah Yıldızı!"* Ve Çira'yı hatırladı.

"Çira!?"

Bu sefer sesine Parmak'ın mızıldanması karşılık verdi. Hayır, hayal görmüyordu, işte bir çift kırmızı göz, aydınlanmakta olan gecenin içinden kendisine bakıyordu.

"Çira!" dedi daha yüksek bir sesle, cevap almayı bekleyerek. Cevap gelmedi. İyi ama Parmak buradaysa o niye yoktu? O yoksa Parmak nasıl kurtulup gelmişti; üstelik yaralıyken?

Ayak bileğindeki bağdan kurtulup bıçağına ve kargısına ulaşması, elindeki bağları kesip yerde Parmak'ı kucaklaması kuşluk vaktine kadar sürmüştü.

İlk yaptığı iş dün kopan gerdanlığın kabuklarını toplamak oldu. Mini minnacık kabukların içindeki Ulu Kayın'ın resimlerine baktı. Kabukların geri kalanı Çira'nın avuçlarında gitmişti. İçinde bir titremeyle deniz kabuklarını torbasına attı. Parmak'ın böğründeki yarayı kontrol etmesi gerekiyordu. Üzerine bir deri parçası sarılmıştı. Sargıyı tutan kaytanı tanıdı. Gergedan derisinden kesip ayaklarına giymesi için Çira'ya verdiği gön parçasının bağıydı bu. Çok sevindi. Parmak'ı serbest bıraktığına, üstelik yarasını saracak zaman bulduğuna göre iyi durumda olmalıydı. Peki ama kendisi neden kaçıp gelmemişti? *"Oğlunu ondan ayrı bir yerde tutuyorlar belki de!"* Aklına aniden bir fikir geldi. Parmak ondan kaçıp kendisini bulduğuna göre kendisine de onu buldurabilirdi. Hemen gitmeliydi. Ayağa fırladı. *"Uffff!.."*

Önce güç toplaması gerekiyordu. Hem kendisi hem köpek yaralıydı ve bu hâlde Çira'yı bulmaları da kaçıranların elinden kurtarmaları da imkânsız gibi görünüyordu. Sığınağa ilerledi. Tahmin ettiği gibi her şeylerini almışlardı; alelâde bir kemik zannettikleri kaval ve sıradan bir taş zannettikleri tuz topakları dışında. Kavalı ve topakları aldı. Irmaktaki balık tuzağı aklına geldi. Yaralarına yakı diye birer balık yapıştırmak kolay iyileşmeyi sağlardı. Ayrıca karınları açtı. Bambu tuzaktan birkaç balık alıp düşündüklerini yaptı. Elindeki sazanı ağzına yaklaştırırken mırıldandı:

"Bekle beni Çira, seni bulmaya geliyorum! Haydi Parmak!"

Parmak onu anlamış gibi akşam avcıların gittiği istikamete doğru sekerek koşmaya başladı. Sarıca canını dişine takıp ardından seğirtti. İzlerin belirgin olduğu yerlerde hızlı, kaybolduğu zaman daha dikkatle... Öğle güneşi tam tepedeyken Parmak birden durdu. Burası ırmağın genişlediği ve sularının akmak yerine neredeyse durduğu bir yataktı. Sarıca, izleri inceleyince birbirine karışacak kadar üst üste bindiğini gördü. Yerde el ayası kadar iki çukur vardı. Hayli derindi. Birisi bacak kalınlığında bir bambuyu iki kere buraya batırmış olmalıydı. Çira'yı kaçıranlar burada durmuş veya yavaşlamışlardı, bu kesindi. Lakin izler buradan öte hiçbir yere gitmiyordu. Ayak izleri hep aynı derinlikteydi. Bir tartışma, kavga veya çatışmadan ziyade bir karar alma sahnesi yaşanmış gibi görünüyordu. Sonrası yoktu; burada toplanmış ve yok olmuşlardı. Ne ilerlemiş ne geriye dönmüşlerdi. Çamurda iki çukur ve sayısız ayak izi. Büyük çınarın gölgesinde... Yerin dibine girip ağacın kökleri arasına saklanmış veya dallarına tırmanıp göğe çekilmiş gibi. İz sürmeyi bilirdi. İzlerin nasıl örtüldüğünü, çalılarla nasıl yok edildiğini, yere deriler yayarak takipten kurtulmanın çeşitlerini veya insandan köprüler kurarak çok izi aza indirmenin bin bir yolunu denemiş, görmüştü ama işte burada ne olduğunu kestiremiyordu. Nasıl olurdu? Diğerlerine göre Çira'nın izini gayet iyi ayırt edebiliyor, hepsi birbirine benzeyen aynı ağırlıkta tam kırk sekiz kişi olduklarını sayabiliyor ama birdenbire bu yüksek ağacın gölgesinde ortadan yok olmalarını anlayamıyordu. Çevreyi defalarca inceledi. Ateş yaktıklarına, yemek yediklerine, oturup dinlendiklerine dair hiçbir ipucu bulamadı. Bilmediği bir usul ile nehirden kaçmış olabileceklerini düşündü. Nehre baktı. Durgundu ama sazlıklar, kamışlıklar ve kıyıda çamur deryasından bir şerit... Üstelik o şeritte hiçbir ayak izi yoktu. Arayıp taradı, ı-ıh!.. Dünden bu yana nehir yükselip de izleri örtmüş değildi. Toprakta, kayada veya otların arasında izleri kaybetmek kolaydı ama çamurda yürüyen biri ne kadar izini kapatsa da mutlaka ipucu bırakırdı. Hayır, bu adamların ayakları ırmağın çamuruna asla değmemişti. Bu da onların nehri geçtikleri ihtimalini ortadan kaldırmaktaydı.

Nehir boyunca ilerledi. Beyhude. İki koşumluk mesafeden sonra nehir bitiyor, deniz başlıyordu. Geri döndü. Nasıl olabilirdi, bir türlü aklı almıyordu; Çira ve kırk sekiz avcı buharlaşıp uçmuştu. Mutlaka bir başka şey olmuştu ve bunu anlamak zorundaydı. İzlerin başına geldi. Niyeti orada beklemekti. Bunun için ateş bile yakmadı. Dün gece ağaçta zoraki tünemişti, bu gece gönüllü tünese ne çıkardı? Çevreyi gözleyerek, sesleri dinleyerek, havayı koklayarak...

Heyhat! Çevrede nehirden başka ses, rüzgârdan başka hareket çıkmadı. Günlerce her şeyi yeniden düşündü; ırmağı, ağacı, topraktaki izleri, sazlıktaki çamuru... Onu yitirdiği yer burası ise bulduğu yer de burası olacaktı, öyle inandı. Beklerse bir işaret geleceğini, bir iz bulabileceğini, birden ortadan kayboldukları gibi birden ortaya çıkabileceklerini umuyordu. Her şeyi inceden inceye düşünüyor, yorumlamaya çalışıyor, içinden çıkamadıkça baştan alıp yeniden düşünüyor, yeniden izah getiriyor, beyni zonklayasıya, düşünceleri karıncalanasıya kadar didiniyor, çırpınıyor, terliyordu. Ertesi gün ve daha ertesi gün... Bir dolunay, bir dolunay daha... Umudu gitgide azalırken ve hatıraları birer birer kaybolurken...

Bekledi... Bekledi... Bekledi...

*"Çira olmadan hayat nasıl yaşanır ki?"*

Konuşacak bir baş, yürüyecek bir yoldaş, sarılacak bir arkadaş ve belki oba olacak bir eş... Yegâne varlığı. Sesini duymadan, bir ses duymadan, onunla konuşmadan, biriyle konuşmadan delilikten öte ne kalırdı? İçinde hissettiği boşluk günden güne büyüdü. Sabah güneş doğarken, öğlen olduğunda, karanlık bastığında, Parmak havladığında veya bir kuş öttüğünde o boşluğu kalbinde duyuyor, sonra bütün bedenini bir kırgınlık, bir isteksizlik kaplıyordu. Olur olmaz anda birden hüzünleniveriyor, içini sıkıntılar basıyor, hayat çekilmez oluyordu. O gidince hayatın anlamı gitmişti. Dolunaylar geçiyor, onu hatırlamak için çok bahane buluyor ama ona kavuşacak bir yol bulamıyordu. Yanındayken ona bu derece mecbur olduğunu, onsuz bu kadar perişan düşeceğini hiçbir gün aklına getirmemişti. Keşke şöyle yapsaydım, keşke şunu da söyleseydim, keşke falanca gün, keşke filanca durumda, keşke, keşke... Meğer onu alıp götürenler yalnızca onu götürmemişler, onunla birlikte hayatın anlamını, sevincini, neşesini ve gülümsemesini de götürmüşlerdi. Hareketsiz, âtıl, zavallı ve karamsardı. Akşam Yıldızı'na bakarak onu hayal ettiği zamanlar ve Sabah Yıldızı'nın doğuşunu beklediği zamanlar...

Çok sonraları; hayata dair her şeyden vazgeçtiği, kendinden vazgeçtiği bir günde gözü Parmak'ın yarasında sarılı deri parçasına takıldı. Kaç dolunay geçmişti, sargıyı çıkarmayı unutmuştu. Köpeği yanına çağırdı. Deriyi çözmeye çalıştı. Çürümüş, dağılmak üzereydi. Bereket versin Çira deriyi ikiye katlayıp sarmıştı. *"Neden ki?"*

Sebebini açınca gördü ve bunca zamandır farkına varmadığı için dövünüp durdu. Çira deri parçasını ikiye katlayıp her iki kanada da her zamanki gibi resim çizmişti. Sağ kanatta bir kayık, kayıkta Tırnak'ın başı, yanınca yoluk saçlı insanlar ve uzun saçlı bir kadın. Arkada denizde batmak üzere olan bir dolunay. Sol kanatta da Ulu Kayın'ı andıran bir ağaç figürü. İlk resim için her şey çok açıktı. Buradan bir sal veya büyükçe sandalla ayrılmışlardı. Resimdeki güneş arkada battığına göre güneşin battığı tarafa ilerliyorlardı, yani ırmağın ötesinde denizin ardına. *"Bu kötü!"* Demek gemiyle ırmak boyunca gelmişler, sonra da avlanıp aynı yerden geri dönmüşlerdi. Peki ama ayak izlerinin olduğu yerden gemiye nasıl binmişlerdi? Irmak kıyısında onlardan bir iz, bir artık, bir ipucu bulamamıştı. Derhâl koşup ırmağın denize döküldüğü yere vardı. Evet,

Çira resmi işte tam burada çizmişti. Güneş tam şuradan batıyordu. Omuzları çöküverdi. Çira'yla arasına bu sefer de deniz girmişti. O sırada Parmak'ın su içtiğini gördü. Şaşırdı. Denizin suyu acı olur, içilmezdi çünkü. Bir avuç da kendisi aldı. Evet, su acı değildi. *"Belki de bir göl?"* Yeni bir umut... Madem ona söz vermiş, gelip kurtaracağını, onları bırakmayacağını söylemiş, hatta yemin etmişti, şimdi gölü dolaşmalı, onu sahil sahil aramalıydı.

Sarıca ikinci resmin anlamını çözememişti. Çira neden bir Ulu Kayın çizmişti ki?* Orada buluşalım mı diyordu? Eğer öyleyse Ulu Kayın'ın kasırgada sökülüp gittiğini henüz bilmiyordu. Belki de başka bir Ulu Kayın veya Ulu Kayın'a benzeyen bir yere götürüleceğini öğrenmişti; kestiremedi. Ulu Kayın'ı sevgisinin bir göstergesi olarak da çizmiş olabilirdi. *"Eğer öyleyse ne mutlu bana!"*

Bekleme bitmişti. Şimdi yürüme vaktiydi. Umutla yürüdü... Yürüdü... O yürürken karlar ve sıcaklar birbirini kovalayarak akıp gitti. Saçlarında aklar gördü. Sansar kovalarken yorulur oldu. Bunu, bir zamanlar babasından duyduğu

---

* En eski zamanlardan itibaren pek çok Doğu ve Uzak Doğu miti hayatın yerin içinde de devam ettiğini kabul eder ve bunu kökü yerlerde olan bir ağaç kültüyle sembolize eder. Doğum, hayat, ölüm ve yeniden doğuşu temsilen şekillenen bu döngüye Hayat Ağacı denir ve hemen her kültürde farklı versiyonları mevcuttur. Ulu Kayın gibi...

"hayatın ikinci eşiği"ni atladığına yordu. Gençlikten olgunluğa geçiş... *"Elbette!"* Sayısını unuttuğu dolunayların hilâllere, hilâllerin de dolunaylara evrildiğini düşündü; hesap edemiyordu. Ve bir tipi-kar sırasında Parmak, kurt yavruları doğurdu. Yavruyken bulduğu köpeğin ölüme yaklaştığını o günlerde fark etti. Nice zamandır yaptığı en iyi şeyin hep içine doğru, kalbine doğru ilerlemek olduğunu da. Çira'ya "hakikatim, sevgilim" dediği için olsa gerek, ayakları onu ararken aklı ve kalbi de hep hakikati arayıp durmuştu. Babasının bulmasını istediği hakikati düşünmüş, ne olduğunu bulmaya çalışmıştı. İmkânsız. Peki ya Öğreten ile Uçan Haberci? Gittiği her yere bu soruları da taşıdı; zihninde ve kalbinde durmadan devindi, ilerledi, gelişti. Çira'yı bulmak için tabiatta gördüğü, araştırdığı veya akıl yürüttüğü her şey onu Yer Ana'nın kalbine yönlendiriyor, çevreyi, hayatı, yaratılışı anlamaya çağırıyordu artık. Parmak'ın yarasına sarılan deri parçasının başlattığı bir arayış... Çira o deriye Ulu Kayın resmi çizerek aslında ikisi arasında bir bağ, bir köprü kurmaya çalışmıştı. Nasıl ki Ulu Kayın hayatla cennet arasında bir bağ, bir geçit ise bu resim de onunla kendisi arasında bir köprü olacak ve bir gün onları buluşturacaktı, böyle inandı. Sabah Yıldızı gökte nasıl bir geçit ise Ulu Kayın da ikisi için bir geçit olacak, biri diğerini o geçidin ardında bulacaktı. Böyle de inandı. Büyük Kasırga Ulu Kayın'ı yok etmişti ama deri parçasından kalbine yansıyan Ulu Kayın hiç yok olmayacaktı; tıpkı Akşam Yıldızı gibi. Onu zihninde ve kalbinde taşıdığı sürece, elbette!.. Böyle de inandı.

Sarıca hiç kimsenin ve hiçbir ilginin, kaygının olmadığı dünyasında Yer Ana ve Ulu Ruh ile bütünleşebileceğine, hakikat ile karşılaştığında onu tanıyabileceğine inanıyordu artık... Karların beyazlıklarında yahut sahranın kızgın kumları içinde zamanı eleyip en küçük parçalarına ayırırken ağaçlarla konuşmaya, kumu savuran rüzgârı dinlemeye, suya dert anlatmaya veya suyun derdini dinlemeye, Akşam Yıldızı'nın doğuşunu izlerken gün batımlarında ezgiler üflemeye böyle başladı. Hüzünlü, yanık ve derinden derin ezgiler... Kalbindekilerin dışa vurumu... Başlangıçta Çira'ya ait iken gitgide Ulu Ruh'a yönelen nağmeler... İçindeki hakikat aşkının bir yansıması olarak... Kimim, neyim, neredeyim, ne yapıyorum, nereye gideceğim, nereden geldim gibi yığın yığın sancı... Ve içinde yeşeren sorular... Kurtulamadığı, kurtulmak da istemediği sorular. Yer Ana'ya, kasırgaya, ölen avcılara, hakikate, hatta Öğreten'e dair sorular... Yüce Ruh'a, onunla kendisi arasında aracılık yapan totemine, totem tarafından korunuyor oluşuna veya olmayışına, yılan veya kuzgunun yekdiğerine üstünlüklerine, yılandaki bilgelik yanının kuzgundaki ferasete ve bunların av bulmada etkili olup olmadığına, velhasıl yaşadığı hayatı anlamak üzere akla gelebilecek her türlü aykırı düşünceye dair sorular... Bazıları şüpheci, bazıları alaycı, bazıları teslim olunmuş sorular... En çok da Yer Ana'nın düzenine ilişkin sorular... Erkekler neden avcı? Kadınları toplayıcı yapan karar kimin? Toplanan yemiş ve meyveler, dallarından koparıldıklarında acı duyuyorlar mı? Avlanan kuş veya hayvanlar ne hissediyor? Avcılara onları gösteren kim? Avların bazıları neden yumurtadan çıkıyor da diğerleri anasından doğuyor? Hangisini avlamak daha uygun veya hakikate aykırı? Yer Ana hepsini ortak olarak doğuruyor ve birbirine kardeş yapıyorsa bir avcı kendi kurt veya mamut kardeşini mi avlamış oluyor? Yılan ile kuzgunun, insan ile köpeğin, ayı ile balığın, sincap ile pelitin, sarmaşık ile çalının kardeşliğini bozan avı kim emrediyor? Eğer bu Ulu Ruh'un emriyse bir kardeşin diğerini avlamasına neden müsaade ediyor? *"Belki o müsaade etmiyor da kardeşler birbirini avlıyor."* Her avdan sonra Yer Ana'ya bir kefaret veya şükran sunmak kardeşi avlamanın yükünü giderebilir mi? Yer Ana doğum veya yumurtlama yoluyla kardeşleri üretiyor, çoğaltıyor, sonra da onları birbirine av yapıyorsa bunun bir sebebi var mı? Var ise ne? Birini diğerine av yapacaksa neden üretiyor?

Sarıca'nın son sorusu "Hayat mı, ölüm mü?" oldu; Parmak'ı yitirdiği gün. Artık genç olmadığını hissetmiş, Parmak'ı kaybetmenin acısıyla gözyaşı dökmüştü. Bir köpek ömrü kadar zamanı bir gölün etrafında Çira'yı aramakla geçirdiği için mutlu mu olmalı, pişmanlık mı duymalı artık kestiremiyordu. Saçlarındaki aklar gitgide çoğalıyordu. Çira'yı gölün çevresinde bulamadıkça da çoğalacak ve sonunda ölümü getirecekti. Oysa Çira'yı veya hakikati bulmak için ölüme karşı zafer kazanmak, kalbinde taşıdığı Ulu Kayın'ı bulmak zorundaydı ve bunu gölün çevresinde bulamayacağını artık anlamıştı. Yeniden yürümeye başladı. Bu sefer başka istikamete. Yanında Parmak yerine onun kurt eniği Ateş ile birlikte. "Gölden olabildiği kadar uzağa!" diye belirledi güzergâhını. Dört ırmak boyunca durmadan yürüdü. Sonra kurak vadiler, ölümcül çöller, geçit vermez dağlar... Rüzgârlar kâh sıcak kâh soğuk esti, kar veya yağmurlar yağdı... Çira'nın izini bulmak üzere hakikati, hakikati bulmak üzere de Çira'nın izini yeniden aramaya koyuldu. Ne saçını kısalttı ne sakalını kırptı, hatta ne de suya yansıyan suretine bir kez olsun baktı. Dağlar, sular, yollar, sesler ve hareketler hep

Çira oldu ve Çira'yı ararken hakikatin nasıl aranacağını öğrendi. Gökleri, Ulu Ruh'u, Yer Ana'yı, ateş yağmurlarını, eriyen buzları, akan suları ve yeşeren bitkileri daha yakından düşündü, hissetti, anladı. Akşam Yıldızı'nı rehber edinip yürüyenlerin, sürünenlerin ve uçanların dünyasına yeniden karıştı. Günün sıcak saatlerinde görünmeyip de gecenin soğuğu bastırmak üzereyken kumların altından çıkıp tıslayarak çevresinde gezinen yılanlarla dolu kızgın çöllerde yürüdü, yürüdü, yürüdü... Öncekinin aksine gündüzlerin uzundan da uzun, gecelerin kısadan da kısa olduğu yerler... Ayağının önce yandığı, su topladığı, kabarcıkların patlayıp kabuklarının kum tanecikleriyle sızladığı, derken yaraların cızırdayarak kuruyup sertleşmeye başladığı ve nihayet tabanlarının tıpkı Parmak'ın ayakları gibi nasırlanıp toynakların oluştuğunu sırasıyla izleye izleye... Eğer Ateş olmasaydı çöl gecelerinin ne ayazına ne de savrulan kumların bedenini kesen, delen ve hatta yakan acısına dayanabilirdi. Bir zamanlar annesi Parmak ile kurduğu dostluğu devam ettiren bu sadık köpek, çölün ayaz gecelerinde ona sokularak, hatta sarılarak yatmasaydı belki de hayatta kalması imkânsız olurdu. Yakmak için birkaç odun parçası bulduğu gecelerde işi daha kolay oluyor, ısındığı ateşin korlarını kumda açtığı çukura yayıyor, kumlarla kapatıp üzerinde Ateş'le sarmaş dolaş sabahlıyorlardı; sıcacık. Ne var ki çölün gündüzlerinde damağı ağzına yapışmış olarak serap göre göre atılan adımlar bitmek bilmiyordu. Kaç günler, artık susuzluk ve takatsizlikten öleceğini düşünerek, kızgın kumun altından akan bir suyun sesini duyabilme umuduyla kulağını yere dayayıp yanakları yanasıya kadar beklediği oluyordu. Gözünü aldatan serapların kulağını da şırıl

şırıl yalandırmasına tahammül ede ede... Eğer duyduğu sese doğru kumun derinliklerine uzattığı kamıştan arada sırada damağına bir hayat pınarı gibi dokunan sular da olmasa...

*"Yağız yer anne, mavi gök baba!.. Hakikat ikisi arasında bir yerlerde."*

# Bölüm 8

"Yarın," dedi Düzburun, ona güven vermek ve neler yapabildiğini göstermek için "dolunay olacak; sırtgünden mamut sürüp yüzgünde avlayacağız, bizimle gelebilirsin!"

"?"

Sarıca duyduklarına bir anlam veremedi. Önce sırtgün ile yüzgünü bilmek istedi. Düzburun'un işaretlerinden bu kelimeleri yön tarifi için kullandığını kestirdi. Kuzgun Obası'nda güneşin doğduğu yere "doğ-u", battığı yere "bat-ı", ışığının geldiği yöne "gün-ey" ve ışığının erişmediği kısımlara da "kuz-ey" derlerdi; suların çekilip yerin kuruduğu Yılan Obası'ndakiler ise bunu "gündoğdu, gün battı, sırtgün ve yüzgün" kelimeleriyle ifade etmişlerdi. Sarıca'nın içinden "Akşam Yıldızı'na ne diyorsunuz peki?" diye sormak geçti birden, sonra vazgeçti. Asıl öğrenmek istediği şey bir avcının, üstelik de açlıktan karnı kemiklerine yapışacak derecede mecalsiz iken, yapmayacağı şeyi söylemesiydi. Mamut, avlanabilir bir hayvan değildi. Hangi avcının gücü yetip bir mamut avlayabilirdi? Düzburun'un çoğul ifade ile "avlayacağız" dediğini sonradan fark etti. Buradaki insanların farklı hayat ve av biçimlerinin kendisinden ileride olduğunu düşündü. Düzburun onun şaşırdığını görünce açıklama yaptı. Meğer Fırat'ın Çor vadilerindeki mamutları avlamak için yayıldıkları çimenlerin arasına yaktıkları sarı taşın* tozlarını dört gün boyunca serpiyorlarmış. Koklaşarak anlaşan mamutlar da tozu soluyunca koku alma yeteneklerini yitiriyor, reis sürüyü yönetemez oluyor, sürü dağılıyormuş. Çimenleri yutan mamutlar aynı toz yüzünden idrarlarında bozulma hissettikleri için koşmakta zorlanıyor ve kolay ava dönüşüyorlarmış. Har-an'daki avcılar bütün bunları nasıl ve nereden biliyorlardı? Sarıca Kuzgun Obası'nın bu tecrübeyi edinmek için kaç nesil daha yaşaması gerektiğini hesap ederken Düzburun son cümleyi gururla telaffuz etti:

"Böylece aralarından yorgun ayaklı üç tanesini sürüden ayırıp avlayabiliyoruz."

"Yorgun ayaklı?"

"En yaşlı olanlar... Bedenini yeni bir ruh için terk etme sırası gelenler."

"Peki, nasıl bir av?"

"Onu da yarın görürsün. Yeter ki sen kavalını yanına al. Et yemek istiyorsan bıçağın da belinde olsun!"

Sarıca üç akşamdır Fırat'ın sesini dinleyebildiği Dirsektepe'nin yamacında oturmuş bir yandan kıtlık ve kuraklık çeken ovanın gün batımını seyrediyor, diğer yandan yeni karşılaştığı şu insanların hayatlarını düşünüyor, inceliyor, anlamaya çalışıyordu. Ateş ile yollara düşüp Çira'yı ve hakikati aradığı yerlerde, avladığı aslan veya kurtların tütsülenmiş etlerini hediye vererek ilişki kurduğu bazı avcı

* Kükürt

obaları olmuştu ama hiçbiri, Düzburun ve onun ait olduğu şu Yılan Obası kadar, Çira'yı kaçıran esmer, kısa adamlara benzemiyorlardı. Üç tulum sarmalı kaplan eti, bir sırık dizimi alabalık ile geldiği obada kendisine büyük ilgi gösterilmiş, sevgiyle çevresini sarıvermişlerdi. Yoksulluk ve kıtlık içindeki bir obaya et sarmalıyla gelen her kim olsa aynı muameleyi görürdü elbette.

Ateş toplarının gelip buzları erittiği büyük kasırgadan sonra insanların yaşamak için araya araya buldukları en uygun bölge olan şu Har-an ovasında pek çok avcı kabilesi yaşıyordu. Boy boy, surat surat, farklı farklı... İçlerinde mağara ve sığınakları en temiz, avcıları en iyi olan ise Yılan Obası'ydı. Yolda karşılaştığı diğer avcılar gibi Ateş'i avlamaya kalkmamışlardı. Kendilerinin de kardeş veya evlât köpekleri vardı çünkü. Yılan Obası büyük düşmanlar

değil, cana yakın avcılardı. Daima olumlu düşünüyor, Yer Ana'daki denge ve düzene saygılı davranıyor, kıtlık içinde olmalarına rağmen isyankâr taşkınlıklar göstermiyor, Ulu Ruh'un cezalandıracağı yollara sapmıyorlardı. *"Muhtemelen tabiatlarını değiştiren bir şeyler olmuş!"*

Gülümsedi:

"Elbette bıçağımı belime takarım!"

Yılan Obası'nın dördü boynuzlu, altısı hörgüçlü on atı vardı. Kardeş edinilmiş atlar. Hörgüçlü olanlara deve diyorlar, boynuzlu kardeşlerinin sırtına binip koşturuyorlardı. Hatta koyun ve eşekleri de kardeş edinmek emelindeymişler; kıtlık çektikleri hâlde. "Neden?" sorusuna "Buğday..." cevabını vermişti Düzburun. "Buğday işlerken yükümüzü taşıyorlar ve sütleriyle çocuklarımız besleniyor." Sarıca, denize yakın karlı kuzey tunduralarında Kuzgun Obası'nın geyikleriyle kardeş yaşadıkları günleri hatırladı. *"Buradaki develer veya boynuzlu atlarla kardeş."*

Sarıca için buralarda hayat çok dikkatler, heyecanlar ve değişikliklerle doluydu. Buğdayı böyle tanıdı meselâ. Büyük kasırgadan hemen sonra buraya gelip acı buğdayı tatlandırmışlar. Dediklerine göre uzaklardan gelen bir adam bunun yolunu göstermiş. Bazıları o adamın göklerden gelip yine göklere gittiğine inanıyorlarmış. Eliyle buğdayın o güne kadar hep eğik duran başını yukarı kaldırmış ve başak bir daha eğilmemiş. Acı başak o gün tatlanmış. Buğday, avcıların hayatında her şeyi belirlemeye, etkilemeye ve elbette kurallara çevirmeye o vakit başlamış. Birkaç yıl öncesine kadar çok bereketli buğday başaklarıyla dalgalanan Fırat kıyılarında yerleşim böyle başlamış. Obalar yerleştikçe de hareketli avcı hayatı durağanlaşmış. Buğday için aletler yapmaya başlayıp çift

sürer olmuşlar. Bunun için bazıları kendilerine avcı yerine çiftçi denmesinden yanalar. Kuraklık yüzünden buğdayın yetişmez olduğu şu günlerde bazı avcılar yeniden eski günlere dönmek için çiftçilere baskı yapıyorlardı.

Yılan Obası'nda avcı sayısı kadar çocuk vardı. Sarıca, buğdayla çocuğun doğrudan ilgili olduğunu düşündü. Ama şüphedeydi; bunca çocuk, buğdayı işlemek üzere daha çok insana ihtiyaç duydukları için mi, yoksa sahip oldukları topraklardan uzağa gitmeyip bebeklerini kolay büyüttükleri için miydi? Belki de devamlı aynı mağarayı mesken edinmenin rahatlığındandı. Hatta av peşinde çok zaman geçirmemenin tabii sonucu bile olabilirdi. Eğer öyle ise Kuzgun Obası'nda Konuşkan'ın Tırnak için düzenlediği lânet ayinleri burada yapılmıyor olmalıydı. *"Konuşkan gibi bir kamları bile olmayabilir!"* Bu insanların nüfusları arttıkça daha fazla buğdaya ihtiyaç duyacaklarını ve bir gün gelip onları doyuramayacaklarını biliyor olmaları gerekirdi. Nitekim kuraklık gelip çatmıştı.

Sarıca, Yılan Obası'nın insanlarına umutla bakıyordu. Çira gibi güzel bir kadının hikâyesini mutlaka hatırlarlardı; tabii eğer buralardan geçmişse. Düzburun'un önerdiği sürek avı bunu öğrenmek için bir fırsat olacaktı. Gelgelelim Kuzgun Obası'nın denize yakın yaşadığı kuzey tunduralarında hiç bizon ve dişli mamut avlamamıştı. Orada

geyikler, sansarlar, kurt ve çakallar vardı. Dirsektepe'nin önünde uzanıp giden, bir zamanlar çayır çimen iken şimdi adı gibi Çor vadiye* bakıp mırıldandı; "Umarım Ulu Ruh burada olsun, beni iki hakikatimden biriyle sevindirir!"

Sıcak mı sıcak çöllerden sonra Yer Ana'yla Ulu Ruh'un âdeta fısıltılarını dinlediği Fırat kıyıları tam yaşanılacak yerlerdi; bütün kuraklığa rağmen. Düzburun, Fırat'ın cennetten çıktığını söyleyip duruyordu; insanın inanası gelirdi. Öyle ki büyük kasırgayı yaşayan hemen herkes buraya, cennetin kıyılarına koşup gelmiş gibiydi. *"Umarım Çira'yı kaçıranlar da buralarda bir yerdedir!"*

Sarıca her an yeni bir şey görerek şaşırıyor, öğreniyor, sonra da anlamaya çalışıyordu. İşte bu akşam da Yılan Obası'nın insanları ırmağa dalıp çıkıyorlar sonra bellerine deriden dilimlenmiş değişik kalınlıklarda kuşaklar bağlıyorlar, ellerini karınlarına koyup parmaklarını göbek uçlarında birleştirecek şekilde hafifçe öne eğilerek Ulu Ruh'a yakarıyorlardı. *"Bir tür ayin olmalı!"* Dün de doğan güneşin ırmağa yansıdığı sabah vaktinde bunu yapmaya özen göstermişlerdi. Baktı, izledi. Kadınlar ırmağa girerken yahut Ulu Ruh'a yakarırken mümkün olduğunca kendilerini póstekilere gizliyor, sessizlik içinde davranıyorlardı. Aytışan'ın aksine ne esrimesi ne harlandırdığı ateşi ne de ilâhileri olan biri onları yönetiyor –yönetmek de değil de belki önderlik ediyor– bunun için küçük küçük mırıldanarak önlerinde öylece bekliyordu. O da herkes gibi sıradan bir adamdı ama sıra hâlinde dururken sanki herkes onu taklit ediyor, dediğini yapıyordu; reis Eğriboynuz bile. Sarıca onları izlerken düşünmeye devam etti. Buğdayı korumak,

* Navali Çori: Bugün baraj suları altında kalan vadi.

beklemek, hasat etmek dışında obanın kadınları yine yemiş ve mantar toplayıp deri tabaklıyor, erkekler buğday işlemek dışında bazı bazı da avlanıyorlardı. Dediklerine göre her av ortak sayılıyormuş. *"Çok garip!"* Kavga etmeden yaşıyorlar, birbirlerinin hakkını gözetiyorlar ve çocuklarla anne-babanın birlikte yaşadığı bir ailenin önemine inanıyorlardı. Sarıca en çok da eşler arasındaki sadakate hayranlık duymuştu. *"Peki ama bu düzeni kim kurdu?"* O güne kadar gördüğü hiçbir obada böyle bir anlayış yok iken Yılan Obası bunu nasıl başarmıştı? Evet, insan avın nerede bol, Yer Ana'nın nerede cömert ve ılıman olduğunu keşfedebilir ve yüz dolunay boyunca aynı yerde kalabilir ama bir düzen ve kural olmadan bir oba böylesine güzel bir hayat yaşayamazdı. *"Belki de Ulu Ruh herkesi burada bir araya bunun için topladı?!."* Onlara bütün bunların yolunu gösteren, öğreten biri olmalıydı; bir Öğreten. *"Öğreten?"* Belki de arayacağı kişi buradaydı. Babası "Öğreten" demişti. Düzburun'un uygun bir zamanında bunu mutlaka sorması gerekiyordu. Babasının çocukken ona cennette bir ırmağın kıyısında geçen bir masalı durmadan anlattığını hatırladı birden. Burası o ırmak olmalıydı. Babası buralara gelmiş olabilir miydi? İçimi tatlı, havası güzel, civarı yeşil, içinde balığı, kıyılarında avları bol bir ırmak demişti; tıpkı buradakilerin bir zamanlar öyle olduğunu söylemeleri gibi. Peki ama bu kıtlık nedendi? Hakikati bulmak için cenne-

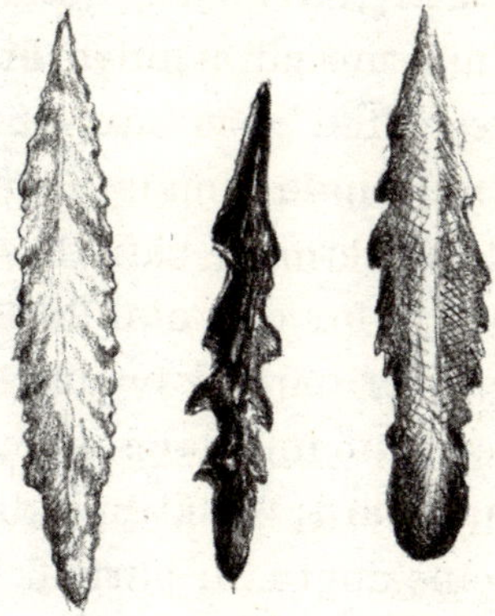

tin kıyıları pek uygundu ama hakikat de Çira da henüz yüzlerini göstermiyordu. Yılan Obası, Domuz Obası, Kurt veya Tilki Obası'nın –bütün kuraklığa rağmen– bu ırmağın kıyılarında olmaları cennet fikrinin onlarda da uyandığını göstermeye kâfiydi. Aaah!.. Aynı ırmağın kıyısında Çira'yla bir oba olabilselerdi... Yamaçlardaki mağaralarda geceler, o ırmak boyunca avlanırken Çira çeşit çeşit yemişler ve mantarlar toplar, solucanlardan yine çıtır çerezler hazırlardı. Belki buradaki obaların yaptığı gibi toprağın içine doğru bir barınak bile kazarlardı.

Sarıca, kararını verdi; yolculuğuna burada son verecek, Çira'nın izini bulmaya çalışacaktı. Çok şey bilen Uzun Ayak, Ayı Kafa, Kıvrak, Dikoturan, Yanbakan, Sırık, Dik Kuyruk, Göde gibi iyi avcı ve rençberler arasında belki de horlanırdı ama en azından o da diğerlerinin bilmediği şeyleri onlara öğreterek kendisine bir itibar sağlayabilirdi. Hangi kayadan tuz bulunabileceği meselâ. "*Uygun bir zamanda onlara tuzu tattırmalıyım*!" Akıl, ruh ve kalp, meselâ. Obadakilerin bunca düzen ve iyiliği, bunca yardımlaşma ve yakınlığı bir de kalbin ve ruhun derinlikleriyle anlamalarını hayal etti. Sadakat ve aile duygusuna sevgi ve merhameti ilâve edebilirdi. Zaman zaman gördüğü kıskanma ve mahremiyeti düşündü. Buna dostluğu katabilirdi. Bilhassa kadınlar arasında póstekileri ince ince tabaklayıp boylu boyunca giyinmenin mahremiyetle bir alâkası olabileceğini düşündü. Bunu öğrenip anlamalıydı meselâ. Eğer öyle ise bunu kalbiyle ve zihniyle yeniden değerlendirmeliydi. Diğer obaların kabaca bellerine bağladıkları derileri Yılan Obası'ndakiler ince kaytanlarla birbirine dikiyorlar ve giyiniyorlardı. Bunun için hayvan kemiklerinden iğne dedikleri ucu sivriltilmiş küçük ok uçları vardı. Balık avlamak için de başka iğneleri. Keza kuşlar için de benzer tuzaklar hazırlıyor ve ok veya kargı kullanmadan onları yakalayabiliyorlardı. Bütün bunları zekâyla çoğaltabilirdi. Kararı kesindi, bu obada kalacak, onlardan öğrenecek, onlara öğretecekti. Bu obaya Ulu Ruh'un elleri dokunmuş olmalıydı. İlâhî bir terbiye olmadan bunca gelişmenin izahı zordu. Büyük kasırgadan bu yana geçen süre belliydi ve sığırlar, hayvanlar arasında sığır veya hayvan gibi yaşamakta olan avcıların emek ve kurallarla güzelleşen böylesi bir hayat tarzını yalnızca akılla başarmaları mümkün görünmüyordu. Söz gelimi neden aileler ayrı barınaklarda kalıyorlardı? Paylaşma fikri nasıl oluşmuştu? Sabah ve akşam durup Ulu Ruh'a şükretmeyi kim emretmişti? Oba avcıları arasındaki itaat hissi nereden geliyordu? Kuralları vicdanlara koyan kimdi? Bunun reis Eğriboynuz olmadığını bir çocuk bile anlayabilirdi.

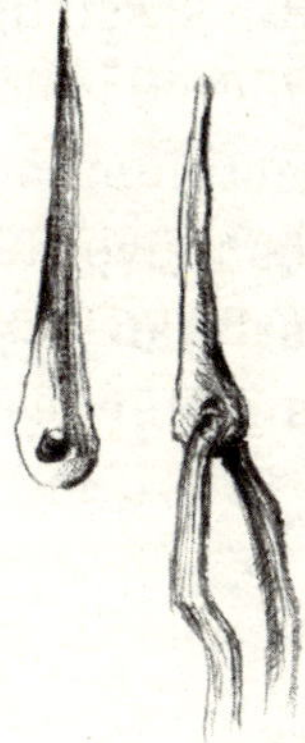

Sarıca, uzun uzun elleri göbeklerinde öylece bekleşen ve mırıldanarak Ulu Ruh'a yakaran –veya teşekkür eden– insanları izledi. Gıptayla ve içine huzur dolarak. Akşam alacasından geç vakte kadar yine bunları düşündü durdu. Düzburun'un insanları arasında ya hakikate yahut Çira'ya dair bir işaret bulacağına daha fazla inanmaya başladı. Bekleyecek ve görecekti. Çektiği onca sıkıntıdan, dondurucu soğukları alıp götüren buzları veya kavurucu sıcakları kumlarıyla emen çölleri geride bıraktıktan sonra –hâlâ hayatta olduğuna göre– Yer Ana'nın bu güzel mıntıkasında umutla geçecek zamanlar ve ardından gelmesini umduğu mutluluk için burada olacaktı. Herkesin barınaklarına çekilip sessizliğin hüküm sürmeye başladığı bir vakitte, serinleyen gecenin rutubetine yakalanmamak için geyik derisi tulumuna girdi. Fırat'ın sesiyle derin bir uyku çekmeyi düşünüyordu. Başını gökyüzüne çevirdi. Bütün nuruyla parlayan Akşam Yıldızı'na baktı. "Çira!" diye fısıldadı. Ve sanki bir ses "Sarıca!" diye karşılık verdi...

# Bölüm 9

Telâşlı seslerle sıçradı. *"Gecenin körü!"* "Kalk, tembel adam! Sabah olmak üzere!" diye bağırdı başucunda Düzburun, üzerinden şıpır şıpır damlayan suları sıçratarak, "Koşmaya hazırlan! Köpeğin de!.."

Ay dolunmuş, fıstık çamlarının arasında göz kamaştırıyordu. Sabah Yıldızı kaybolmaya, şafak sökmeye yaklaşmıştı. Küçük bir ıslık ile Ateş'i uyandırdı. Köpeğin silkinerek kalkışını ve gelip burnuyla ayaklarını koklayışını izledi. Çevresine bakındı. Kadınlar yine kollarını gökyüzüne kaldırmış parmaklarını oynatarak hep bir ağızdan tılsımlı sözler mırıldanıyordu. Yan taraflarında kucaklarında bebeklerini tutan başka kadınlar dikkatini çekti; hareketsiz, sessiz. Dolunaya karşı dönmüş öylece bekleşiyorlardı. Kuraklık ve yoksulluğa karşı bereket duası için bebeklerin masumiyetinden şefaat umarak Ulu Ruh'a yalvardıklarını düşündü. Daha ileride ise düze yığdıkları odunları tutuşturan birkaç delikanlı vardı. Alevleri, Konuşkan'ın yaktığı ateşlerden daha büyük ve geniş, dumanı daha yüksekti. Avcının biri alevin dumanlanması için ateşe toz serpiyordu.

Birkaç dakika içinde Yılan Obası'nın bütün fertleri ateşin yanında müthiş bir heyecanla halka oldular. Kuraklığın vurduğu o yorgun, bitkin, miskin adamlar gitmiş, yerine heyecanlı, yerinde duramayan, koşmaya, mücadele etmeye, avlanmaya hazır avcılar gelmiş gibiydi. Her birerinin ellerinde kargıları direnç ve heybetle havaya kalkıp iniyordu. Bir ayin değil, bir av heyecanıydı gördüğü. Dün buğday işleyicilerin avcılık özelliklerini kaybedeceklerini düşündüğü için kendine kızdı. Hepsi zıpkın gibi koşmaya hazırdılar. Delikanlılar ve çocuklarda çıngıraklar, kavallar... Birkaç avcının köpek kardeşleri yanlarında, üç de atlı. Bir anda her şey sustu. Büyük bir sessizlik. Eşinen boynuzlu atların toprakta bıraktığı boğuk ses ve köpeklerden birinin hırlaması dışında... Sarıca da Ateş'in başını okşayarak sessiz kalmasını sağladı. Bütün dikkatiyle olacakları izliyordu. Her ne yapacaklarsa hazırlıklarını ve dualarını tamamlamış olarak sessizlik içinde reisleri Eğriboynuz'u bekledikleri belliydi. Uzaklarda bir akbabanın acı çığlığı duyuldu. Sonra bir yılan tıslaması geldi. Başlar o yana çevrildi. Reis, elinde eğri bir boynuz, aralarına doğru ilerledi. Hepsinin omzuna dokunuyor ve bir şeyler fısıldıyor, onlar da yılan gibi tıslayarak mukabelede bulunuyorlardı. *"Avcılarını kutsuyor olmalı!"* Dokunma bitince hepsinin ortasında durdu. Elindeki boynuzu ağzına götürdü.

"Huuuvvvvvvvrrrrr-vuuuuu!.."

Sarıca, dehşetle irkilip kendini yere attı. Kasırga gecesindeki seslere benzeyen ürkütücü bir sesti duyduğu. Düzburun alay eder gibi gülümseyerek ona kalkmasını söyledi. Reisin elindeki gergedan boynuzundan çıkan sesin kendisini bu kadar korkutacağını hiç aklına getirmezdi. Yerden doğrulurken kargısını eline alıp göğsünü gererek ilerledi.

Boyu hepsinden uzundu ve kargısıyla da dikkat çekiyordu. Düzburun, kargının keskin temrenine baktı. "Çakmak taşı ha?" diye muzipçe gülümsedi. Sonra alaycı bir ses tonuyla fısıldadı:

"Şimdilik kargıya ihtiyacınız yok, sırtına bağla!"

Sarıca avlanmak isteyip de kargı kullanmayacağını söyleyen birisine ancak gülebilirdi. Güldü. Düzburun'un elindeki iki kulaçlık kalın sopaya baktı "Siz bununla mı avlanırsınız?" diye sormaktan kendini alamadı. Düzburun, "Doğru bildin, bununla avlanırız!" dedikten sonra o da Sarıca'ya güldü. Bu esnada Reis, boynuzu üçüncü defa üfleyip bırakmıştı. İki adım ilerledi ve elindeki sopayı kadınların yaktığı ateşe soktu. O da ne? Sopanın ucundan derhâl alevler fışkırmaya başladı. Ucuna bir şeyler sürmüş olmalıydı. Neft olabilirdi. Ardından kadınlar ateşe odun atmayı kesip birbirine ekledikleri derilerden diktikleri büyükçe bir örtüyü iki ucundan çekip ateşin üzerine doğru gerdiler. Kısa bir süre için duman kesildi. Sonra diğer kadınlar örtünün diğer ucunu ateşin üzerinden geçirdiler. Dumanın tekrar yükselmeye başlamasının ardından kadınlar aynı hareketi tersine doğru uyguladılar. Duman ikinci kez kesildi. O sırada avcılar kargılarını kürek kemiklerinin arasına bağlamaktaydılar; temrenleri başlarının üzerine gelecek şekilde. Sarıca şaşkındı. Dumanlar kümeler hâlinde yükselirken ellerdeki bütün sopalar alevlendi. Beşinci duman kümesinden sonra Eğriboynuz yüksekçe bir kayanın üzerindeki gözcüye baktı. Onun işareti üzerine "Mamut!.. Mamut!.." diye tekrarladı. Sesinde "Vakit tamam, atılın!" der gibi bir emir seziliyordu. Herkes yarışırcasına koşmaya başladı; bağırış, çağırış... Üçü atlı, dördü yay ve ok taşıyan, gerisi kargıları sırtlarına bağlanmış otuz kadar avcı. Ellerinde yalnızca alevli sopalar taşıyarak... Yanlarında da boş su kabakları, deniz kabukları ve kavallarla gürültü yapan, çalıları toprakta sürükleyip toz kaldıran ergen çocuklar. Ve Ateş dahil hızla koşan beş köpek... *"Nasıl av bu?"*

Sarıca her şeyi dikkatle izliyordu. Yılan Obası'nın avcıları kısa boyluydu ama hızlı koşuyorlardı. Çocuklar umulmayacak kadar yüksek gürültü çıkarıyor, avcılar sopalarını önlerine çıkan kaya ve ağaçlara vurarak onlara katkı sağlıyor, toz duman arasında ırmak boyunca korkunç bir can pazarı, ilerliyorlardı. Ardından ilk sevinç çığlıkları duyuldu. Dağın yamacına yaslanan otlu arazide ırmağa su içmeye gelmiş mamut sürüsü işte karşılarındaydı. Sarı taşın tozlarını buralara serpmişlerdi anlaşılan. Mamutlar önce gürültüden yana baktılar, sonra da ateşli sopalardan ürkerek koşmaya başladılar. O ana kadar toplu hareket eden avcılar yan yana hizalanıp geniş bir alana yayıldılar. Atlılar önü alıyor, diğerlerini yönlendiriyordu. Köpekler durmadan havlıyor, çocuklar gürültüyü arttırıyordu. Düzburun "Sürek avı!" diye bağırdı Sarıca'ya.

"Kovalamak iyi; ya avlamak?"

"Onu gün batarken yapacağız, diğer obalarla birlikte!"

"Gün batarken? Hah-ha!.. Mamutlar gitti gider... "

"Hah, ha... Sen gör bakalım!.. Kuşluk vaktinde..."

Yılan Obası gürültü çıkarıp toz kaldırarak mamut sürüsünü ırmak boyundan ayırıp yeşil vadilere sürdü. Sarıca, uzun bacaklarına rağmen Yılan Obası'nın şu cılız insanlarına yetişmekte zorlanıyordu. "Hayatın ikinci eşiği"ni o vakit anladı. *"Ne çıkar, Çira için harcanmış olduktan sonra!"*

Oba avcıları elli kadar irili ufaklı mamut içinden gözlerine kestirdikleri üç tanesini önce sürüden ayırdılar. *"Okçuların mahareti."* Oklarının uçlarını sopalardaki ateşlere değdirip alevlendirerek mamutların sol sağrılarına nişan almışlardı. Mamutlar tüyleri yandıkça başlarını sola doğru atıp ateşi söndürmek istiyor, böylece istikametleri sola doğru değişiyordu. Sarı taşın tozları işe yaramışa benziyordu çünkü sürünün reisi olan iri mamut her birerini yönetmek için çevrelerinde dolanıyor, haykırıyor, yönlendiriyordu ama hiçbiri ona itaat etmiyordu. Sonuçta üç mamut sola doğru ayrılıp birbiri ardınca koşar oldular. Sarıca ile Düzburun yan yana seğirtiyor, aralarında nefes nefese de olsa sorular ve cevaplar gidip geliyordu. Sarıca en yaşlı ve büyüklerinden üç avın seçilmesini daha fazla ete kavuşma azmi olarak yorumladı ama Düzburun onları Yer Ana'yı gücendirmemek ve onun koyduğu adaleti gözetmek için seçtiklerini anlattı. Sonra da merakını giderdi:

"Sabahki duamız bedenlerini bize vermek üzere mamutları razı etmek üzerineydi. Böylece onlar Yer Ana'daki hayatlarını tamamlayıp gidecek, yeni gelecek ruhlar da bir yavru bedeninde kendilerine yer bulabilecek."

"En yaşlılarını seçmeniz? Yavaş koştukları için mi?"

"Bilakis! Yavru ve genç sürüyle mamut nesli devam edebilsin diye. Yoksa Yer Ana'nın dengesi bozulup adaleti sapar."

Sarıca o güne kadar hiçbir avcı obasında avlara karşı duyarlılık ve adaletten söz eden kimseye rastlamamıştı. Avcılık ile Yer Ana'daki adaletin nasıl bağdaşacağını düşündü. Bu arada yaşlı mamutlar sürüden tamamen ayrılmış, gün yükselesiye kadar koşup yorulmuş, avcıların da sopalarındaki ateşler sönmeye başlamıştı. Eğer ateşler sönerse mamutlar geri dönüp avcıları boynuzlarına geçirebilir veya çiğneyebilirlermiş. Sonucun ne olacağını merak etmeye başladığı sırada yakın bir tepenin yamacından yirmi kadar avcı birden ortaya çıkıverdi. Ellerinde yeni tutuşturulmuş alevli sopalar ve sürükledikleri çalılarla. Sarıca onları görünce önce avı kaptırdıklarını düşündü ama Düzburun telâşlanmamasını söyledi. Meğer bunlar Ayaktepe civarında avlanan Tilki Obası'ymış ve sabah yakılan ateşin dumanları bunlar içinmiş. Örtülerle dumanları şekillendiren kadınlar hem ava başladıklarını hem de nerede beklemeleri gerektiğini onlara böyle söylemişler. Sarıca'nın ağzı açık kalıverdi. Ve tam kuşluk vaktiydi; Düzburun'un dediği vakit... "Müthiş! Bunu nasıl başarabildiler?" Elleri dizlerinde nefes nefese biraz bekledikten sonra çevresine bakındı. Gerçekten de arazide beş alçak tepe vardı ve Tilki Obası beş öbek dumana uyarak beşinci tepenin ardında beklemişti. Yılan Obası'ndakilerin aksine Tilki Obası'ndakiler çıplak avcılardı. Önlerini örtmek için bellerine bağladıkları birer tilki derisinden başka üzerlerinde herhangi bir örtü veya giysi yoktu. Derileri kemiklerine yapışmış görünüyordu ama koşarken bir panter hızındaydılar. Yılan Obası durmuş, kovalamayı artık Tilki Obası devam ettiriyordu. Sarıca, tepenin üstünde bir ateş gördü. Bu seferki ateşin dumanları renkli çıkıyordu ve öğrendi ki avcılar bir sonraki dağın yamacındaki Domuz Obası'na işaret gönderiyorlardı. Düzburun'dan duyduğu adalet kavramını bu sefer avcılar arasında düşündü. Anlamaya başladı.

"Şimdi Göbektepe'ye!" dedi, Düzburun, sonra da alay eder gibi mırıldandı; "Avcı Sarıca!"

"Orası neresi?"

"Mamutları avlayacağımız yer, elbette!"

"İyi ama mamutlar gidiyor!"

"Merak etme, gün batımında bizim varacağımız yere gelecekler, Göbektepe'ye! Önce alevlerin önünde birkaç hendek aşıp yorulsunlar, yokuş çıkamaz hâle gelsinler de..."

Yolun geri kalan kısmını buğday işlemek için bir araziye yerleşmenin ve barınak kurmanın iyisini kötüsünü tartışarak katettiler. Sarıca, bir yere bağlanmanın oradaki imkânları tüketmek anlamına geleceğini, bunu yapan insanın Yer Ana'nın adaletini zedeleyebileceğini savunuyor ve durmadan soruyordu. Çölde geçen uzun zamanlarda düşündüğü pek çok şeyi adaletle bağdaştırarak... Her önüne gelen Yer Ana'nın bağrını tırmalayıp yaralar açar, sonra da oradan aldığı toprağı, taşı, ırmağı, tohumu başka yere taşırsa denge bozulmaz mıydı? Özellikle kazılan topraktaki börtü böcek, karıncalar, solucanlar? Onlar da Yer Ana'nın evlâtları, insanın kardeşleri değil miydi? Mevsimlerin her döngüsünde aynı yerde avlanan hayvanlara ne olacaktı?..

Düzburun, Sarıca'nın ardı arkası gelmeyen sorularını cevaplayamaz noktaya gelince isyan etti:

"Şşştt... Çok istiyorsan Göbektepe'dekine sor!"

"Göbektepe'deki kim?

"Mande!"

"Mande de ne?"

"Her şeyi bilen işte!"

"Sizin reis gibi mi?"

"Hayır ondan daha çok biliyor!"

"Daha çok?"

"Her şeyi dedik ya!"

"Her şeyi? Meselâ Ulu Ruh'u?"

"Öyleymiş, ben bir şey sormadım!"

Düzburun başka bir şey demedi. Dememekte de direndi. Sarıca gizemli cümlelerden meraklanmıştı. Göbektepe'ye varan mesafeyi bin umutla adımladı. Çira'yı, hakikati, babasının anlattığı Öğreten'i veya hepsini birden bulmanın umudu vardı içinde. Ve tepe göründüğünde bayılacak gibi oldu. Konuşkan'ın ateş yaktığı kutsal Kurttepe'nin neredeyse aynısı. Bir farkla ki burada gök ile yer buluşuyor gibi değil de, gök yeri kucağına almış gibi görünüyordu. Zirvesindeki kalın gövdeli kocaman ağacın Ulu Kayın'a benzerliği ise tariflere sığmaz... Dalları yana doğru saçaklanıp gitgide yuvarlaklaşmış, heybetli bir görüntü. Sanki bir el ona bu yuvarlak görüntüsünü vermek için devamlı budayıp durmuş. Donakaldı ve Konuşkan'ın sesi çınladı kulağında; "Ey Ulu Ruh'tan bize gelecek ne varsa bilen ve ona gidecek her şeyi götüren Ulu Kayın! Ey atalarımızın ruhlarını koruyan cennetin giriş kapısı!" *"Nasıl yani? Daha evvel hatırlamadığım bir cümle! Cennetin giriş kapısı?"*

Bir an evvel ağaca varmak için tepeyi tırmanmaya başladığında Düzburun onu durdurdu:

"Avlarımız gelmeden olmaz!"

O sırada yan tarafta birilerini gördü. Yılan Obası'nın avcılarına katılmak üzere gelen Akrep Obası'ydı bunlar ve büyük bir sessizlik içinde hareket ediyorlardı. Sarıca soran gözlerle Düzburun'a baktı. Cevap başparmağın ağza gitmesi eşliğinde ve fısıltıyla geldi:

"Dikkat et! Avlarımız gelesiye kadar yüksek sesle konuşmayız. Buranın kutsallığı için."

"Kutsal?"

Sarıca, Kuzgun Obası'nı hatırlayıp çevresine baktı. Otları yolunmayan, taşları başka yere götürülmeyen Kurttepe'ye göre buranın da otlarının yolunmadığını gördü.

Taş ise her yandaydı; irili ufaklı. Hatta neredeyse tepenin kendisi bir taş sayılabilirdi. O sırada avcılar ellerinde bol miktarda su tulumları, mantarlar, turplar, meyveler ve Sarıca'nın bilmediği bazı sebzelerle yanlarına geldiler. Sarı benizli, saçları ve sakalları hiç kesilmemiş gök gözlü adamlar... Hepsinin baktığı güney istikamette yine dumanlar tütmeye başladı. Emredici fısıltılar eşliğinde:

"Çabuk olun. Vadiye girmek üzereler!"

"Davranın kargılara, koşun!"

"Haydi, haydi, haydi!.."

"Koşun, herkes yerini alsın!"

Sarıca herkesle birlikte ağacın çaprazına doğru tepeyi tırmanmaya başladı. Akrep Obası'nın avcıları ellerindeki yüklerle birlikte tepeyi koşarak çıktılar. *"Güçlü avcılar!"* Adamlar su tulumlarını üst üste istifledikleri sırada tulumların arkasında kalan istikamette, ağacın hemen yanında bir yığıntı fark etti. O da ne? Yerin içinden yük-

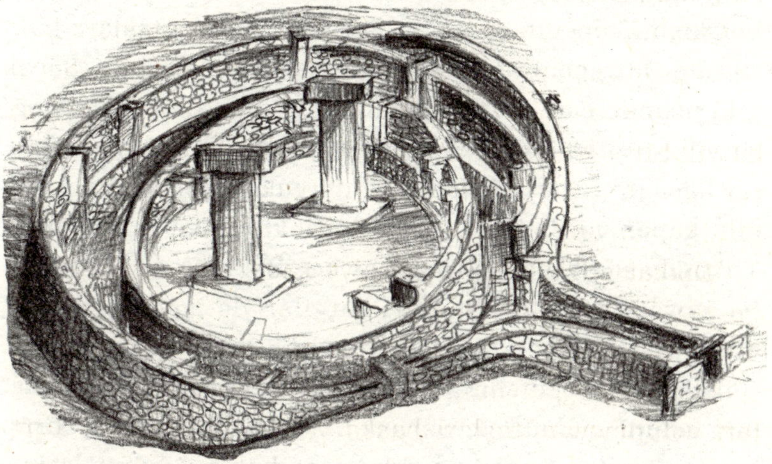

selmiş bir taş öbeği. *"Barınak?"* I-ıh... *"Barınağa göre çok büyük gibi!"* Çember biçimli bir yapı. Sanki birileri taşları üst üste ve yan yana yapıştırmış. Hiç böyle bir sığınak veya mağara yükseltisi görmemişti? Kim neden böyle bir şey yapsındı ki? Belki de mande denilen şu adamla alâkası vardı bunun. Çok meraklandı. Gözleri Düzburun'u aradı. Ne var ki o sırada bütün dikkatler vadideki avcılara yöneldi. Tepedekinin tam aksine uzaktaki sesler yükselmiş, büyük bir hay huy ile sabahki üç mamut çatalın arasına girmeye başlamışlardı. Yanlarınca koşan iki de bizon vardı. Muhtemelen mamutların sesiyle ürküp sürülerinden ayrılmış ve kendiliklerinden av olmuşlardı. *"Kader!"* Sarıca bulundukları yeri inceledi. Sanki dev cüsseli biri bacaklarını iki yana açarak yere uzanmış gibi. Bulundukları tepe göbek kısmı, tepenin çatalı da bacaklar. Yığıntı taşlara baktı, tam da tepenin göbeğe denk gelen bölgesinde. Bacak gibi uzanan çatal vadi ise hafif bir meyil ile zirveye doğru yükselip göbekte son buluyordu. Çatalın çıkışı yoktu. İki bacağın birleştiği noktada da yükseliyor ve bir tuzak gibi kapanıyordu; tam şu an durdukları yer. Yılan Obası, Tilki Obası, Saksağan Obası ve kendisi... Her obanın kıtlık görmüş avcıları ellerinde kargılarıyla mevzilenmişler, ölüm sessizliğinde bekleşiyorlardı. Bu seferki suskunluk Göbektepe'nin kutsallığından ziyade mamutları ürkütmemek içindi muhakkak. Sarıca, bizon ve mamutları sürüp getiren Domuz Obası'nın avcılarına baktı. Görünüşleri ve tavırlarıyla Tilki Obası'nın insanlarına benziyorlardı; önlerini örten domuz derisinden parçalar haricinde.

Yaklaşmakta olan mamutlar ve bizonlar durmadan böğürüyorlardı. Sabahki kadar hızlı koşamadıkları görülebiliyordu artık. Boynuzlarını sağa sola savururken bedenlerini vermeye henüz razı olmamış gibi ovanın ruhundan, dağın ruhundan, ırmağın ruhundan imdat istiyorlardı sanki. Öndekinin sırtında yeni saplanmış bir ok yanmaya devam ediyordu. Sarıca'nın içinde bir şeyler sızladı. Çöllerde ve taygalarda yalnız başına gezerken hissettiği türden bir duyguydu bu. Vicdan mı, merhamet mi, kalp mi, kestiremedi. Az sonra üç mamutun bedenlerine saplanacak kırk kadar keskin temrenli kargıyı izledi; havaya kalkmış ellerde fırlatılmak üzere ileri-geri sallanıp durmaktaydılar; sessizliği alabildiğine bozarak:

"Hah-huh... Hah-huh..."

Bir yanda ailelerine et götürme azmiyle yanıp tutuşan aç avcılar, diğer yanda ölümü hissetmiş avlar... Cılız kollarda kargılar ve ecellerine koşan mamutlar... Gitgide hızını arttıran kollar ve her adımda yavaşlayan bacaklar...

Sarıca, mamutlara baktı. Çatalın yokuşuna adımlarını attıkları anda hızları kesilmeye başladı. Rampa adım adım dikleşiyordu ve arkalarında alevli sopalarla önlerindeki kargılar daha fazla sallanıyor, toz duman oluyor, gürültü ve çığlıklar, boru ve kaval sesleriyle kıyametler kopuyordu. Zavallı hayvanlar çatalın kapanan noktasında kıstırıldıklarının farkında gibiydiler; çaresiz, kaderlerine razı... İri cüsseleriyle son çırpınışlar gibi tırmanmaya devam ettiler. Her nefeste daha yavaş, daha dingin... Bir adım daha, bir adım daha... Kaderlerine yaklaştılar, yaklaştılar... Ve yokuşun ortalarında tıkanıp durdular. Bizonlar birkaç adım daha atmayı denediler ama mamutların hareketsizliği onları da çakılıp kalmaya yöneltti. Hazin bir sahneydi. Son güçlerini de harcayan beş iri hayvan göğüsleri şiddetle inip kalkarak öylece bekleşiyor, daha doğrusu ölümlerini bekliyorlardı. Belki de varoluşlarının kutsanmasını, daha güçlü olan avcının bedeninde yaşamak için etlerini vermeye hazır olduklarının bilinmesini istiyorlardı. Acaba şu anda ölerek ruhlarını kurtarmış olacaklarını düşünüyorlar mıydı? *"Teslimiyetlerine bakılırsa, evet!"* Eğer öyleyse kargıların güç gösterisi yapabilecekleri bir mesafede son nefeslerini vereceklerdi. Üçü de başlarını avcılara dikip öylece baktılar. Yalvarır gibi. Ne geri döndüler ne ileriye bir adım attılar. Kaçma veya saldırmaya asla yeltenmediler. Dizlerinin üzerine çöküp bekleştiler. Öylesine bitkin görünüyorlardı ki bir tanesi sırt üstü devrilip yokuş aşağı yuvarlanmaya başladı. Az evvel peşlerinden kovalayan avcılar bundan endişe edip kenarlara çekildiler. Bugüne kadar bir mamut veya bizonun altında kalıp da yaşamaya devam eden kimse henüz yoktu.

Sarıca, gökyüzüne baktı. Akşam Yıldızı doğuyordu. Tam Düzburun'un dediği vakte geldiklerini düşündü. Güneş kızıllığı ovaya uzun gölgeler yaymaya başladığı sırada kargılar birer ikişer fırlatıldı. Bazıları mamutların başına, bazıları gerdanına, kimisi omuzlarına, kimisi ayaklarına... Çabucak ve yağmur gibi... Avların bir an evvel ölümü tatmaları, acı çekmemeleri ve eziyet görmemeleri gerekiyordu. Kargıların sonuncusu da fırlatıldığında hepsi bitap ve dingin öylece yamaca yığılıp kaldılar. İlk can verenler bizonlar oldu. Mamutlardan biri yeniden acıyla inlemeye başladı. Sanki Göbektepe'nin çatalında homurdayan bir adacık vardı da belli belirsiz alçalıp kabarmalarla dağın ruhu kendini göstermeye çabalıyordu. Avcılar tedirgin olmuş gibi bacaklarından kollarından adacığa tırmanıp kargılarını mızıldanan ağzına, tıslayan burnuna, hırlayan boğazına batırıp çıkarmaya başladılar. Yılan, tilki, saksağan ve domuz sesleri çıkararak. Sarıca izlememek için başını çevirirken Düzburun'a mırıldandı:

"Adalet mi diyordun, Düzburun?!"

O sırada mamut son bir hamle ve can havliyle başını hızla salladı. Başının iki yanından uzanan bir kulaçlık dişlerinden biri göğsünde gezinen cılız bir avcıya saplanıp haykırarak can vermesine yol açtı. Adamın karnı deşilmiş, bağırsakları dışarı savrulmuş boynuz dişin üstünde sallanıyordu. Düzburun, suratını buruşturarak cevapladı:

"Evet, adalet... Sarıca! Adalet!.."

# Bölüm 10

Avcılar arılar gibi çalıştılar. Önce bir adam çıkıp mamut ve bizonların karınlarını boyunlarından kuyruk sokumlarına kadar yardı. İçlerinden çıkan sıcak hava ve koyu kanın kokusu etrafa yayıldı. Başka adamlar organları çıkartıp ayırdılar. Özellikle karaciğer ve yürekleri itina ile kenara ayırdılar. Ardından ikişer kişi önce bizonları sonra mamutları dörder parçaya ayırıp tepeye taşınması için diğerlerine verdiler. Hiçbir şey israf edilmiyordu. Gündüz mamut kovalayan ateşler şimdi daha çok işe yaramaya başlamıştı. On kadar çubuğun ucuna iç yağları bağlanıp tutuşturulunca Göbektepe gündüz gibi oluvermişti. Avcıların iş bölümü hayranlık uyandıracak cinstendi. Yine de bir şeyler takıldı Sarıca'nın aklına. Hayvanlar yamaçta can vermişti ama avcılar onları yamaçtan düze indirmek yerine tepeye çıkarıyorlardı. Üstelik büyük bir maharetle ve hareketli tomruklar üzerinden kaydırarak. Tepede büyük bir ateş yakılmıştı. Tilki Obası avcılarının reisi dört tilkiyi –ok ile avlandıkları anlaşılıyordu– kafalarını kesmeden ve yüzmeden ayaklarından bir sırığa dizi dizi bağlamış, ateşin yanına koymakla meşguldü. Her biri yerden yeni sıçramış gibi durdurulan tilkiler. Göz kapaklarını eliyle açıp aralarına çöpler bile yerleştirilmişti. Olup bitecekleri seyretmeleri isteniyordu sanki. Reis başına bir tilki derisi geçirerek yüzünü hızla boyamaya başladı; kendisini tilkiye benzeterek... *"Totemleriyle böyle mi bütünleşiyorlar?"* O sırada Eğriboynuz'u gördü. O da öldürdükleri dört iri yılan ile aynı şeyi yapıyor ve başına yılan derisinden örülüp yılana benzetilerek bağlanmış bir başlık geçiriyordu. *"Yılanın bilge ruhuyla buluşmak üzere..."* Bütün bunlar olurken tepedeki taş yapıdan yana kimsenin geçmesine izin verilmemişti. Sarıca, yapıyı merak ediyordu. Hangi avcı veya avcılar, kimsenin uğramayacağı, hatta av bile bulamayacağı böyle bir dağın başına emek edip taş yığardı ki? *"Bu yığınların, şu gördüğüm ağaçla bir alâkası olmalı?"* Ulu Kayın! Evet, oraya varmalı, yakından bakmalıydı. Bunu başardığında gıptayla karışık "Ruhu olan bir Ulu Kayın!" diye mırıldandı içinden. Daha da ilginci, ağacın hemen yirmi adım kadar güneydoğusundaki taş yapı tam da Ulu Kayın'a benziyordu. Gözlerine inanamadı. Her kim veya kimler zemini oyup bu taşları dizdiyse Ulu Kayın'ın resmini Yer Ana'nın bağrına çizmek için bunu yapmışlardı sanki. Çira'nın boya kullanarak derilere nakşettiği Ulu Kayın'ı birileri taş kullanarak Yer Ana'nın bağrına resmetmişti. Ulu Kayın yere yatsa bu taş yapı olur yahut taş yapı ayağa kalksa Ulu Kayın olurdu, muhakkak!

Taş yapıda ağacın bir tek aşağıya doğru sarkan saçakları eksikti. Hatta kökünden gövdesine doğru bir giriş kapısı bile yapılmıştı. Yer Ana'nın koynuna girip orada yaşayacak ölüler için bir geçit. Akşam Yıldızı'ndan göklere varıp orada yaşayan ruhlar gibi.

Sarıca, alacakaranlıkta gölgelenen yapıyı seçmeye çalışırken avcılar ateşi iki adam boyunca harlandırmışlar, çevresinde neşeyle eğleniyorlardı. "Belki de biraz sonra bir kam gelip ateş dansına başlayacak!" diye düşündü. Ama hayır, bu gördüklerinin Kuzgun Obası'ndan hatırladıklarıyla bir alâkası yoktu, olamazdı.

Bir yandan çevresine bakındı, bir yandan avcıların et sevincini izledi. Kıtlık zamanında karın doyurabilmek büyük nimetti. Obalar birbirini kuşatmış bir dostluk içindeydiler. Bir tek kendisi yalnız... Uzayıp giden buğulu akşamın hüznü içinde üstelik. O sırada yüzünü ıtırlı bir esinti yalayıp geçti. Birden Çira'yı yitirdiği günü hatırladı. Derin bir nefes aldı. O gün ırmağın kıyısında hissettiği ıtır şimdi dimağına dokunuyordu. "Aynı güzel koku!" dedi içinden ve parlayan Akşam Yıldızı'na baktı. *"Ah Çira!"* Eli kendiliğinden belindeki kavala gitmişti. Dudağına yaklaştırdı ve üfledi. Çira'yı yitirdiği gün onun için çaldığı, meşe ağacıyla üveyik kuşunun neler fısıldaştıklarını anlatan ezgiydi bu. Hasretle karışık bir hatırlayışın ezgisi. O sırada avcıların mamutlardan etler koparmayı bırakıp kendisini dinlediklerinin farkına bile varmadı. Neden sonra şarkı bittiğinde hepsi birlikte bağrışarak onu ve kavalını takdir ettiler. Ardından da Domuz Obası'nın reisi iri bir domuz ciğerini kanları damlar vaziyette getirip ateşin üzerine koydu ve eliyle ona gel işareti yaptı. Sarıca karnının acıktığını o vakit anladı. Ayağa kalkıp uzaklara baktı. Doğu ufkunda dolunayın parıltısı hüküm sürmeye başlamıştı. Göbektepe'nin kutsallığına inanası geldi. Ve şimdi bu kutsallık bayram sevincine evriliyordu. Avcılar az evvelki sessizliğin acısını çıkarırcasına birdenbire çığlıklar atmaya, coşmaya, haykırmaya yöneldiler. Mamut avının şükran ayini böyle yapılıyor olmalıydı. Dağ gibi yığdıkları etlerin çevresinde büyük coşkuyla dans ediyorlar, ellerini göklere kaldırıp parmaklarını dalgalandırarak Ulu Ruh'a sesleniște bulunuyorlardı. Öyle ki karanlıkta gökten uzanacak bir el avcıların ellerine yapışacak gibiydi. Sonra hepsi birden durup göz alabildiğince uzanan ovanın ucunda bütün haşmetiyle parlayan dolunaya ellerini uzattılar. Artık ateş ile dolunay arasında elliyi aşkın insan haykırıyor, zıplıyor, sevinip dans ediyordu. Onlara katılmayanlar ise Yılan Obası'nın sabah ıslak gezen adamlarıydı. Düzburun, Kıvrak, Dikoturan ve diğerleri. Sarıca, duyduğu bağrış çağrışın hayreti içinde ateşte yanan ciğerin kokusunu nefeslenirken fısıldadı:

"Ne yapıyorlar Düzburun?"

"Seviniyor ve Ulu Ruh ile totemlerine teşekkür ediyorlar. Obaya bolca et götürüp günlerce rahat edecek olmanın sevinci. Ha, bir de, artık fısıltıyla konuşmasan da olur!"

"Hımm... Peki söyle o vakit, ciğeri neden yaktılar?"

"Bilmiyor musun; obayı koruyan totemi avlamışsan ciğerini şükran olarak tanrılara sunarsın. Böylece onlar da avcıları himaye edip gözetir, ileride cennete kolay gitmesine yardımcı olurlar. Bekle, biraz sonra tilki ve yılanın da kokusunu alacaksın!"

"Totemi avlamak? Büyük cür'et! İblis işi!"

"Bilakis, tanrılara layık bir eylem. Biraz sonra etlerinden de tanrılara sunulacak!"

"Burada mı?"

"Tapınakta."

"Tapınak da ne?"

"İşte şu gördüğün. Taşların yan yana ve üst üste durduğu yer..."

"Neden yaptınız orayı?"

"Mande yaptı?"

"Mande bir nefilim mi?

"Haşa!"

"Güldürme beni Düzburun, bu kadar taşı bir büyücünün topladığına ve üst üste yığdığına inanmamı mı bekliyorsun? Üstelik bunca büyük taşı tek başına yontacak bir adam? Baltası ağaç boyunda olmalı yahut bir insan değil."

"İnsan değil! Ama mande işte! O söyledi, biz yaptık."

"Büyücü öyle istedi diye taş mı taşıdınız?"

"Taşları taşımadık, yalnızca yonttuk. Aha şuradan."

"Mande de sizin yerinize avlandı o hâlde?"

"Hayır, her obanın yarısı taş yontarken yarısı da avlandı veya buğday işledi!"

"Kaç oba?"

"Burada gördüklerinin dışında dört obayla birlikte."

"Onlar nerede peki?"

"Biz dolunayda, onlar hilâlde avlanır! Bunu mande belirler ve totemlerle konuşup bize avların nerede olduğunu, nasıl avlanacağını söyler, bazen de kolay avlanmamız için tılsım yapar!"

"Bu büyücü size ne yapacağınızı söyleyip işlerinizi bölüştüren bir reis mi?"

"Hayır o yalnızca mande!"

"Her dolunayda ve her hilâlde üçer mamut getirdiğiniz biri yani? Yalnız unutmayın, böyle devam ederseniz yakın bir gelecekte, Mamut Obası totem edinecek mamut bulamayabilir! Düşün bir!"

"Mande düşünmüştür. İstersen kendin sorarsın."

"Mande şimdi burada mı?"

"Her zaman buradadır. Biraz sonra ölen avcının ruhunu cennete göndermek için gelir. Dolunay yükseldiğinde de şükran ayinini yapar. Bu ayin sayesinde Yer Ana bizden nimetlerini kesmez, yeni mamutlar doğurur."

"Hiç sanmıyorum. Kuraklığa bakılırsa yalnızca Yer Ana'yı değil Ulu Ruh'u bile kızdırmış olmalısınız?"

"Yanlış düşünüyorsun. Bizim avımız bir ihtiyaç içindir. Üstelik avladığımız hayvanların yalnızca etlerini alırız, özlerini ve canlarını değil. Dolayısıyla hayvanın ruhu avcı için yardımcı bir ruha dönüşüp onunla bütünleşir. Hayvanın eti avcının etiyle, ruhu avcının ruhuyla..."

"Anlaşılan büyücü size, siz de ona!"

"Haksızlık ediyorsun!"

"Siz de tapınak yapıyorsunuz..."

"Hı... Hı..."

"Toprağın üstüne inşa edilen, toprakla birlikte yok olur! Bari taş yerine odundan yapsaydınız?"

"Asla! Tapınak, Yer Ana'nın bedeni gibidir. Taş, Yer Ana'nın kemiğidir. Kemik uzun ömür demektir. Sen hiç kemiksiz beden gördün mü?"

"Yalnızca kemikten olan beden de görmedim! Et gerekmez miydi?"

"Et çürür ama kemik kalır!"

"Bu doğru işte! Bunun için benim geldiğim yerlerde ölülerin etleri kuşlara veya hayvanlara yedirilir ama kemikleri toprağa gömülürdü. Böylece kemikler cennette yeniden etlenecek, Yer Ana da yeniden canlılar doğuracaktır."

"Mande de öyle diyor. Şu ölü avcının başını bu gece ayinde gövdesinden ayırıp etlerini yarın şu ağacın dallarında akbabalara sunacak. Böylece ruhu cennete daha kolay uçacak."

"Neden ölüsünü obaya götürmüyorsunuz?"

"Bir sonraki dolunayda ava geldiğimizde kemiklerini götüreceğiz; etlerinden arınıp ağacın dallarında birkaç zaman rüzgârlanarak ruhu cennete gittiğinde. Ta ki yeni hayatında kolay dirilebilsin."

Düzburun anlattıkça Sarıca mandenin sahte bir büyücüden ziyade kamlara benzeyen bir ruhanî olduğunu anladı. Belki onlardan biraz daha bilgeydi. Çünkü anlattığı bazı şeyleri neredeyse Konuşkan'ın ağzından duyar gibi hissediyordu. Büyük kasırgada ölmemiş de buraya gelip hayatına devam etmiş gibi. Oysa kafatasının parçalandığını görmüştü. *"Kafası olmayan veya çirkin suratlı bir ruhanî ile karşılaşırsam kesin Konuşkan dirildi derim!"*

# Bölüm 11

"Tuz ister misin?"

"Tuz? O da ne?"

"Tuz işte!"

"Ne?"

Sarıca avucunda yuvarladığı topağı Düzburun'un etine sürüp ısırmasını işaret etti. Düzburun ürkerek eti ağzına götürdü. Yaladı. Durdu. Diliyle dudaklarını sıyırdı. Dudaklarını birbirine bastırıp Sarıca'ya parmaklarıyla nefis işareti yaptı. Sonra da tuz topağını elinden kapıp doğru Eğriboynuz'un yanına koştu. Onun ısırmak üzere olduğu ete sürdü. Düzburun da aynı tepkilerle tuzu tadıp beğendi. Düzburun, elinde tuz topağıyla Yılan Obası'nın bütün avcılarına uğradı. "Adalet!" dedi uzaktan Sarıca'ya. Biraz sonra da yanına geldi:

"Eğriboynuz bundan daha çok istiyor... T-tuz-dan..."

"Yanımda yok! Ama nereden getirileceğini biliyorum!"

"Hım!.."

Sarıca, tuz karşılığında hem samimiyeti hem kardeşliği hem de aradığı şeyleri elde edebileceğini düşündü. Belki Çira'yı veya hakikati bile! O sırada Ateş havladı. Kulağına bir meleme sesi geliyordu; yaklaşarak. Evet, işte orada, Ulu Kayın'ın altında iki koç ve iki koyun ile bir avcı vardı. Koyunları avlamış gibi değil de kardeş edinmiş gibi. Başında kuş tüylerinden, sırtında hayvan ve yılan derilerinden birbirine bağlanmış parçalar sarkan, neredeyse gözleri bile görünmeyecek kadar üzerinde tüy ve deri taşıyan acayip kılıklı biri. Düzburun, "Mande!" diye fısıldadı. Sarıca birden Konuşkan'ı hatırlamaya çalıştı. Yüzünü seçemiyordu ama boyu bosu benzemiyordu. *"Yok, böyle biri olamaz!"*

Mande koyun ve koçları ağaca bağlayıp avcıların yanına doğru indi. Geçeceği yerde hepsi yol açıyor, sağ elleri göbeklerinde, hafif eğilerek saygı gösteriyorlardı. Sarıca ilerleyip onu yakından görmek istediyse de Düzburun beline bağladığı yılan şeritli kuşağı işaret ederek eliyle onu tuttu.

"Şimdilik biz burada kalacağız; gece yarısından sonra..."

Sarıca itiraz etmedi. Kuşağı gösterdiğine göre Yılan Obası'yla, kardeşliğiyle veya inancıyla alâkalı bir şey olmalıydı. Büyücü mande tapınağın kullanımını hilâlde ve dolunayda farklı avcı obalarına tahsis ettiğine göre onlarla farklı ilişkiler yürütüyor olmalıydı. Bunu anlayabilirse burada ne aradığını da bilebilir veya aradığını bulmanın yolu kolaylaşırdı.

Göbektepe civar arazilere göre hâkim bir noktadaydı. Bu tepeden uzak mesafeleri gözetleyen bir avcı hangi hayvanların ne zaman, nerelere uğrayıp yayıldığını veya avlandığını gözlemleyebilir, avların göç yollarını ezberleyebilir, onlara tuzaklar hazırlayarak tek başına geçinebilirdi. Gerçi bu bir inziva hayatı olurdu ama yine de burada keler, kertenkele, kirpi, tavşan, yılan, köstebek avlayarak hayatta kalabilirdi. Geceleri de elbette Ulu Kayın'ın dallarında ve güvende uyuyarak. Ama burada su yoktu. Suyun olmadığı yerde hayat olmazdı. Kaya zeminin bazı yerlerinde yağmur suyunun birikeceği küçük çukurlar elbette vardı ama mande, bu suların hepsini kullansa bile hayatını sürdüremezdi. Kaldı ki avcılar arasındaki kurala göre su Yer Ana'da yaşayan herkese aitti ve bir avuç kadar da olsa suda hayvanların da bitkilerin de hakkı vardı. Bu yüzden bir avcı obası yolları üzerinde birikmiş sulara rastladığında yalnızca bir noktasından içer, suyu kirletmezdi. Çünkü hayvanların da aynı şeyi yaptıklarını bilirler, hatta buraya hangi tür hayvanların gelip gittiğini içilen suya yaklaşan ayak izlerinden anlayabilirlerdi. Bir tek kuşlar, suyu sıçratır, içine girer, hatta pisliklerini bile bırakırlardı. Mandenin gizli bir kuyusu olmalıydı. *"Belki de bir sarnıç?"* Eğer sarnıç ise avcılardan su istemiş, onların getirdiği su karşılığında gözlemlediği bilgileri vermişti. Avların nerede olduğunu öğrenme karşılığında bu tepeye birkaç tulum su taşımak hiçbir avcıya zahmetli gelmezdi çünkü. Eğer avcılar avlarının bereketini düşündülerse mande ağaçtan bir barınak yapmaları için onları razı ederdi ama bu taştan tapınak? *"I-ıh!"* Ama bir tapınağa sahip olan kişi için hiç bitmeyecek et, su ve geçim de kendiliğinden gelirdi. Dolunayda ve hilâlde avcıların sökün ederek bırakacakları yiyecek ve içecekler tek başına yaşayan bir insana yeter de artardı bile.

"Şimdi ne yapıyorlar?"

"Şu aslan kabartmalı kapıdan sırayla ilerlediklerini görüyorsun ya, içeride önce mande yerine oturacak. Sonra Tilki Obası, Ayı Obası'nın ileri gelenleri kut saydıkları için tilki ve ayı postlarını başlarına geçirmiş olarak varıp büyük avın şükran ayinini tamamlayacaklar. Şüphesiz bu şükrandan sonra totemler derilerini ve tüylerini ödünç verdikleri gibi ruhlarını da onlarla bütünleştirecek ve hepsinin daha iyi avlanmasını, daha güzel avlar bulmasını, hatta daha iyi kadınlarla yatmasını himaye edecekler. Mande için getirdikleri su tulumlarını ve av etinden hissesini kendi totemlerinin bulunduğu sütun önünde mandeye takdim edip tanrılara sunması için yalvaracaklar. O da hepsinin ruhlarının arınması için etlerden ve sudan kefaret sunarak onların ruhlarını rahatlatacak. Ölünce cennete daha kolay gitmek isteyenler hediyeler sunup sofuluk ayini isteyecek!"

"Özel muamele desene?"

"Mande, tapınak inşa edilirken bunun için herkese söz verdi. Hatta tapınaktan cennete geçişi kolaylaştıracak bir delik bile açtırdı. Tilki Obası'na göre o delik dünyanın ekseni ve ruh kapısıdır; tıpkı doğan bebek ile anayı birbirine bağlayan göbek bağı gibi. O delikten itibaren hayata veda edecek bedenler, mande sayesinde karanlığın iblislerine yakalanmadan oradan kolayca geçip Yer Ana'yla bütünleşebilir, böylece ruhları da serbest kalıp göğe yükselerek Ulu Ruh ile buluşabilir. Özellikle dolunayda hayata veda edenlerin bedenleri daha kolay özgür kalır; bugün yitirdiğimiz şu avcı gibi. Tabii bunun için mande dolunayın tam tepeye çıkmasını beklemek zorunda. Çünkü Ulu Ruh'un gözcüleri her dolunayda buraya gelip hayata veda eden ruhları alıp götürürler."

"Bunu büyücü mü söyledi?"

"Bunu herkes bilir! Eskiden bu yana, mande gelmeden..."

"Bu adam ne zaman geldi?"

"Zannederim bir güvercin ömrü kadar önceydi..."

"Bir obası var mıydı?"

"Hayır yalnızca bir oğlu vardı."

"O nerede şimdi?"

"Dirsektepe'de. Üç bahar önceydi, o da Dirsektepe'ye bir tapınak kurdu."

"O da mande mi yani?"

Düzburun eliyle "boş ver" işareti yaptı. Onun hakkında konuşmak istemediği belliydi. Bunun yerine az sonra mandenin içeride yapacaklarını anlatmaya devam etti:

"Gözcüler memnun olsun diye avın şükran etinden ve ölenin bedeninden sembolik birkaç parça et, en yüksek taşın üzerine sunak gibi bırakılıp akbabalar veya kartallara ikram edilir. Ta ki bu etleri yiyen kartal veya akbaba uçtukça ölenin veya totem avının da ruhu uçup tanrılarla buluşabilsin. Bunun için tapınaktaki dikili taşlarda yer alan tilki veya domuz kabartmaları her iki kabilenin ruhlarını alıp götürmüş olacaklar."

"Bu durumda sizin ölü ruhlarınızı da yılan tasvirleri mi götürecek?"

"Eskiden öyle inanıyorduk ama artık biliyoruz ki biz öldüğümüzde ruhumuz hesap verecek. Hesaba göre de kendiliğinden ya yükselecek veya düşecek."

Sarıca irkildi. Yılan Obası'ndaki farklılığın ne olduğunu, bellerindeki kuşağı niçin taktıklarını, neden ellerini göbeklerinde birleştirip ayine durduklarını anlamıştı. Bu bir inanış biçimiydi ve Düzburun'un tabiatını değiştirdiği gibi obayı da dönüştürmüş, kötülüklerden arındırıp iyiliğe evriltmişti. Yaptıklarının hesabını vereceğine inanan birisi inanmayana göre daha çok paylaşır, yardımlaşır ve dürüst yaşardı. Bir an babasının iyilik yanlısı öğütlerini hatırladı ve taygalarda, bozkırlarda, çöllerde yalnızken kendini sorguladığı zamanlar geçti gözünün önünden. Hakikati ararken düşündükleri, aklı, ruhu ve kalbi buluşu... Titredi.

"Ruhunuzun hesap vereceğini kim söylüyor?"

"Öğreten, elbette!"

"Öğreten de kim?"

"Öğreten işte! Post diken, ev yapan, hikâyeler anlatan! Kısaca hakikati anlatan!"

Sarıca'nın kanı donacak gibi oldu. Düzburun "Öğreten" demişti, "hakikati anlatan" demişti. Cümlesinin gerisinin önemi yoktu; "hakikat"ten başka. Aradığı şeye yaklaşmış olabileceği fikri onu yeterince heyecanlandırmıştı. Babasının söz ettiği hakikat ile Düzburun'un dediği hakikat aynı olabilir miydi?

"Nedir hakikat?"

"Yaratıcı Rabb'i, İlâh'ı bilmek."

"Ulu Ruh'u mu?"

"Sen öyle de diyebilirsin ama o senin dediğin gibi olmayabilir!"

"Nasıl yani?"

"Yani senin dediğin Ulu Ruh ile benim dediğim Rab aynı olmayabilir diyorum."

"Ama iki tane Ulu Ruh olmaz ki!"

"İşte bunu demek istiyorum. Senin inandığın Ulu Ruh ile benim inandığım..."

Düzburun cümlesinin gerisini getirmedi. Sarıca'nın inancını dışlamak ve bu yolla onu incitmekten kaçınmış, biraz da onun bunu düşünmesini istemişti. Sarıca o sırada babasını hatırladı. Babasının inandığı şey her ne ise Yılan Obası da muhtemelen ona inanıyordu. Aklı karışmıştı. Bilmek istiyordu. "Senin inandığın nasıl biri?" der gibi baktı kendisine. O devam etti:

"Her şeyi yaratan! Seni, beni, her şeyi, herkesi... Kudret ve gücüyle kaderimize hükmeden... Işığın sahibi ve karanlığın da... İyinin sahibi ve kötünün de... Doğunun sahibi..."

"Ve batının da!" Sarıca onun sözünü keserken zıtları sayıp hepsinin efendisi olarak bir Rab mi var diye sormak istiyordu ama bundan vazgeçti. Babası da tıpkı bu adam gibi ona zıtları sayar, onları var eden bir hakikatten söz ederdi. Parmak ve yavrusu Ateş'ten başka nefes alan bir canlıya rastlamadığı zamanlarda düşündüklerini yeniden hatırladı. Evet, yaratılmış bir şey var ise onu yaratan birisinin olduğunu daha evvel çok defa düşünmüştü. Hatta Ulu Ruh'un herkesi ve her şeyi yarattığını var sayıp ona teşekkür etme zorunluluğunu bile aklına getirmişti. Ama ona göre yaratıcı, Ulu Ruh idi. Düzburun ise başka bir yaratıcıdan söz ediyordu. Rab dediği, İlâh dediği bir yaratıcıdan. Peki ama olabilir miydi? Ulu Ruh diye bildiği hakikat yaratıcı Rab miydi?"

"Benim Ulu Ruh dediğime sen Rab diyorsun, o kadar?"

"Yok, bu yalnızca bir isim farkı değil, benim Rabb'im bütün ruhların da yaratıcısı ve sahibi. Meleklerin ve iblisin, hayvanların ve bitkilerin, göklerin ve Yer Ana'nın..."

Sarıca, Düzburun'un bahsettiği Rabb'in her şeyi içine alan bir hakikat olabilme ihtimalini geçirdi aklından. Hakikat, sözünü ettiği bu Rab bile olabilirdi. Sordu:

"Rab senden ne istiyor?"

"Sab istiyor."

"Sab?"

"Temizlik! Her sabah ırmakta yıkanıyorum."

"Başka!"

"Sabah ve akşam kendisini anmamı."

"Nasıl?"

"Huzurunda ellerimi bağlayıp başımı eğerek..."

"Neden başka türlü değil?"

"Çünkü bu hâldeyken onu daha çok zikredebiliyor, anabiliyor, düşünebiliyor ve şükredebiliyorum! Yakardığımda da cevap vermesini..."

"Sen bunu yaparken o nerede oluyor?"

"O her yerdedir. Doğuda, batıda, üstte, altta, şurada, burada..."

"Şimdi de burada mı?"

"Evet, sen onu görmüyorsun diye onun seni görmediğini düşünme!"

"Görmek istersem?"

"O görünmek isterse..."

"Bu Rab sana fısıldıyor mu?"

"Fısıltısını kalbimden duyuyorum!"

"Sana ne diyor peki?"

"Paylaşan, zayıf olana yardım eden, köpek ve eşek eti yemeyen, çalışan, şükreden, eşini, çocuğunu ve çocuğun babasını bilen..."

"Çocuğun babasını nasıl bileceksin, annesi bile zor bilirken?!"

"Yalnızca bir kadınla yatarsan veya kadının yalnızca seninle yatarsa..."

"Senin Rabb'in böyle mi diyor?"

"Öyle demiş!"

"Demiş?"

"Meleği vasıtasıyla Habercisi Öğreten'e öyle söylemiş!"

"Öğreten Rabb'in Habercisi mi?"

"Evet, Haberci. Sonunda Rabb'in yanına uçmuş!"

"Haberci mi uçmuş?"

Sarıca telaffuz ettiği cümlenin bilincine vardığında yolunun babasının istediği şeye, "Uçan Haberci"ye çıktığını fark etti. Düşüp bayıldı.

# Bölüm 12

"Hafıza* siz misiniz?"

"Evet, ya sen kimsin?"

"Arayan biri!"

"Neyi arıyorsun?"

"Bulacağım şeyi!"

"Bulacağına inanıyor musun?"

"Babanız bulmuş!"

"Hım... Onun bulduğunu mu arıyorsun?"

"Olabilir!"

"Onu sana kim verecek?"

"Siz?"

"Süngerden su istiyorsun!"

"Olabilir!"

"Vaktiyle ırmaktan istemeliydin!"

---

* Matuşelah. Kitâb-ı Mukaddes'te 969 yaşında öldüğüne ve bütün rakamların en uzununu yaşadığına inanılan kişidir. İdris peygamberin torunu Lamech'in babası Enoch'un oğlu ve Nuh'un dedesidir. Uzun yaşamasından dolayı "Matuşelah Hafızası" diye bir deyime konu olmuştur. Pek çok şeyi hatırlayan ihtiyarlar için "Matuşelah hafızasına sahip" denirmiş.

"Akıp gitmiş... Ayrıca ırmak kıyısında olanın suya kanmış olması gerekir!"

"Doğru, ama sana neden vereyim?"

"Neden vermeyesin? Öğreten, onu sana başkasıyla paylaş diye bırakmadı mı?"

"Bıraktı. Hatta onun bırakıp da benim sahip çıkmadığım hiçbir şey yok!"

"İyi o hâlde aradığım sizde demektir! Siz de bana verin."

"Az evvel arıyordun, şimdi bulmuş gibi istiyorsun."

"Verin o hâlde!"

"Peki karşılığında?"

"Tuz veririm!"

"Tuz?"

Sarıca, tulumundan irice bir topak çıkarıp uzattı. Buraya gelirken rastladığı kayadan koparıp taşıyacağı miktarda yanına almakla iyi ettiğini düşündü. Yine de teklifini zenginleştirdi:

"Yahut senin için avlar, ırmaktan suyunu getiririm."

"Üç yüz altmış beş!.."

"?"

"Diyorum ki ömürler sürer! Anlat, anlat..."

"Acelem yok!"

Sarıca'nın küçük bir ateş aydınlığında, bir gece vakti, yorucu bir yolculuğun bütün açlık ve sersemliğiyle konuşmaya çalıştığı Hafıza, herkesin saygı gösterdiği, adı hürmetle anılan biriydi. Öğreten'in kasabada sayısız kışlar görmüş ihtiyar ve titrek oğlu. Sarıca onun tamamen buruşmuş yüzüne bakarken bile gönlünün ferahladığına hayret ediyordu. Onu tepeden tırnağa süzdü, inceledi. Babasının kişilik tahliline ilişkin söylediği hiçbir olumsuzluk göstergesi taşımadığını görebiliyordu. Ne kurt gibi

saldırgan ne tilki gibi hilekâr ne angut gibi ahmaktı. Bilakis çok zeki, bilge, dingin ve ağırbaşlıydı; bu yaşta!.. Bir insan böyle olabilir, arınarak bu mertebeye erişebilir miydi? "Belki de ruhundaki erdemleri açığa çıkaran bir öğreti?" dedi içinden. Öğreten'in oğlu olarak yaratılmak yahut inandığı şeylerin arındırması? *"Elbette ikincisi!.."* O sırada Hafıza ellerini, kollarını ve ayaklarını yıkıyor, Sarıca'ya bakıyor ve gülümsüyordu. *"Bu adam son mümin olabilir!"* Ona içinin ısındığını hissetti. Islak elini uzatıp Sarıca'nın sol memesinin üstüne koyarak gözünün içine baktı, bütün hakikat arayıcılarına yaptığı gibi ve "Bu nedir?" diye soran gözlerle:

"Durmadan değişen. Bud-dub... bud-dub..."

"Değişen? Sen öyle mi diyorsun? Kalp!.."

"Kalp elbette. Çöllerde uzun zaman içindekini merak ettiğim bud-dub..."

Hafıza'nın, huzuruna gelip hakikati aradığını söyleyen birini kalbinin farkında olup olmadığına göre değerlendirmesi hoşuna gitmişti. Yüzüne baktı. Babasının sözlerini hatırladı: "Berrak pınardan berrak su akar!" Hafıza da onun yüzüne bakıyor, o da aynı şeyleri düşünüyordu. Bir aynada yansıma gibi. Bir an bir ışık parıldayıp söndü sanki. İkisinin arasında ve ikisinin gerçeğini birbirine yansıtan bir ışık. Artık ikisi birbirini mi görüyor, yoksa biri diğerinde kendini mi seyrediyordu, anlaşılmadı. Hafıza beklediği öğrencinin o olduğundan emin oldu. Üç yüz altmış beşinci ve son öğrenci. Babasının vasiyeti gereği mirasını sunacağı son mümin. Ona az evvel yaptığı gibi ellerini, kollarını ve ayaklarını yıkamasını söyledi. *"Sab!"* Hakikati kavrayabilmek için bedeni temiz tutmak gerektiğini de ilâve etti. Sarıca ellerini yıkarken suyun kendisini arıttığını hissetti. Çehresinde huzurlu bir tebessüm vardı. Tıpkı Hafıza gibi. Ama onun tebessümü artık ölebileceğini düşünerek sevinmesindendi. Artık ölebilirdi; son öğrenci de gelmişti çünkü.

"Kalbi buldun madem, anlat!"

Sarıca, şaşırdı. Çöldeki zamanlardan bu yana kalbini hayatının merkezi olarak görüyordu ve sevinçleri, kederleri, duyguları, arzularıyla hep kalbine yönelmiş onun hayat olduğuna kanaat getirmişti. Şimdi ona hayatını dolduran hasretleri, acıları, üzüntüleri mi anlatacaktı? Ömrünün yarısını bir kadın uğruna yapayalnız geçirdiğini söylese güler miydi? Şimdi aradığı hakikati bile onun için geciktirdiğini duysa ne derdi? Savrulduğunu, israf edildiğini, boşa yaşadığını mı anlatmalıydı? Yahut bir oba olma özlemiyle kurduğu onca hayali mi?

Çira... Adını anmak bile mahzunlaşması için yetiyordu. O kadar uzun zaman olmuştu ki yüzünü hatırlayamıyordu artık. Sözleri kulaklarında çınlıyor, kokusu burnunda tütüyor ama hayalini gözünün önüne getiremiyordu. İnce kırmızı dudaklarında bir kıvrım olduğunu biliyor ama nedense gülümserken güzelleşen o kıvrımı artık hayal edemiyordu.

Hafıza ona kalbini sormuştu. Sığınacak bir mağara veya kaya deliği bulmanın imkânsızlaştığı yerlerde Çira'yı bulma sürecinde düşünmekten çıldıracak gibi olduğu günleri anlatması gerekiyordu belki de. Kalbiyle birlikte nasıl vicdanını, ruhunu, aklını ve insanlığını bulduğunu... Yegâne yoldaşı Parmak veya Ateş'in yanında Akşam Yıldızı'na bakarak ayrılık ve ölüm üzerine düşündüğü geceler; yaşayanlara can ve hareket veren şeyin ne olduğunu, kim olduğunu anlamaya çalıştığı derin sancıları düşündü. Ve sonra, her canlıda, "görünen varlığın dışında bir varlık" olduğu fikrine saplanıp kaldığı günü. "Belki de Ulu Ruh kendinden bir ruh verdi canlılara!" deyip kendini kurtarmaya çalıştığı anı hatırladı birden. Hakikat belki de "bud-dub değişen"in içinde, arkasında bir yerlerde duruyordu. Hafıza'ya şimdi bunları mı anlatmalıydı? Ayrıca bunlar anlatılmalı mıydı? Belki de Çira'yı anlatmalıydı. Çünkü onu hatırlayınca, Hafıza'nın az evvel parmağını koyup işaret ettiği yerde, sol böğründe bir yerlerde adını koyamadığı bir şeyler oluyordu. Yüzünü hatırlamasa da onu hissediyor, onu dinliyor, onun sesini duyuyor; sonra onunla hissediyor, onunla dinliyor, onunla sesini duyuyor, hayat Çira oluyordu. Hakikati aynı yerde bulması gerektiği çok açıktı. Avladığı bir boz ayıyı boylu boyunca yatırıp göğsünü yardığını ve sol böğründe bu organı aradığını düşündü kendine gülerek. Durmadan kasılıp gevşeyen, çam kozalağına benzeyen bir kas yığınıydı "değişen"... Üstelik ayı ölmüş olmasına rağmen hâlâ kasılıp gevşiyor, durmadan değişiyor, içindekini değiştiriyordu. Onu anlatmalıydı belki de. Bocaladı. Cevap vermek üzereyken Hafıza elini uzatıp alnının üstünü işaret etti:

"Aklı buldun mu peki?"

Sarıca bu sefer de aklın gerçeğine yöneldi. Avcıların Yer Ana'daki diğer varlıklara üstünlüğü onunla sağladıklarını düşünürdü hep. Öldürerek, yok ederek, avlayarak ve tüketerek. Hafıza'nın kastettiği akıl eğer bu kötülükleri yapan "düşünce ini" ise Hafıza'nın onunla ne işi olabilirdi ki? Sarıca ne söyleyeceğini kurarken Hafıza yine sordu:

"Bana ruhtan haber ver, istersen!"

Afalladı. Hafıza ondan cevap istemiyordu belki de; bir farkındalık istiyordu. Yaratıklar içinde insana başkalığı verenin akıl mı, kalp mi olduğunu çok düşünmüştü ama ruhu hiç düşünmemişti. Ona göre Yer Ana'nın ruhu vardı ve o ruh bütün varlıklara derece derece yayılıyor, akıl sayesinde en güçlü şekilde de insanda kendini gösteriyordu. Bir kayanın ruhuyla bir ağacın; bir tilkinin ruhuyla bir bebeğin ruhu aynı olmuyordu. Çünkü akıl miktarı hepsinde başka başkaydı. Çölde, yine Akşam Yıldızı'na bakarak düşündüğü şeylerdi bunlar. Acaba bunları anlatmalı mıydı? Yutkundu. Soruya cevap verecekti ki Hafıza eliyle "Sus!" işareti yaptı; "Bütün cevaplarını biliyorum." Zihninden geçenleri okuyabildiğini o vakit anladı. Belli belirsiz söylediği cümleyi de aklına kazıdı:

"Bütün insanlar bu dünyayı ziyaret eden ruhlardır ve ruhlar asla ölmezler."

Sarıca, bir zamanlar babasının da bunu söylediğini hatırlayıp doğru yerde olduğuna sevindi. Ne var ki Hafıza'nın huzuruna hakikat umuduyla çıkmış ama bunu edinmenin öyle kolay olmayacağını anlayıvermişti. Huzurundaki her nefes yeni bir hayret ve hayranlığı beraberinde getirecekti anlaşılan. Ateş bile onun eşiğinde havlayacak yerde hırlıyor, hırlayacak yerde havlıyordu.

Hafıza, oturmasını işaret etti. Kendisi de karşısına oturdu. Gözünü gözüne kilitledi ve öylece baktı. Sarıca gözünü kaçırmak istese de buna muktedir olamadı. Bakıştılar... Kımıldamadan, konuşmadan, susamadan, acıkmadan... Gün inesiye kadar. Ve hayret; Sarıca kararan odayı aydınlık görmeye başladı. Gece olmamış gibi. Sonra da Hafıza'nın dudakları kıpırdadı:

"Öğreten!..* Aradığın hakikat!"

---

* İdris peygamber Kitâb-ı Mukaddes kaynaklarında Hanok adıyla anılır. Dinler tarihi İdris peygamberin tıpkı Hz. İsa gibi göğe çekildiğini söyler. Tevrat'a göre iyi insanlarla Tanrı arasında bir aracıdır. Bir meleğin kanadında yedi kat göğe yolculuğa çıkar ve bu yolculukta bütün yaratılışın sırlarına ve tabiattaki unsurlara vâkıf olur. Melek Vreveil ona yedinci kat semada "mühürlü kitaplar"ı gösterir ve orada yazılı olan göklerin dönüşü, Güneş ve Ay'ın hareketleri gibi hususları 365 kitapta yazmasını, öğretmesini, dersler vermesini söyler. *İdris* kelimesi "Ders anlatan, Öğreten" anlamındadır; tıpkı Kitâb-ı Mukaddes'te geçen İbranice asıllı Hanok (Enoch, Hanuh, Uhnuh) kelimesi gibi. İslâm kaynaklarına göre İdris peygambere ilâhî bilgileri ihtiva eden otuz sahîfe indirilmiştir. Yıldızbilim, hesap, tıp, bitkilerin sırları, yazı yazmak, dikiş dikmek, terazi kullanmak, remil gibi meslek ve sanatları İdris insanlığa öğretmiştir. Sahîfelerinde semavî sırlar, ruhanîlere hükmetmenin yöntemleri, varlıkların özellikleri gibi konulara dair bilgiler var imiş. Çok sayıda talebesi olan İdris, yeryüzünde ilk defa demiri keşfedip ondan aletler yapmış, ziraatı geliştirmiş, deri ve kumaşlardan elbise dikilmesini öğretmiştir. Yıldızlar ve hesap ilmiyle ilk meşgul olan kişi olduğu için Antik Yunan filozofları ona "Hermesü'l-Hakîm" (Hermesü'l-Herâmise) demişlerdir. Batı'nın zihin gerisindeki Hermes (Ermis) motifi gibi Uzak Doğu'da da onun Buda olduğunu kabul edenler vardır. Mısırlılarda Thoth, eski İranlılarda Hûşeng adıyla geçer. Her hâlükârda İdris,

insanlığın ilk bilgi ve zenaat kaynağı, ilk öğretenidir. Bütün kültürlerde daima bilgi, bilgelik ve insanlığa öğreten kişi olarak anılır. Batı'daki Hermetik gelenek insanlık tarihi boyunca güçlü bir etkiye sahip olup bilim, sanat ve felsefe öğretilerinin temeli hep İdris'e dayandırılır. O, ilâhî kaynaktan vahiy yoluyla öğrendiklerinin ışığında evren yasalarını, insanın evrendeki konumunu, medeniyetin temel ilkelerini, şehir kurmayı, yönetim ilkelerini ortaya koymuş, bilimin dayandığı temelleri, yazı, matematik, geometri, müzik, takvim, astronomi, strateji, mistisizm, kozmoloji, ruhsal gelişim gibi alanlarda insanlığı bilgilendirip yönlendirmiştir. On iki ayrı alanda bilgelik sistemi geliştirerek başıboş ve vahşi ortamda avcılık ve toplayıcılıkla geçinen insanları, akıllarını kullanarak ilâhî bir terbiyeye yönelten odur. İnsanoğlunun medeniyete giden yolda birlikte ve yerleşik yaşamasını, Allah'a ibadet etmelerini, sadaka veya vergi vermelerini, adak sunmalarını birer görev olarak düzenlemiştir. Rivayete göre gizli bir yerde sadık bir insan olarak yaşarken bir melek kendisine gelir ve inzivadan çıkıp Tanrı'nın yolunda gitmeleri için insanlara öğretmesini ister. Bunun üzerine 243 yıl boyunca durmadan öğretir. Dünya huzur ve barışla dolar; hatta bütün krallar ve prensler ona boyun eğer. Tevrat'a göre insanoğluna yaptığı hizmetlere karşılık Tanrı onu gökte de meleklerin kralı yapmaya karar verir ve şimşek gibi savaş atlarının çektiği alev saçan bir arabayla kendisini semaya alır. Oğlu Matuşelah, onun oğlu Yerah, onun oğlu da Nuh peygamberdir. İdris peygamberin yaşadığı dönem günümüzden on iki bin yıl önceye tekabül etmekte olup Göbeklitepe'de avcılıktan tarım toplumuna geçiş süreciyle örtüşür.

# Bölüm 13

Hafıza, "Öğreten" dedikten sonra ardından pek çok soru geleceğini biliyordu. Öğreten'le geçirdiği 365 yıl boyunca* öğrendiklerini anlatırken hep böyle olmuştu çünkü. Sarıca ilk soruyu sordu:

"Öğreten'e öğreten kim?"

"Rab!"

"Nasıl?"

"Vahiyle!"

"Vahiy?"

"Rab babamla konuşuyor, babam da yapıyor ve insanlara öğretiyordu!"

İnsanların pek çok şeyi Öğreten'den öğrendikleri, onun da vahiy yoluyla bu imkâna eriştiğini bilmek, kendi yetersizliği veya geç kalmışlığı konusunda Sarıca'nın içine

* Nuh Tûfanı'ndan önceki zamanların insanları için Tevrat bu yüksek rakamı veriyor. Eğer o çağın takvim sisteminden kaynaklanan bir hesaplama söz konusu değilse Buzul Çağı canlılarının metabolizmalarından kaynaklanan bir uzun ömürden bahsetmek gerekebilir. Dinî metinler İdris'i Âdem'in onuncu neslinin onuncu önderi olarak gösterir. Dünya'nın yaratılışından Nuh'a kadar geçen zaman düşünüldüğünde söz konusu nesillerin her birerine biner yıllık uzun ömürler biçmek lazımdır.

su serpmişti. Kuzey tundralarında Öğreten'den habersiz ömürler geçiren Kuzgun Obası'ndaki avcılar için hayıflandı. *"Keşke babam..."* Hafıza'nın vaktini tüketmemek için düşüncesini simasına yansıttı. Yılan Obası'nda veya burada, kasabada şahit olduğu gelişmelerin sebep ve sonuçlarını merak ediyordu. Söz gelimi burada mağaralar ve sığınaklar varken neden toprağı kazıp direkler dikerek sığınaklar –onlar "ev" diyordu– yapıyorlardı? Keza bitkilerden giysi üretmenin bir gerekçesi olmalıydı. Yer Ana'daki bütün canlılar bir deri parçasıyla önlerini örtüp yaşarken Uçan Haberci dedikleri Öğreten insanlara neden elbiseler yapmayı göstermişti. Eğer onun söyledikleri Rabb'in insandan istekleri ise bunun özel bir sebebi olmalıydı. Sıra sıra sığınaklarda yaşadıkları bu yere "Kasaba" diyorlardı. Kasaba olmak, bir arada yaşamak eğer Rabb'in emri ise bunun bir sebebi veya hikmeti olmalıydı. Kasabadakilerin çoğu buğday işliyordu. Avcılar ise koyun veya develeri avlamak varken, onları kendilerine alıştırıp yanlarında tutuyorlardı. Bu yolla belki de hayvanlardan daha çok faydalanıyorlardı ama yine de bunun bir sebebi olmalıydı. Rab emrettiyse!.. Kasabada çeşit çeşit insan, çeşit çeşit iş görüyordu. Hesap yapıyor, çizgilerle oynuyor, gökleri anlamaya çalışıyordu. *"Acaba Akşam Yıldızı için ne diyorlar?"* Birileri başakların buğdaylarını dökmesini engelliyor, birileri avlara olduğu gibi bitkilere de fısıldayıp onları terbiye ediyor, kendine yararlı kılıyordu.

"Hepsi Öğreten'in sayesinde!" dedi Hafıza. "O istedi, inananlar da yaptı!"

Sarıca yine zihninin okunduğunu anladı. Kasaba denilen yeri yeniden anlama ihtiyacı duydu. Çünkü yan yana ve bahçe bahçeye evlerden oluşan bu yer, adım başında Uçan

Haberci'nin izlerini taşıyordu. Evler ve komşular vardı ve komşular arasında kurallar, âdetler, anlayışlar ve düzen; Öğreten'in eseri. "Öğreten'in mi, Rabb'in mi?" sorusu takıldı aklına. Hafıza sükûnetle cevapladı:

"Görülebilen ve görülemeyen her şey O'nundur ve her ne olursa, ancak O isterse olur."

"Her şeyi de O mu yaratmış?"

"Şüphesiz!"

"Yer Ana... Mavi gök?"

"Onları da!"

Sarıca'nın zihni allak bullaktı. Eğer bir yaratma eylemi var ise bu eylemi yapanın yaratılmışlıktan önce de var olması gerekirdi. Yaratılmışlar arasında önceliği veya sonralığı olan her varlık yaratılmış olurdu. Bu da zaman denilen ırmağın yaratılıştan önceye uzandığı anlamına gelirdi. O hâlde Rab, zamanın da öncesinde var olmalıydı. *"Hatta zamanı da o yaratmış olmalı!"* Yaratış, yoktan var ediş olduğuna göre Yer Ana da üzerindeki her şeyle birlikte bir yaratık mıydı? Hafıza'ya soracak çok sorusu vardı. Hayvanların ve sığırların arasında çoğu kez sığır gibi yaşayan avcılar arasında kendisi gibi düşünenlere hiç rastlamamıştı ama kasaba sığırlıktan kurtulmuş insanlarla doluydu. Doğup büyüdüğü Kuzgun Obası'nda bu fikirlerini başkalarına anlatacak olursa kendisine delirmiş gözüyle bakabilirlerdi muhakkak. *"Babamı da bu yüzden dışlamış olmalılar!"* Hafıza ona asla delirmiş gözüyle bakmadı. Zihnine takılan her soruya ya sözcüklerle ya hafızasına girerek cevaplar verdi. Görünmeyen, duyulmayan, tadılmayan, koklanmayan ve dokunulmayan bir Rab, bir Ulu Ruh ve onun habercisi olan bir Öğreten... Sarıca'nın kasabada bulduğu hakikat.

Ertesi gün daha samimi sohbet ettiler. "Öğreten," diye başladı söze, yarı aydınlık odada Hafıza ve çektiği derin bir nefesi hasretle salıvererek, "yani babam, nefes alan insanların en değerlisiydi şüphesiz. Yakışıklıydı da. Şöyle uzun boylu, geniş göğüslü, iri kemikli yiğit bir avcı düşün. Gür saçlarının altından şefkatli bakışı ve yumuşacık sözleriyle herkesi kendine bağlayıverirdi. Bu yeteneğini Tanrı'dan aldığı sözlere bağlardı ama ben bu özelliğini inzivaya çekildiği mağarada ruhunu arıtarak elde ettiğini de düşünüyorum."

"Bir mağarada yalnız mı yaşardı?"

"Hayır, hayır... Beni doğuran kadınıyla yaşadıkları mağara değil kastım, sık sık gittiği dağların zirvesinde, yere kapalı, göğe açık bir mağara. Ne bir avın ne bir avcının uğradığı ıssız ve tenha bir yer. Kartallar ve nefilimler bile oradan uzak dururmuş."

Sarıca nefilimleri adı var ama kendi yok bir efsane bilirdi. Hafıza bile ondan bahsediyorsa öğrenmeye değerdi. Ona cesaretle sordu:

"Nefilim?"

"Rabb'in düşmüş melekleri!"

"?"

"Çocukluğumda insanlar anlatırdı. Âdem'in çocukları çoğalınca nesiller birbirini takip etmiş ve güzel kızları olmuş. Göklerin çocukları olan melekler onları görünce birbirlerine, 'Gelin insanlardan kendimize eşler seçelim!' demişler. Büyük melek bunun Rab katında büyük günah olduğunu söylemiş ama iki yüz melek ona aldırmayıp niyetlerini gerçekleştirmiş ve kendilerini insanoğlunun kızlarıyla kirletmişler. Rab da onları düşmüş melekler yapmış. Öte yandan hamile kalan kızlar nefilimler doğurmuş. Her biri, daha çocukken bile en uzun ağaçların iki katı kadar büyüyüp ifrit ve devler olmuşlar. İnsanların avladığı ve topladığı her şeyi onlar yiyorlarmış. Nihayet avcılar onları beslemekten âciz kalınca nefilimler insanları yemeye başlamış. Sonra kuşlar, balıklar, sürüngenler ve hayvanları yemişler. Yer Ana bu vicdansızlıktan Rabb'e şikâyetçi olmuş ama dünyada da kötülük artmış, insanlar yoldan çıkmış."*

---

* Tevrat'ın söz ettiği bu hikâye aslında Âdem'le birlikte cennetten kovulan Azazel'in melek boyutundan düşürülerek İblisleşmesi ve lânetlendikten sonra insanoğlunun peşine düşmesi hikâyesidir. İnanışa göre Âdem'in

"Sonra da Öğreten ortaya çıkmış öyle mi?"

"Bu hikâye meleğin Öğreten babamla konuşmasından çok önceymiş."

"Melek ne demiş babana?"

"Mağaradan çıkıp Tanrı'nın yolunda giderek insanları kurtuluşa çağırmasını, onlara göstererek öğretmesini elbette. Bu yüzden ona 'Öğreten' deniliyor ya."

"Neyi öğretti peki?"

"Pek çok şeyi, her şeyi."

"Avcıların ondan böyle bir talepleri mi vardı ki!?"

"Yoktu elbette. Ama babam onların çok daha zengin yeteneklerle yaratıldıkları hâlde bunları geliştirme konusunda gayretlerinin yeterli olmadığını söylerdi. Belki de Rab yarattıklarına verdiği yetenekleri onlarda görmek istiyordu, bilemem ama Tanrı avcıların kavga ederek değil geçim gözeterek, açgözlülükle değil kanaatle, vahşet içinde değil dostluk ve yakınlık ortamında yaşamalarını istediği için bütün bunların rehberi olarak babamı seçmiş. On iki bilge öğrencisiyle birlikte bunları anlatması ve dersler vermesi bundandı."

"On iki bilge?"

---

ayağını cennetten kaydırdıktan sonra dünyada da çocuklarının peşine düşüp onları doğru yoldan saptırmaya başlamış. Bunun için kendisine tâbi olan cinlerin ileri gelenlerini kullanmış, kötülüğün ve yıkıcılığın karşısında iyiliğin acziyetini göstermek üzere onları şeytanlaştırarak insanoğlunun kızlarıyla yasak ilişkiyi teşvik etmiş, bunların çocukları insandan üstün bir tür (cin-insan) olarak küresel bir hâkimiyet kurmuş ve insanlığın mayasını bozup hak yolu bâtıl etmiş, Allah yolunda olmak isteyen herkesi telef etme hevesine kapılmışlar. Bazı âlimlere göre Tûfan, bu nesli ve onlara uyup yoldan sapan insanları yeryüzünden silip masum insanı ve insaniyeti yeniden hâkim kılmak için gerçekleşmiştir.

"Babamın sadık arkadaşları ve talebeleri. Her bireri onun anlattıklarını yaymakla görevli ashabı, havarileri. Allah'ın babama vahiy yoluyla öğrettiklerini ilk öğrenen ve öğretenler. Hepsi öldüler artık."

"Kasabada gördüğüm şeyler hep Öğreten'in eseri, ha?"

"Buzların erimesinden önceki zamanları düşün Sarıca; binlerce baharların geçtiğini ve o binlerce baharlar ve kışlar boyunca avcıların ancak çakmak taşından bıçak yapabildiğini... Bir de buzların erimesinden sonraki zamanı düşün; bildiğin, yaşadığın zamanı; bugünü... Sonra da çevrene bak. Bunca meslek, bunca eşya, bunca ev, bunca düşünce ve bilgi... Buzların çözülmesinden önceki vahşi tabiat şartlarında kaybolup giden avcıları, insanları, nesli tükenen hayvanlar bir yanda, şu kasabada her şeyi bilerek yaşayanlar bir yanda. Bir öğreten bulunmasaydı, ha? İnsan ancak ders ile eğitilirse yeteneklerinin farkına varabilir, kendini gösterebilir. Eğitilmeyen insan israftan başka nedir ki?"

"İyi ama insan, her şeyi aklıyla sorguluyor, keşfediyor ya!"

"Şüphesiz bu doğru. Babam, bir avcının avına göre yegâne üstünlüğünün aklı olduğunu ve Rabb'in de kendisini akılları eğitmek üzere görevlendirdiğini söylerdi."

"İnsanı eğitmek değil, aklı eğitmek! İlginç!.."

"Böylece Rab yarattığı ve akıl verdiği insana kendisini bildirmiş olmaktadır. Ta ki bozulan, nefilimler gibi davranan ve her şeyi istismar etmeye yatkın olan insanoğlu, doğru yolu bulsun, kardeşleriyle geçimli, paylaşımlı, adil yaşasın."

"Bu işten Rabb'in çıkarı ne?"

"Yalnızca bilinmek. Yaratılanın yaratıcısını bilmesi ve sunduğu nimetler için Yer Ana'ya hürmet gösterip Rabb'e teşekkür etmesi."

"Bunu nasıl yapacak peki?"

"Sab ile vücudunu temiz tutarak, günün belli bir vaktinde başını yere eğip el pençe hizmete durur gibi bağlayarak, bazı günlerde perhiz ederek, köpek ve eşek eti yemeyerek."

"Neden kurt veya bizon değil de köpek ve eşek?"

"Elbette kurt veya bizon da olabilirdi. Burada önemli olan avın cinsi değil, Tanrı'nın bu iki hayvanı seçmiş olması. İnsanın ona şükrettiğini göstermesi için köpek eti yememek gerekiyorsa yememesidir."

"Melek başka neler söylemiş babanıza?"

"Yaratıcı olarak Allah'ın varlığına, öldükten sonra dirilişe inanmamızı istemiş."

"Ölüler topraktan kalkacak öyle mi?"

"Evet ama Yer Ana'nın üzerinde tekrar dünyaya gelerek değil, ya göklerdeki ışıklı cennette ya yerin altındaki karanlıklar arasında."

"Güçlüler ışıklı cennete, zayıflar karanlıklar arasına mı gidecek?"

"Hayır, bunu avcının gücü değil, dünyada yaptığı kimi eylemler belirleyecek."

"Avcının güçlü veya güçsüz olmasına Rab mi karar verecek?"

"Hayır, bunu da avcı kendisi belirleyecek; dünyada yaptığı kimi eylemleriyle. Yani avcı isterse iyi, çalışkan veya tutumlu olmayı tercih edecek, isterse kötü, tembel veya açgözlü. Başkalarıyla iyi geçinen, yardımcı olan, iyilik yapanlar ışıklı cennette olacak elbette... Bir de Rabb'i çok ananlar... Babam gibi. Zaten bu yüzden Rab onu meleklerin efendisi yapmak üzere yanına aldı."

"Rab onu yanına alırken sen gördün mü?"

"Kimse görmedi ama ders vermeyi tamamladığı gün birden yok oldu. Kasabada herkesin barış ve huzuru bulduğu zamanlardaydı. Hep ölümü hissetmemek için Rabb'e yalvarırdı; göğe çıkarak ölümü hiç tatmadı."

"Üç yüz altmış beş dersinin tamamını anlattıktan sonra mı?"

"Sonuncu dersini gittiği gün tamamladığını şimdi anlayabiliyorum. Hesap ettim, her dersini yedi defa anlatmış."

Sarıca, Hafıza'nın sesindeki titreyişten babasını çok özlediğini ve yanına gitmek için acele ettiğini anladı. Uzunca bir süre her ikisi de sessiz kaldılar. Sarıca dayanamayıp mırıldandı:

"Yüce Hafıza! Babanızın bir vasiyeti var mıydı?"

"I-hım... Hayır, evlâdım ama sık sık kendisinden sonra insanların yoldan sapacaklarını, hırs ve kinleriyle dünyayı bozacaklarını, o vakit geldiğinde Rabb'in yolundan ayrılmamak gerektiğini tembih eder dururdu."

Tekrar bir sessizlik oldu. Sarıca onu artık yalnız bırakması gerektiğini düşünüyordu. Nazikçe müsaade isteyecekti ki Hafıza, ölmek üzere olan birinin son vasiyetini dillendirir gibi şefkatli ve munis bir sesle anlattı:

"Benim acelem var, Sarıca, evlâdım. Çok uzun yaşadım ve çok geç kaldım. Seni beklerken oyalandım kaldım işte... Şimdi, yavrum, kalbi bildiğini anladım; ne çare ki üç yüz altmış beş dersi sana anlatmak için zamanım kalmadı. Görüyorum ki hakikati sevmiş, sevgili edinmişsin. Sevgiline kavuşman için seni birine göndereceğim, bir mandeye. Göbektepe'de. Bulacağın şeyi onunla bulacaksın. Var nasibini ara!"

"Ama yüce Hafıza, ben zaten oradan geldim!"

"O hâlde yine git! Tapınağa gir! İçeriden de içeriye... Tıpkı kalbine gider gibi. Mandeyi irşad et."

Sarıca'nın itirazına mahal kalmadan kapı tıklatıldı. İçeriye giren delikanlının siması, karşısındaki ihtiyarla akraba olduklarını neredeyse ilân ediyordu. Hafıza eliyle delikanlıya gel işareti yaparken Sarıca'ya seslendi:

"Seni torunumla tanıştırayım değerli konuğum. Adı Ferahlık;* babasının ona uzun yaşaması ve gönülleri rahatlatması için bu adı koymasını ben söylemiştim. Öyle olacak ve benim gibi çok yaşayacak umuyorum. Salih bir çocuktur, gerçekten de insanı rahatlatır! Ferahlık, bu da Sarıca! Bu gece onu ağırla, yarın da kasabanın çıkışına kadar hizmetinde bulunup eşlik et."

Sarıca, barınaktan çıkarken Hafıza'yı son görüşü olacağını anlamıştı. Ona sarıldı ve kendisi için Rabb'e yakarmasını istedi. Ardından, onu yalnız bırakmak üzere Ferahlık ile birlikte çıktılar.

Ferahlık, denileni fazlasıyla yaptı ve gece konaklaması için kendi barakasını Sarıca'ya teslim etti. Sarıca yatmadan evvel sergende deri üzerine çizilmiş şekiller, yanında da kırmızı ve beyaz taşlar gördü. Bir yarısı bizonlara, at ve fillere, diğer yarısı reislere, kam ve avcılara benzetilerek yontulmuş küçük taşlardı bunlar. Çira'yla oynadığı mankalayı hatırladı. "Bu da bir tür oyun olmalı" diye önce derideki çizimleri, sonra taşlarının iriliklerini ve şekillerin-

---

* *Nuh* kelimesinin "uzun yaşayan" anlamı yanında "gönül ferahlığı" gibi bir anlamı vardır. Tevrat'a göre Nuh peygamberin babası, "Rabb'in lânetlediği bu toprak yüzünden çektiğimiz eziyeti, harcadığımız emeği bu çocuk hafifletip bizi ferahlatacak" diyerek (Tekvîn, 5/29) oğluna Nuh adını vermiştir. Kelimenin İbrânîce'si "dinlenmek, sükûnet bulmak, rahatlamak, gönül ferahlığı bulmak" anlamına gelen "niham" kökünden türer.

deki farkları inceledi. Merak etmişti. Saydı; deriye çizilmiş altmış dört kare ve iki renkte, on altışardan otuz iki adet taş vardı. Taşları karelere yerleştirdi, beğenmedi, bozdu, yeniden yerleştirdi. Hayır, nasıl bir oyun olduğunu anlayamadı. Merakını gidermeyi istemesine rağmen içinden çıkamadı. Gözlerinden uyku akıyordu. Ferahlık'ın işaret ettiği pöstekinin üzerine uzandığında Sabah Yıldızı doğmak üzereydi. Ateş, yanına gelip başını göğsüne koyarak ona sürtündü. Sarıca büyük bir rahatlama hissetti. Bunun Hafıza ile konuşmasından mı, uzandığı pöstekinin altına yığılmış kuru otların konforundan mı –çünkü bunu daha önce hiç görmemişti– yoksa Ateş'in kendisine sadakatinden mi olduğunu kestiremedi. Derin bir uykuya daldığı sırada Hafıza onun için dua ediyor ve "Umarım 365'i bulmuşumdur!" diye heyecanlanıyordu. Son dua!..

# Bölüm 14

Sabah olduğunda Ferahlık belinde kuşak ve ıslak saçlarla Sarıca'nın yanına geldi. Demek o da büyük dedesi Öğreten'e inananlardandı ve Düzburun gibi sab yapmıştı. Sarıca, Ferahlık adının "uzun ömür" anlamını düşünerek ona baktı; "Uzun yaşayacağı ruhundan okunuyor!" İçi ferahladı. Ferahlık gülümsedi:

"Yola çıkma vakti saygıdeğer konuğum?"

"Önce bana şunların ne olduğunu söyle."

"A-a!.. Bunlar? Öğreten dedemin on iki bilgesinden birinin tertiplediği bir tür ibret tablası. Hikmetle düşünülsün ve temsillerinden ders alınsın diye kasabada her doğan çocuğa öğretilir. Rençberlik ve avcılık üzerine bir oyun. Oyun ama hikmeti eğlencesinden daha çok. İstersen gitmeden sana öğretirim. Hafıza bana öğretmişti, pek çok öğrencisine öğrettiği gibi."

"Oynuyor mu?"

"Pek sayılmaz. Rakibi oynadığını sanır ama o her hamlede başka bir hikmet düşünür. Pek çok şeyin nedenini, niçinini, nasılını, önünü ve ardını, geleceğini ve geçmişini, sebeplerini ve sonuçlarını..."

"İlginç!"

"Ve şimdiiii... Ferahlık, hizmetinizdediiiir. Görmek istediğiniz bir kişi, yer veya şey varsa, söyleyin, rehberiniz olayım!"

"I-hım... Bir kasabanın ne olduğunu, kasaba hayatını anlamak isterim."

"Ömrünüzde hiç başka bir kasaba görmediniz mi?"

"Başka kasaba da var mı?"

"Bilmem, belki vardır!"

Sarıca ile Ferahlık yürüdüler. Fırat'ın kıyısında, dağı ve tepesi olmayan yemyeşil Yer Ana'nın bütün bereketi ve zenginliği göz kamaştırıyordu... Sarıca, ırmağın alt kısımlarında, Har-an ovasındaki kıtlığı düşündü. *"Irmak aynı ırmak ama başındaki bereket kuyruğunda yok!"* Kasabanın bir nimet içinde oluşuna hayran kaldı. Şimdi düzlenip bitkilerinden arındırılmış dört adım eninde bir şeridin üzerinde yürüyor –buna yol diyorlarmış– iki yanında kerpiç ve ağaç dallarıyla örülmüş sıra sıra evlerin yanından geçiyorlardı. Kimisi çadır gibi ve tabandan yukarıya doğru sivrilerek, kimisi tabandan yukarıya düz duvarlar örülerek yapılmış evlerdi bunlar. Sayıları neredeyse Yılan Obası'nın insanlarının el ve ayak parmakları kadar çoktu. "Kurttepe sedirleri arasında kümelenen avcı obalarının hepsini buraya getirseler sıkıntı çekmezler" diye geçirdi içinden. O sırada Ferahlık, toprağı çamurlaştırarak elde edilen kerpiçten başladı ve evlerin nasıl yapıldığını, çadır tipli evlerin serin ve mahfazalı olduğunu, düz duvarla yükselen evlerin üzerlerini bitkilerle nasıl örttüklerini, içerideki dumanın dışarıya aktarımını sağlayan havalandırma ve iklim sistemini, içeriye haşarat ve hayvan girmesini engelleyici önlemleri bir bir anlattı. Sarıca durmadan hayret ünlemleri çıkararak onu dinliyordu. Ferahlık bazen rastladıkları bir insan ile konuşuyor, Sarıca o sırada kişinin üzerindeki örtü veya giysiyi inceliyor, hayran kalıyor, anlamaya çalışıyor yahut eleştiriyordu. "Kasabanın olumlu yanları kadar olumsuz yanları da olmalı" diye düşündü sonra. Yer Ana'da bir mekâna yerleşip kalmakla av peşinde Yer Ana'yı sürekli keşfetmek arasında insanın karakterini etkileyen şeyler, meselâ. Yerleşilen yer insanın kendisine sınır çizmesi demekti. Bir yerde insan ne kadar çoğalırsa sınır o derece daralırdı. Avcılar yiyecek ve ihtiyaçlarını değiş tokuş ederek dengeyi hep sağlıyorlardı. Reis ve kam haricinde farklı giyim bile bulunmaz, eşitlik gözetilirdi. Kasabada ise iş bölümü, ortakçılık ve takas üzerine bir ilişki yürütüyorlardı. Meslekler de evler gibi farklıydı. Böyle bir yerde birlikte yaşamak belli zorunluluklar ve kurallarla mümkün olabilirdi. Hatta ihtiyaçlar da o kurallara göre düzenlenir, insanların çevreleri, üretimleri ve hayatları yine aynı kurallara bağlı sürerdi. Buğdayın ve mercimeğin nerede biteceğine, koyunun veya keçinin nerede otlayacağına karar vermek belli sorumluluk da isterdi. Bitkiyi ve hayvanı alışkın ve kendine ait kılmanın o kadar da cazip bir şey olmadığını düşündü. Kasabada ortakçılığın veya buğdaya bağlı yerleşimin iyi ve kötü yanları vardı. Gün gelir kötü yanları iyi yanlarını geçebilirdi. Belki de duygularla bedeni, ruh ile inancı, güzellik ile kötülüğü yeniden değerlendirmek lazımdı. Bitki ve hayvanların sahiplenilmesi kasabadakiler veya yerleşik hayatı seçenler için buğday üzerinden süregiden bir hayatı öneriyordu ama bu, aynı zamanda çevrenin de kontrolünü gerektiriyordu. Yer Ana'nın sahiplenilmesi elbette avcıların aleyhineydi. Öte yandan çiftçiler, yalnızca bileyli taş ve evlerle yetinemeyecek kadar büyük ihtiyaçlar içinde yaşamaya mahkûm ve mecbur idiler. Avcılığın geniş özgürlük alanını yitirmiş gibi.

"Şu görkemli barakalar, diyorum Ferahlık; sence insan bu evlerin içine sığınarak özgür müdür?"

"Aklını yeterince kullanabiliyorsa neden olmasın? Rab insana aklı sayesinde sebze toplamak yanında ceylan avlamayı da buğday hasadı yanında yeni rızıklar keşfetmeyi de verecek. Mevsimlere göre tabiatı kullanmayı, Rabb'in nimetlerinden daha fazla istifadesini sağlayacak."

"Peki ama kuşaklar boyunca birlikte gelişen insan gitgide hayvan ve bitki dengesini bozmayacak mı?"

"İnsan lehine evet! Ama bunlardan biri diğerinin alışkanlıklarını ve ihtiyaçlarını göz ardı etmediği sürece akıllar sayesinde dünya daha güzel bir yer olacak."

"Rab dünyayı güzelleştirmek için bu yolu mu seçti sence?"

"Bilakis dünya zaten güzeldi ve onu çirkinleştirenler yalnızca insanlar oldu. Rab akıl sayesinde bu güzelliğe yeniden erişmemizi istiyor bence. Çünkü insana giriş ve çıkış yollarını akıl gösterir. Aklını kullanarak insan dünyayı adil ve herkes için daha güzel bir yer yapabilir. Rabb'in istediği bu olsa gerek."

Sarıca, avcı olmanın sorumluluğunu hissetti: "Avcılık yaparak Yer Ana'nın evlâtlarına ve Yer Ana'ya karşı yeterince adil olabildim mi?" diye düşündü. Avcılar, Yer

Ana'nın diğer evlâtlarını öldürmek için kargı yapıp duruyorlardı. Ama şu kasabadakiler de incirin nerede yetişeceğine, koyunların hangi çalının ardında otlayacağına veya hangi erkek devenin hangi dişiyi dölleyeceğine müdahale ediyorlardı. Hayatın ve ölümün, adaletin sorulacağı birincil alan olduğunu düşündü. Ferahlık onun aklından geçenleri okumuş gibi anlattı:

"Çiftçiler adalet bakımından avcılardan daha üstün sayılabilirler. Gün doğumundan gün batımına kadar tohum eken, bitki sulayan, koyunlarını bereketli çayırlara süren veya mantar toplayıp kök kazan birisi neden bir avcıdan daha adil olmasın ki? Onun bütün çabası kendi emeğinin meyve, tahıl ve et olarak geri dönmesine çalışmaktan ibaret. Bir yanda kabına sığmayan ve mücadeleci avcı, diğer yanda dingin bir çiftçi; sence Rab hangisine daha yakındır?"

"Bu soruyu sorduğuna göre, Ferahlık, zamanla çiftçilerin de mücadeleci ve tehlikeli bir konuma gelmeyeceklerini düşünüyor olmalısın."

"Hangi çiftçi bunu istesin ki?"

"Şimdiki sığınaklarını ileride daha geniş veya kat kat yapacak olanlar... Kerpiç yerine taş kullanacak olanlar... Çiftçinin adaleti tam da burada zedelenecek ve gitgide daha akıllı insanlara ihtiyaç duyulacak. Daha akıllı insanlar daha çok bilgiye yönelerek ilerleyecekler. Bu da rekabeti başlatıp çiftçileri birbirine düşürecek."

"Rekabet veya hırs kişiyle alâkalıdır, bütün insanlarla değil. Ama dediğine katılıyorum çiftçiler ellerindeki yiyecek miktarını arttırdıkça daha fazlasını ambarlara koyma hırsıyla dolabilirler."

"Avcıdan daha iyi beslendikleri ortada ama daha keyifli bir hayatları var mı?"

"Keyiften kastın zevk ise evet ama mutluluk ise hayır."

"Zannımca bir avcıdan daha çok çalışıyorlar, hı?"

"Doğru."

"Bebekleri de avcılardan daha çok. Bu da üretileni paylaşma kavgası yapacaklarını gösteriyor. Paylaşacak kadar ekinin yetişmediği bir günü düşün! Göbektepe gibi. Sanırım buğdayın çiftçilere daha iyi bir hayat sunduğunu düşünenler ileride yanılacak."

Sarıca, Ferahlık ile konuşurken bir şeyi fark etti. Çiftçiler tabiattaki vahşi buğdayı ehlileştirmişlerdi ama buğdayın da onları vahşileştirme ihtimali uzak değildi. Kasabanın son evlerine geldikleri için bunu arkadaşına söylemedi. Veda vaktiydi. İkisi de yorulmuşlardı. Fırat'ın kıyısında bir çınar gölgesi vardı. Ferahlık kuşağındaki deri parçasını çıkarıp gölgeye yaydı. Sonra da taşlarını üzerine serpiştirdi.

"Size dedemin hikmetli oyununu öğretmeden vedalaşmak istemem."

Karşılıklı bağdaş kurup oturdular. Oyun avcılarla çiftçiler arasındaki üstünlük mücadelesinin sembollerle anlatımından ibaretti. Tıpkı konuştukları gibi. Kuralları her iki grubun da uyması gereken kurallardı ve hayatta kalabilmeleri için benzer davranışlar içinde benzer hayatlar yaşamaktaydılar. Ne var ki üstünlük için çok ince düşünülmüş planlamalar, hamleler, refleksler, adımlar ve manevralar gerekiyordu. Avcılar hanesindeki filler çapraz, atlar ise sıçrayarak ilerliyor, rençberler safındaki biçiciler düz, toplayıcılar da yandan yandan hareket ediyordu. Böylece biri diğeriyle karşı karşıya kalıyor, bazen bu ötekini bazen öteki bunu alt edip kenara itiyordu. Bütün taşları alıp bolluğa erişmek önemliydi ama daha önemlisi rakip taşların reislerini ele geçirmekti. Çünkü reis ele geçirilince elbette adamları da bertaraf edilmiş oluyordu. Tıpkı mamut sürüsündeki reisi sarı toz ile etkisiz kılmak gibi. Oyuncuların doğru hamleleri zekice yapmaları onları nimete eriştiriyor ama o arada hayatın akışına dair yardımlaşma, planlama, işbirliği, oba olma gibi konularda ibretler gösteriyordu. Oyunun sonucu daha mutlu bir hayata erişmek demekti. Sarıca kuralları dinledikçe oyunu sevdi. Mankalaya göre daha karmaşıktı ve daha zeki hamleler istiyordu. Oynadıkça anladı ki insan sabır, tefekkür, gelecek ve geçmiş hesabı, insan ve tabiat ilişkileri, açgözlülük veya kanaat gibi erdem veya huyları da temsil diliyle fevkalâde güzel izah edebilirdi. "Ah, bu oyunu Çira'yla oynayabilmeyi ne çok isterdim!" cümlesini içinden kaç kez geçirerek üçüncü oyunda Ferahlık'ı yenmeyi başardı.

Ferahlık, Sarıca'yı uğurlarken dokunaklı cümleler söyledi; sözleri kalbinden kopup gelen duygulardan şikâyet gibiydi:

"Yeryüzünde iyiliğe muhtaç çok insan var efendim. Düşünüyorum, sizin arayıp durduğunuz hakikat benim için bu iyilikten ibaret. Arzın karanlık yüzü sayısız kötülükle dolu çünkü."

"Çare?"

"İnsanları uyandırmak! Yoksa Rabb'in gazabı gelecek."

"Tekrar bir ateş yağmuru mu?"

"Belki de su. Yerin içindekiler kaynayıp göktekiler dökülünce... Öğreten'in haber verdiği bir tûfan..."

"Belki de gelmez."

"Belki de gelir. Dünyanın yeniden eski masumiyetine döndürülmesi için gelmesi gerekmiyor mu sizce? İnsanoğluna verilmiş ikinci ve son şans olarak. Belki dünyayı bozanların ebediyen yok olacağı bir tûfan gerçekleşir. Azan, isyan eden, ihtirasla saldıran ve Rabb'i unutan..."

Sarıca Ferahlık'ın Hafıza'dan sonra kimsesiz kalacağını ve mutsuz olacağını düşündü.

"Benimle sen de gel!"

"Bu imkânsız efendim. Ben kaderimi burada yaşayacağım. Ve umarım dedem kadar yaşayıp insanlara hakikati anlatırım. Eğer insanlar bana karşı gelir veya sapkınlıkta ısrarcı olurlarsa onlar için yalnızca üzülebilirim."

"Eğer öyle yaparlarsa ben üzülmekle yetinmez hakikat adına onları tekrar tekrar ikaz etmek üzere gemimi alır Göbektepe'ye seni bulmaya gelirdim."

"Hangi gemi?"

"Bu gece rüyamda gördüğüm gemi."

"İyi ama gemiyle Göbektepe'ye gelemezsin ki?"

"Eğer Rab isterse gemiyle Göbektepe'ye de gelirim, sana inanmayacak azgın insanları da sularda, fırtınalarda, tûfanlarda boğarım."

"Bir tûfan ha?!"

"Sana inanmayanların tapınağı bir fırtına veya tûfanda çamurlarla, taş ve toprakla dolsun daha iyi!"

"Ha, ha... Bunun için bin bahar mı geçmesi gerekir? Olsun, yine de beklerim."

# Bölüm 15

Sarıca, Hafıza'nın öğrencisi olarak Har-an'a döndüğünde çevreyi daha da kurumuş, kavrulmuş ve savrulmuş buldu. Dayanılmaz sıcaklar yalnızca insanları değil Yer Ana'yı da fersudelendiriyor, solduruyor, pörsütüyordu. Önce Düzburun'u aradı.

"Mamut avına yine yetiştin ha? Yarın bizimle gel, konuşacak çok şey var! Köpeğin de gelsin!"

"Elbette konuşuruz" diye karşılık verdi Sarıca, sonra da gülümsedi. "Dolunayı kaçırmak istemem zaten. Ama..." Düzburun onun uzaklarda neler yaptığını dinlemeye istekli olduğunu belli etmek için sitemle sordu:

"Ama?"

"En iyisi ben bu geceden gidip yarın sizi Göbektepe'de bekleyeyim!.."

Bir an evvel Göbektepe'deki mandeyi bulmak, onunla konuşmak, Hafıza'nın emrini yerine getirmek ve hakikate kavuşmaktı niyeti. Düzburun elindeki nefte bulanmış meşaleyi somurtarak ona uzattı.

"Bunu al o hâlde! Kargını da!.. Dikkat et, ateşi sönmesin. Gecelerin içinde yalnızca aslanlar, kurtlar yok, avcıların av olduğu zamanlar!"

"Tamam dostum, çocuk değilim. Haydi Ateş, gidelim!"

Sarıca, Düzburun'un tembihine uyup bütün gece meşaleyi uyanık tuttu. Göbektepe'ye kadar katetmesi gereken arazinin yaz çoraklığında bile yağız yer ile mavi göğü kucaklaştırırken ne kadar ulvî ne derece heybetli olduğunu, uzak ve yakın seslerle nasıl güzelleştiğini, yıldızların her birinden sanki ayrı ışıklar gelirmişçesine renklendiğini gördü. İçinde bir heyecan, yaşama sevinci ve neşe duydu. Sonsuz göğün altında uzanıp giden ıssızlıklar boyunca adımlarının gitgide hızlandığını hissetmedi bile. Bir sevgiliye gider gibiydi. Kendi rüzgârıyla ilerliyor, coşkuyla koşuyor, kurak toprak ayağının altında âdeta dürülüyordu. Hatta bir ara ayaklarının yere değil de havaya bastığını bile düşündü. Sanki kendisini Göbektepe'ye çeken bir güç, bir tılsım vardı ve onunla bir an evvel karşılaşması gerekiyordu. Ve nihayet, elindeki meşalenin alevleri azalmaya başladığında Göbektepe göründü.

Durup uzun uzun baktı. Yine Kurttepe'yi görür gibi hissetti kendini ve yine Çira'yı düşündü. Her zaman olduğu gibi; içinde derin bir melâl hissederek. Onu bulmaya söz verdiği hâlde bunu başaramamış olmanın hüznüydü bu. Ona ne olmuştu? Şimdi nerelerdeydi? Tırnak büyümüş, delikanlılığı bile geçmiş olmalıydı? Başlarına kötü bir şey gelme ihtimalini aklına getirmek istemiyordu. *"Ya geldiyse?"* Dizlerindeki dermanın kesildiğini hissetti. Ayakları sanki son koşusunu yapmıştı ve artık durmak istiyordu. Çira'nın hüzünlü hatırası coşkusunu da bacaklarındaki dermanı da alıp götürmeye yetti. Ayağını birkaç yerden çakmak taşlarının kestiğini o anda fark etti. Sızlıyordu. Sabah Yıldızı'na baktı. O da yine kendisine bakıyordu. Yeni bir şevk...

Tepeyi tırmanmaya başladığında kulağına kemik sesleri geldi. Dikkat kesildi. Yukarı baktı, dinledi, Ulu Kayın'ın dallarında kemikler asılı olmalıydı. Yakın günlerde ölen ve ruhları cennete gönderilmiş avcılar vardı demek ki. *"Belki de açlıktan!"* Meşaleyi söndürüp ufka baktı. Şafak sökmek üzereydi. İçindeki hüznü atmak için güneşin doğuşunu Ulu Kayın'ın altından izlemeyi kurdu. Çira'nın anısına. Ve tırmandı. Her adımda bir kez daha hüzün, her adımda bir kez daha melâl ile... Yolun yarısında, doğu semalarındaki kızıllığa baktı. Huzur... Uzun uzun seyretti. Ve birden Çira'nın yüzünü hatırlayabildiğini fark etti. Dudağının kenarındaki kıvrımı da... Ruh hâli ne kadar hızlı değişiveriyordu. Aklındaki sorunun benliğini kuşattığı andı:

"Göbektepe mi Ulu Kayın'a kutsallık veriyor, yoksa Ulu Kayın mı Göbektepe'ye?"

Fısıltılar eşliğinde düşündüğünü fark edip kendisine ikinci bir soru sordu:

"Sesi yükseltmemek kutsallığın giriş kapısı mı, şartı mı?"

Göbektepe'nin sükûnetinde eriyen ritmik bir ses geldi kulaklarına. Köpeğinin başını okşayarak susmasını işaret etti. İşte orada, Ulu Kayın'ın çevresinde mırıldanarak dolanan biri vardı. *"Mande?!"* Bir an durup izledi. Bir önceki gelişinde gördüğü gibi yine sırtında hayvan ve yılan derilerinden birbirine bağlanmış upuzun bir örtü, başında da tüy ve yılan derilerinden bir maske taşıyordu. İzledi. Ne yaptığını anlamaya çalışarak izledi. Kâh kamlara ait tanıdık ritimler kâh Hafıza'nın sab ile duruşu. Ara ara hareketsiz kalıp susuyor, bazen de mızıldanarak ritme başlıyordu. Yaprakları azalmış, dalları kurumaya yüz tutmuş Ulu Kayın'ın altında, sanki kuraklığa ve kıtlığa çare bulması için Rabb'e yalvarıyordu. Gök kapılarının açık olduğu seher vaktiydi ve gitgide höykürmesi, boğuk boğuk mırıldanması arttı. "Eğer, az sonra esrirse..."

Esrimedi. Ağacın çevresinde döndükten sonra oturdu ve başını göğsüne yapıştırarak mızıldanmaya başladı. Bu sefer sesi bebekler gibi çıkıyordu. Sonra ağladı ve nihayet ağlayışı hıçkırmaya evrildi. Sarıca onu gizlice izlediği için utandı. Buna son vermeyi düşünerek kesik öksürüklerle ilerlemeye başladı. Onu mahcup edecek, ürkütecek, korkutacak veya saldırtacak ani bir hareket yapmamaktı niyeti. Mande, Sarıca'yı duyunca belli belirsiz hıçkırıklarını kesip yüzünü maskeledi. Yakınına gelesiye kadar da gözlerini adımlarından ayırmadı.

"Buyurun! Bu vakitte, dağ başında... Hasta veya yaralı değilsiniz ya?"

Duyduğu boğuk bir sesti. Sanki bir yerlerden hatırlar gibi olduğu ama çıkaramadığı bir ses. Yüzündeki maskede sesi perdeleyen ve bir din adamının gizemli dünyasına uyduran özel bir aparat bulunmalı diye düşündü. Belki delikli bir deri parçası, belki bir bağırsak zarı, belki bir arı peteği, belki de kuş teleklerinden örülmüş birkaç katlı gergef. Her ne olursa olsun ağzından çıkan kelimelerin vurgu ve telaffuz biçimleriyle daha önce karşılaştığını hisseder gibi oldu. Düzburun'un, Ferahlık'ın, Hafıza'nın veya konuştuğu bir başka kişinin vurgularına benzeyen vurgular duyuyordu ama kimin? Ses samimi ve candandı. Korkmuş veya tedirgin olmuş hiç değildi. "Dost yanlısı biri!" diye geçirdi içinden. Elleriyle onun sorusunu cevaplar gibi gayet iyi olduğunu işaret ederek. İçinde onunla konuşmak bir yana, yalnızca yanında bulunmanın bile bahtiyarlık olacağını fısıldayan bir coşku duydu. Sonra da gözünü ufka çevirdi:

"Güneşe bakın, nasıl da güzel doğuyor!?"

Kavalını çıkarıp üflemek geçti içinden. Uzayıp giden buğulu ovaya ve güneşin hüzmelerini kıran çiğ tanelerine karşı... Duyduğu karşılık, güven verici ve samimi bir sohbetin başlangıcı gibiydi:

"Güneşin doğuşunu seyretmek varken uykuya devam edip bunu kaçıranlara hayret etmişimdir hep!"

"Ama her yerde bu kadar güzel doğuyor olamaz!"

"Bu tepede bulunmamın bir nedeni de budur yabancı! Lakin buraya gecenin tehlikeli koynundan yalnızca gün doğumunu izlemeye gelmiş olamazsınız, değil mi?"

Sarıca, bir avuç muşmula ile bir kolye uzattı mandeye. Kaplan dişi, salyangoz kabuğu, üzerlik tohumu, kemikten ve ateş taşından yontulmuş küçük boncukların dizili olduğu bir gerdanlık. Maskeli mandeyi etkileyecek kelimelerden evvelki bir gizli lisan.

"Yalnızca gündoğumu değil elbette maksadım!.. Biraz merak, biraz sizinle sohbet, belki biraz da yardım; tabii eğer kabul buyurursanız!"

Mande az evvelki hıçkırıklarından tamamen arınmıştı. Aldığı hediyeyi koymak için tulumunu açtığında Sarıca, derinin iç kısmında Ferahlık'la oynadığı oyuna dair çizilmiş kareler gördü; onun derisindeki aynı renklerle. *"O da öğrenmiş demek!"* Mandeyi sevmesi için bu iyi bir göstergeydi. Tefekkür eden, geçmiş ve gelecek üzerine düşünen, hayatın gerçeklerini anlayan, tabiatı ve çevreyi doğru okuyan biri olmalıydı. En azından adımını ne zaman atacağını bilirdi. Nitekim güneşin doğuşunu birlikte izlemek bile ruhuna ilaç gibi gelmişti. Her ikisinin de hoşnut olduğu küçük bir zaman aralığıydı. Konuşmadan ama birbirini anlayarak... Dostça. Hatta dostluktan da öte içtenlikle. Karşılıklı oturup birbirinin gözüne bakarak değil, yan yana oturup aynı yere bakarak... Sarıca onun Ulu Ruh'la irtibatlı, Rabb'i bilen ruhanî bir mande olduğuna kanaat getirdi. İkinci kez kavalına eli uzandı gayriihtiyari ve vazgeçti. En lirik şarkılardan birkaçını arka arkaya üflemek istemişti. Güzelden öte bir sabahtı, insanın anıları arasında iz bırakacak cinsten. Güpegündüz, güneş ışıl ışıl iken Sabah Yıldızı sanki hâlâ ona bakıyordu.

Sustular ve güneşi izlediler. İki kargı boyu yükseldiğinde Sarıca sırtındaki tulumdan tütsülenmiş et çıkarıp ikram etti. Mande yeterince tok olduğunu ve dün topladığı muşmulaları bile henüz yemediğini söyleyip teşekkür etti. Ardından ona, ağacın birkaç metre uzağında kireç taşına oyulmuş derin bir haznede depoladığı yağmur sularından ikram etti. *"Sarnıcı varmış demek!"* Yağmurun hazneye dolması için kireç taşındaki eğimlerin gizli kanallar hâlinde ve çok maharetle düzenlendiğini gördü. *"Zeki biri!"* Sarıca havadan sudan birkaç cümleyle konuyu açmaya çalışırken mande Ateş'in başını okşayarak onu sevmeye başladı. Sanki kendisine alışkın gibi.

"Bir adı var mı?"

"Ateş... Parmak oğlu Ateş..."

"Parmak oğlu Ateş demek?"

Mandenin boğuk sesi Parmak kelimesini sanki üstüne basa basa telaffuz etmiş gibiydi. Sonra da sordu:

"Buyurun, Parmak oğlu Ateş'in kardeşi, bir yardımdan söz etmiştiniz, sizin için ne yapabilirim?"

Sarıca'nın dilinin ucunda "Hakikati arıyorum!" cümlesi vardı ama bunun için önce aradığı kişi olup olmadığını anlamalıydı; Hafıza olsa böyle yapardı, yahut Öğreten...

"Acaba, değerli mande, bir yabancı mabedinizi görmek istese küstahlık etmiş olur mu?"

"Mabet? Elbette!.. Maddesi dıştan dar görünebilir ama ruhu herkesi içine alacak kadar geniştir ve herkes zaten bunun için buraya gelir. Bir şükür, bir hac, bir ayin!.."

Sarıca, tapınağı dikkatle tahlil ederse aklına takılan bazı sorulara makul cevaplar bulacağını sanıyordu. Soru varsa, akıl ona bir cevap da üretebilirdi. Tapınağı gezerken mandeye durmadan soracak ve onun cevabını aklıyla tartıp ne yapması gerektiğini değerlendirecekti. Gurup vaktine doğru mamutlar ve avcılar gelesiye kadar çok zamanları vardı.

"Neden bir tepede?"

"Aziz konuğum! Her durumda bir tepe ulaşılması kolay olmayan bir yerdir. Ezelî ve ebedî olana, avcıların dediği gibi Ulu Ruh'a, nuranî varlıklara ve cennete yakındır. Hayat ile ölüm arasındaki çizgidir. Kurban ve sunular için Rabb'e yakındır."

"Rab'den kastınız?"

"Elbette Yüce Yaratıcı. Avcılar ve rençberlerin Ulu Ruh, Büyük Ruh, Mana Rabba, Işığın Efendisi, Nura veya başka bir isimle andıkları evrenin yaratıcısı ve yürütücüsü. Nehir, göl, orman veya dağın hâkimi. Gökleri direksiz yükselten ve gecesini karanlık, gündüzünü parlak şekilde açığa çıkaran, yeri döşeyip yerleşmeye hazırlayan ve dağlarını oturtup ekinlerini, otlaklarını bitiren..."

Sarıca, karşısındaki kişinin Öğreten'den haberdar olduğunu, onun öğretisini iyi kavradığını anladı. Kim olduğunu, ne aradığını söylemeden ne kadar uzun süre sohbet edebilirse o kadar yararlı olacağını düşündü; o kim olduğunu sormamıştı madem:

"Bu tepenin cennete yakın olduğu ne mâlum; cennet göklerde midir ki?"

"Siz nerede olduğuna inanıyorsanız oradadır diyelim. Benim için buradadır. Ben Rabb'e burada kendimi yakın hissediyorum çünkü. Ve cennette dirilmek için ruhumun, cennete ve Rabb'e yakın olduğuna inandığım şu tapınaktan yola çıkması daha uygun düşecektir. Çünkü bir tapınak daima dualar biriktirilen bir yerdir. Tepelerle dualar birleştiğinde tapınak ortaya çıkar."

"Peki, taş olmasının önemi var mı sizce. Yontmak yerine ahşaptan çatsanız daha ko..."

"Bir ruhu teslim alması için yerin kalbinden çıkıp gelen bir taşı küçümsemeyin lütfen. Bir ağacın köküyle bir taşın derinliği aynı olabilir mi?"

Sarıca, sözünü kesen mandenin Hafıza'ya uymakla beraber kamlar kadar bilgi sahibi olduğunu, canlıların Yer Ana'da bütünleştiği veya Yer Ana'nın çocukları sayıldığı, hayatın tabiatta döngüselleştiği kam akidesini de iyi bildiğini anladı. Bir an onun, ruhanî kamlar gibi kendini tanrısal bir varlığa dönüştürmeye çalıştığını düşündü. Peki ama bir mande hem kam olup hem de Öğreten'in emirlerine uyabilir miydi? Biri diğerini kovmadan bu iki inanış biçimi aynı kalpte birleşebilir miydi? "Hayır! Böyle olmamalı, bu kalbin samimiyetine uymaz!" Bunu anlamak için ona dolaylı bir soru yöneltti:

"O hâlde şu ağaç?"

"Ulu Kayın, elbette!.. Avcıların sürekli geliştiğine inandıkları, yerin kalbinden çıkıp cennete yükselen hayatın ağacı. Devamlı olarak değişen ve gelişen evrenin sembolü. Yer Ana'nın derinlerine inen kökleri ile yer altını, yani görünmeyeni; alt dalları ve gövdesiyle yeryüzünü, yani görüneni; ışığa ve bilinmeze yükselen dallarıyla da cenneti ve sonsuz evreni, yani umulanı bünyesinde birleştirir. Yeryüzü ve cennet arasındaki iletişimi sağlayan göbek bağı Ulu Kayın'dır. Yeryüzünden gökyüzüne inip çıkan ruhanî varlıklar için bir aracı."

"Hımm... Bu durumda ya tapınak ya Ulu Kayın olmalı değil miydi?"

Mande bocalar gibi oldu. Kekeledi:

"Tapınak da zaten Ulu Kayın'dan gayrı sayılmaz!"

"Nasıl yani?"

"Buyur içine girelim! Ulu Kayın'ın dallarına tırmanır gibi."

Mande ile Sarıca, U biçimli bir ters kemerden ilerlediler. İki aslan kabartmasının koruduğu daracık bir geçitti burası. Sarıca'nın omuzları neredeyse taştan örülmüş duvarlara değecekti. Buraya geldiği ilk av gecesinde Düzburun'un heyecanla anlattığı, kendisinin de görmek için can attığı yerdi. Uçan Haberci'yi aramak üzere kasabaya gitmeseydi daha o zaman her şeyi öğrenmiş olabilirdi. Ama merak ettiği şeyleri şimdi yakından görecekti. Beş adım kadar ilerledi. Geçit, insandan büyük dokuz yontma taşı çember düzeninde dikip aralarına kalın duvarlar örerek on beş kulaç çapında bir sahanlığa açılmıştı. Tabanları toynuk veya nasırla dolu avcılar için pürüzsüz sayılabilecek bir yerdi burası. O sırada güneşin hüzmeleri zemine değdi değecekti ve içerideki her şey gölgeleniyordu. Sarıca, zemine baktı. Yekpare kireç taşından tıraşlanarak yapıl-

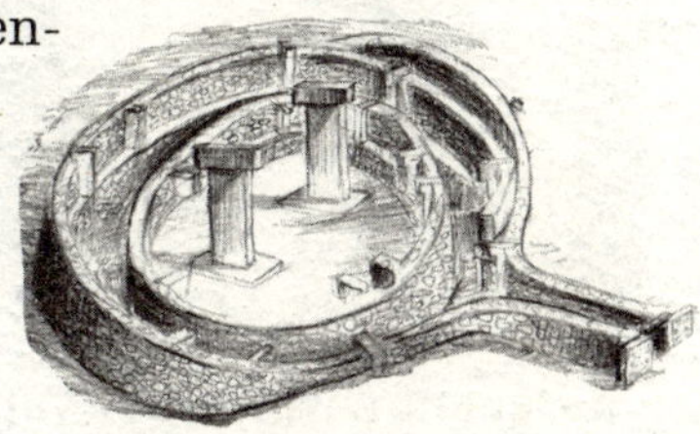

mıştı. Köşede bir delik gözüne ilişti. Su gideri için olsa gerekti. Çatısı açık bir mekânda yağmur veya kar yağdığında biriken suyun gitmesi gerekirdi elbette. Yekpare zeminin üzerine örülmüş çember biçimli duvara ve ona yaslanmış sekiye baktı. Zemini yarıp yer altına uzanıyor gibi görünüyordu. Duvarın arasındaki paye ve nişler çok etkileyiciydi. Özellikle de seki! Ve bir avcının sıçrayıp oturabilmesi için oldukça yüksek yapılmıştı!..

Sarıca hayranlıkla çevresine bakındı. O güne kadar insanın yaptığı bundan daha büyük bir yapı görmemişti. Duvarlarının örülüşü, anıt taşların ortada duruşu, insan boyunu aşan heybeti, gök ile bütünleşen yapısı ve çeşitli totem sembolleriyle bu T biçimli taşlar gerçekten muhteşemdi. Dili tutulayazdı. Mandeyi ve ayinde neler yapıldığını anlamadan evvel mabedi anlamak gerektiğine bir kez daha inandı. İlk aklına gelen şey, burayı yapan mandenin, yaptığının bir mabet olduğuna avcıları nasıl ikna ettiği sorusu oldu. "Neden kare değil de yuvarlak bir tapınak?" diye sormak istedi ama vazgeçti.

"Bir ayin ancak yuvarlak bir mekânda herkesi tatmin eder. Bir ocağın, bir av etinin, bir kurbanın çevresinde halkalanmış insanlar gibi. Herkesin ortak veya eşit olabileceği, herkesin birbirini görebileceği bir mekân. Sınırları da belirlenmiş olmalı."

Sarıca titredi. Sormadığı bir sorunun cevabını anlatması acaba bir tesadüf olabilir miydi; tıpkı Hafıza gibi? Konuşkan'ın yaktığı ateş çemberiyle ayinin sınırlarını belirlediği zamanlar geldi aklına. Daha dikkatli olmaya karar verdi.

"Peki dikili taşlar?"

"Değerli konuğum, dünyada taştan daha ebedî bir nesne yoktur. Taş kalıcılık yönünden tanrısaldır. Nerede göğe yükselen bir taş görsem onu kutsal olanın bir iğretilemesi olarak anlarım ben. İster bir dağın tepesinde yer alsın ister tapınak olarak dikilsin."

Sarıca'nın hatırına Konuşkan'ın ve Çira'nın kamlık kargısını yere T biçimi vererek diktikleri geldi. Mande de taşları T biçiminde yontarak belki aynı kutsallığı sağlamaya çalışmıştı. Bunu ileride ona soracaktı:

"Kutsal olanın insan eliyle yeniden canlandırılması yani, öyle mi?"

"Tam da bu işte. Senin T biçimiyle yorumladığın şu taşa bir bak. Rab karşısında insanı görmüyor musun? Ellerini göbeğinin üzerinde birleştirmiş, başını hafifçe öne eğerek âcizliğini, kulluğunu göstermeye çalışan insanı?"

"Herhangi bir insan mı; bir reis mi?"

"Şükür için ayine iştirak eden herkesin ta kendisi; Rab karşısında kul. Reis yahut avcı, fark etmez."

"Neyin şükrü?"

"Her şeyin... Hayatın... Avcı ise avın, rençber ise verimin, hasta ise sağlığın..."

Sarıca, Hafıza'nın sab ile vücudunu temiz tutarak, günün belli bir vaktinde başını yere eğip el pençe hizmete durur gibi bağlayışını ve "Göğüs hafifçe öne eğik ve gözler ayak uçlarında" diye tekrarlayışını hatırladı. Mandeye baktı:

"Yani bu dikili taşlar bir tapınmayı mı temsil ediyor?"

"Yalnızca tapınmayı değil elbette. Tanrısal kalıcılık ve istikrarı, bereketin devamını, hayatın sürekliliğini. Çünkü taşlar doğanın kemikleridir ve kemik hayatı taşır."

"Peki şu kabartma figürler? Tilkiler, aslanlar, akrep veya domuzlar. Özellikle yılanlar? Bir de şu keler; yahut semender."

"Onların her birini bir obanın koruyucu gücü sayıverin. Hangi fani, ölümsüzlüğe ulaşma yolunda taş bir bedene kudretli semboller işleterek kendi geçmişini geleceğe bırakmak istemez? Özellikle de maddesiyle ölen birinin ruhuyla diri tutulması ve hayata devamı söz konusu ediliyorsa hangi reis veya avcı, hangi kahraman veya düşkün 'Hayır!' kelimesini telaffuz edebilir ki? Taşın üzerindeki hayvanları ölenin ruhuna özgürlüğün anahtarlarını sunan birer koruyucu güç farz et. Bütün ömrünce o hayvan tasvirlerine sığınıp işlerini kolaylaştırması, kendini koruması, başarılı avlar yapması, zenginlik ve mutluluk içinde yaşaması için himayesini görmek isteyeceği bir güce kim hayır diyebilir? Fani bedenin ardındaki ölümsüz ruh! Sizce de cazip değil midir?"

"Pekâlâ caziptir. Bu durumda yaptığınız ayinler de..."

"Evet, ölümle ilgili. Daha doğrusu ölüm sonrası var oluşla ilgili. Bu taşlar ölenlerle yaşayanlar arasında birer göbek bağı gibi. İster daha önce bu dünyadan giden büyükleri ve ataları anmak isteyen avcılar isterse ölüsünün ruhunu daha güzel bir hayata uğurlamak isteyen çiftçiler, iki dünyayı bu göbek bağıyla birleştirip bağlarlar."

"Doğarken kesilen göbek bağının yeniden bağlanması, öyle mi?"

"Tam da bu! Unutmayın, buranın adı Göbektepe!"

Sarıca, bir ayin izlemeden mande veya tapınak hakkında doğru yorumu yapamayacağını düşündü. Ancak bir ayinden sonra mandenin bâtılı mı, hakkı mı gösterdiğine karar verebilecekti. Bunun için akşamı beklemesi gerekiyordu. Gün batımında mamutların gelmesini ve et ziyafetine eklenecek ayini. Mande girdikleri kapıdan tekrar çıkarken mırıldandı:

"Şimdi çiçekler toplama zamanı değerli konuğum, ayin için yeterli çiçek toplamak gerekiyor!"

Sarıca onun sesinde tanıdık üslubu yeniden hissetti. Sanki ağzındaki maskeyi yana kaydırarak konuşmuştu da sesi yumuşacık bir ahenge bürünmüştü. İçinden durmadan geçirdiği soruyu belki yüzüncü kez tekrarladı ama bir türlü seslendiremedi:

"Benimle maskesiz konuşamaz mısınız?"

# Bölüm 16

"Yer Ana çocuklarını arzularla emzirir. Arzular acı çekmenin de başlangıcıdır. Sürekli arzulayanlar ise en ziyade acıyı çekenlerdir. Dünyaya doğum, cennette yitimdir. Geri dönmek için ölmek gerekir. Şurada yatan kardeşiniz ölmüştür. Ölümü ibret saymak gerekirken ruhunuzun hâlâ arzularla dolu olduğunu görüyorum. Bu kardeşinizi ölüm geçidinden Yer Ana'nın rahmine uğurlamadan evvel ruhunu dünyadaki arzularından arındırıp ilâhî bilgilerle dolduracağım. Ta ki Ulu Ruh'un terazisinde tartıldığında bir kuş tüyü kadar hafiflesin ve cennete uçabilsin. Unutmayın, ibret alanlar ve dünyadayken Ulu Ruh'un sesine kulak verenler Yer Ana'nın canını acıtmaz, cennette de derece derece yükselir..."

Mehtaplı bir gecenin loş ortamında mandenin boğuk sesi, maskeli yüzünden tapınağın yuvarlak duvarlarına yansırken ortasındaki dikdörtgen kaidenin içindeki sunak deliğinin su dolu fokurtulu sesine karışıyordu. Av iyi geçmemiş, avcılar tek mamut ve iki bizon ile Göbektepe'ye gelebilmişlerdi. Sarıca avcılara baktı. Bereketli geçmeyen bir avın karamsarlığı vardı üzerlerinde; süregelen karamsarlığa ilâve. Mevsim gelmiş ama ekinleri yeşertecek yağmur bir türlü gelmemişti. Bu yüzden bir şükran ayini yerine yağmur umutlarının göklere ulaştırılacağı bir ayin istemişlerdi mandeden. Cennete ruh göndermeyle bütünleşmiş bir yağmur ve bereket ayini. Elbette bunun için bir de kurban gerekecekti.

Sarıca, avcılara baktı. Maskesinin ardındaki yüzü yahut düşünceleriyle gizemli bir mandeden medet ummalarına şaşırmadı. Hafıza kendisini ona gönderdiğine göre mandenin hakikatle bir alâkası olduğu ortadaydı. Sabahki sohbet bunu göstermişti. Belki de tebrike şayan tarafı henüz keşfedilmeyi bekliyordu. Yöre avcıları etrafında bunca dolandıklarına göre... İnançlarını ele geçirmiş hepsine reislik yapıyor olabilirdi meselâ. Obalarının totemlerini tapınağın taşlarına işleyerek... Karşılığında ne aldığını merak etti; su, et, yumurta, mantar, takı? Muhtemelen buğday da...

Sarıca, tapınağın zeminindeki suya baktı. Fırat'tan taşınmış olamazdı. Yakınlarda bir akarsu veya pınar görmemişti. *"Belki de vardır."* Değilse bereket ayini isteyen avcılar getirmiş olmalıydı. Sudan uzak ve ıssız bir tepenin zirve noktasında suyla ayin yapmanın zorluğunu düşündü. *"Belki de işin gizemi burada!"* Babası hep "Su hayattır!" derdi. Konuşkan da dünyaya doğan bebeğin ana rahminde suyun içinde gelişip olgunlaştığını söylerdi. Eğer bu doğruysa; doğarken suyla gelen bir insanın ölüme giderken bu tapınakta suyla uğurlanması elbette ruhun ikinci hayatına geçişi için iyi bir gerekçe sayılabilirdi. Mande burayı Yer Ana'nın rahmi olarak düşündüğüne göre ölüyü tıpkı bir bebek gibi rahimdeki suyun içine yatırarak geldiği yolu aynı şekilde geriye doğru katetmesini sağlıyordu veya böyle iddia ediyordu. Peki ama burası bir ana rahmi ise T biçimindeki yekpare dikili taşlar neden buradaydı? *"Göbek bağı mı?"* Ayrıca buraya nasıl dikilmişlerdi?

Dikili taşlara yeniden baktı. Bu cesamette yekpare bir taşın yontulması birkaç avcının en az on beş gününü alırdı; kireç taşı her ne kadar kolay işlenebilse de... Mamafih bizon ve mamut avladıkları Göbektepe tamamen bu taştan ibaretti. Uygun bir yeri belirleyip üzerine T şeklini çizerek çakmaktaşı baltalarıyla günlerce kesmiş, sonra da Yer Ana'nın bedeninden nazikçe ayırıp almış olmalıydılar. Peki ama buraya nasıl taşımışlar ve nasıl ayağa dikmişlerdi? Düzburun altına tomruklar döşeyip onları yuvarlayarak taşıdıklarını söylüyordu; avladıkları mamutları taşıdıkları gibi. *"Olabilir!"* Muhtemelen örme halatlar veya birbirine bağlanmış deriler kullanarak da ayağa kaldırılmıştı. Ama ondan önce taşın gireceği zemindeki şu yuvayı oymuş olmalıydılar; taşın tabanıyla yuvanın ebadını tamı tamına hesap ederek. Bu cesamette bir taşın dikilmesinden ziyade yuvasında dik durmasını sağlamak önemliydi çünkü.

Taşlara bakıp mandenin yüksek zekâsının soyutlama yeteneğine hayran olmamak imkânsızdı. Hareket hâlindeki kabartma resimler, tilki veya domuz figürleri birer sanat eseriydi ama dikili taşlardaki "ibadet eden insan" görünümü yüksek bir aklın tasarımıydı. "Öğreten veya Hafıza'nın inananlarının Rab huzurunda tapınış veya dua vaziyetlerinin mükemmel soyutlaması" diye geçirdi içinden. Bütün bu resimlerin taşlarda bulunuşunun bir başka sebebi var mıydı; totem olmalarının dışında? Önceki dolunayda ölüm ayinini görmeden Uçan Haberci'yi aramaya gitmiş, bu yüzden de resimlerin neliğini öğrenmekten mahrum kalmıştı. Bugün bu tapınakta olup bitecekleri dikkatle izleyecek ve mandenin sözlerini harfi harfine uygulayan şu avcıları anlamaya çalışacaktı.

Maske ve takıştırdıkları tüylerin içinde avcılar, gündelik hayatlarındakinden çok daha heybetli görünüyorlardı. Totem edindikleri hayvanın başlığını takınca sanki tanrısal bir güç, bir tür kut kazanmış gibiydiler. Hepsi erkekti üstelik. Ve yine bir soru geldi aklına; "Kadınlar ayine neden katılmıyorlar ve totemlerin erkeksilikleri neden bu kadar göz önünde?"

Öğreten'in ilâhî mesajındaki gibi ellerini göbeklerinde birleştirip başlarını hafif öne eğerek Rabb'i zikreder biçimde duran dikili taşlara yeniden baktı. Üzerlerindeki totemlerin her biri özenle yontulmuş, ayrıntılardan kaçınılmamıştı. Çira geldi aklına. Onun da böyle mükemmeliyetçi oluşunu düşündü. Kayalara ve taşlara resim çizdiği günleri hayal etti; fevkalâde güzel tasvirler. Tıpkı şu dikili taşların üzerinde hareket hâlinde duran kabartma resimler, tilki veya domuzlar gibi. Her biri az sonra canlanıverecek gibi.

Sarıca hayranlık nazarıyla mandeye baktı. Şimdi, tapınağın zeminini topuk hizasına kadar dolduran suya şekiller çiziyordu. Kanla dolu teknenin hemen yanıbaşında, izleyenlerini bir ürpertiye hazırlamak için. Nefesler tutulmuş gözler kan dolu tekneden başkasını görmez olmuşlardı. Bir kurban merasimi var ise elbette kan da olacaktı. Yahut bir yerde kan var ise bir kurbandan da söz edilecekti.

Sabah toplanmış çiçek yaprakları sığ suyun üzerinde küçük gölgeler yapıyor, renkleri bile belli olmadan öylece yüzüyorlardı. O sırada genzini yakan keskin bir koku duydu. Sarısabır, üzerlik ve papatya karışımı bir tütsü olmalıydı. Farklı bir kokuydu. Gittikçe de çoğalıyordu üstelik. Mandenin ayine katılanları biraz sonra kendilerinden geçireceğini düşündü. Baktı. Elindeki meşaleyi tutuşu ve titrek hareketlerle ilerletmesi bir kutsallığı çağrıştırıyordu. Titreyen ölgün ışığın yüzlere yansıttığı dalgalanma dikili taşlardaki tilki, domuz veya yılanları hareketlendiriyor, üç boyutlu kabartmalar ateşin kesik hareketiyle orantılı olarak gölgeler hâlinde sıçrıyor, atlıyor, kıvrılıp akıyorlardı. Özellikle keler dedikleri semenderin görüntüsü bir görünüp bir kayboluyor gibiydi. Tıpkı inandıkları gibi; suda batmayan, ateşte yanmayan... Daha ilginci de belirgin şekilde gösterilen erkeklikleriyle sanki hepsi birer eylem içindeydiler. Göbektepe'yi düşündü. Göbeğin altında iki bacak gibi uzanan av çatalını düşündü. Yere uzanmış bir kadın bedeni gibi. Tepenin kuzeye uzantısı da bedenin kolları olacaktı şüphesiz. *"Avcılar bereket ayininde totemleri vasıtasıyla Yer Ana'yı döllediklerini düşünüyor olmalılar!"* Hem avcıların hem de totemlerin yalnızca erkeklerden oluşması bunu gösteriyordu. Belki de tapınak bu yüzden saygınlık kazanıyor, avcılar kendilerinden daha güçlü birer erkek figür kılığında tasvir edilen hareketli totemleriyle bütünleşiyor, Yer Ana doğurganlığını devam ettiriyordu. Taşlara kazınan totemlerin avcılar için canlanıp onları himaye etmek, korumak, kollamak, av için rehberlik etmek gibi hususları hep erkeklerin eylemiydi şüphesiz; daha güçlü ve yetkin. Taşlardaki figürlerin oyma değil de kabartma olması bile bununla alâkalıydı. Dişil yerine eril... *"Peki ya gölge oyunları?"*

"Ateş ve gölgeler bu tapınağa bel bağlayanlar için çok önemli olmalı" diye yorumladı kendi sorusunu. Figürlerin gölgeleri hareketlendikçe ayine katılanlar tilki gibi ciyaklıyor, boğa gibi böğürüyor, yılan gibi tıslıyor ve böylece totemleriyle tamamlanıyor veya onları tamamlıyorlardı. Mande de birtakım ateş oyunları yaparak Yer Ana'yı sanki yeniden canlandırabiliyor, diriltiyor, var ediyor, böylece avcılara hükmünü yürütüyordu.

Sekide oturup bütün benlikleriyle ayine katılan insanlara baktı. Hepsinin gözleri iki dikili taşın arasında gerilmiş hasır ipteki kafataslarındaydı. Hilâlde ayine gelen obaların avcılarına ait kafatasları olmalıydı bunlar. Çünkü Düzburun ona ölen bir avcının ruhu cennete gönderildikten sonra bir sonraki hilâl veya dolunaya kadar kafatasının asılı durması gerektiğini söylemişti. Ama hayır, gördüğü kafatasları bir aylık ölülere ait olamazdı. Yanaklarında iyiden iyiye dökülmeye yüz tutan et çürükleri onların birkaç dolunaydan beri burada durduklarını gösteriyordu. Konuşkan'ın kutsallık kazanmasını istediği ölülerin kafatasını Ulu Kayın'ın dallarına astığını hatırladı. Burada da benzer bir şey olabilirdi. Keza oba reislerine yahut itibarlı kişilere ait kafatasları da olabilirdi. Avcı obalarının gittikleri her yere götürdükleri obanın ulu atalarından birinin kafatası meselâ. Yeniden dirilirken düşmanca bir geri dönüş yapmaması ve intikamcı bir ruha dönüşmemesi için daha uzun süre asılı kalacak olan itibarlı ölüler... *"Süreyi uzatması için mandeyi nasıl razı ediyorlar?"*

Tapınakta çılgınca bir hareketlilik başlayıverdi. Sekideki avcılar ayağa kalkıp kimisi tilki, kimisi domuz, kimisi yılan başlıkları ve boyalı yüzleriyle totemlerine ait sesleri çıkararak kut sağlıyor ve –tıpkı önceki dolunayda mamut avının ateş başındaki şükran dansı gibi– ellerini göklere uzatıp açık parmaklarını iki yana oynatarak totemin ruhuyla bütünleşiyor, sanki totemiyle el ele tutuşur gibi hareketler yapıyor, sonra da kartal veya akbabalar kanatlarını kaldırıp indiriyor, yılanlar tıslıyor, tilkiler sıçrıyor, ayine bir tür süreklilik veriyorlardı. Sarıca'nın içi ürperdi. Bakmaya korkacak bir hâldi bu. Nitekim avcıların başları da yere eğikti. *"Dehşet!.."* Ayaklar bastığı yerde sabit duruyor, bedenler şekilden şekle girip kendi görüntülerinin suda yansımasıyla savaşıyorlardı sanki. Bir tür av kovalamacası, bir vuruşmada üstünlük mücadelesi gibi... Ve zemini kaplayan suda tek bir dalgalanma bile yoktu. Bedenlerinin neredeyse her yanı oynayıp dururken avcıların ayaklarını hiç kıpırdatmadan tutabilmeleri için büyük gayret sarf ettikleri belliydi. Sudaki dalgalanmanın sahibi mande idi. İstediği bir anda, sopasının ucuyla küçük bir fiske kondurarak suyu dalgalandırıyor, yansımaları ikiye, üçe katlayarak ayine heybet katıyor, sudaki sahneye canlılık veriyor, gölgelerin totem kabartmalarına yaptırdığı eylemleri, dalgalarda tekrarlayıp heyecanı doruğa çıkarıyor, ardından da avcıların haykırışları, yakarışları, esrik cümleleri birbirine karışarak yükseliyordu. Sarıca ritmin kâh alçalıp kâh yükselmesi için mandenin de sesini zaman zaman alçaltıp yükselttiğine dikkat etti. Ve sesin en düşük olduğu, herkesin sustuğu bir an geldi; mande suyu dalgalandırmadan, ayaklarını sürüyerek ilerleyip elindeki meşaleyi ortadaki sunağa yaklaştırdı. Durdu. Bütün gözler üzerindeydi. Başını gökyüzüne çevirdi. Yıldızların feri azalmış, dolunay ise duvarları aşmış, zemine vuracak kadar yükselmişti. Sekiz avcı, çatılmış dört ayak üzerinde bir ölüyü getirip teknenin hemen önüne uzattılar. Sarıca, mandenin elinde bir bıçak gördü. Boynuz sapına raptedilmiş kalınca bir

bıçaktı. Ölünün oğlu veya kardeşi olmalıydı; tilki başlıklı birisi bağırdı: "Bu avcı cenneti hak ediyor... Ben şahidim! Çünkü..."

Yüksek sesle konuşan adam sözünün devamını aynı kararlılıkla sürdürdü ve ölen avcının iyiliklerini, erdemlerini, bütün ömrünce Yer Ana'dan aldığı doyumluğa karşı kefaret olarak canını verdiğini; böyle bir şükran duygusuyla yücelen ruhunun Yer Ana'da yenilenerek tekrar yaşamayı hak ettiğini anlattı, dünyaya yeni gelecek bir ruh için bedenini terk edişindeki erdemden söz etti. Sonra da Tilki Obası'nın bütün fertleri sulu zeminde tepinmeye, ellerini göklere uzatıp parmaklarını yeniden sallayarak gürültülü bir ruh uçurma ayinine başladılar. Su artık her yana sıçrıyordu. Birisi istiridye kabuğuna üfleyerek ritmik ezgiler çıkartıyor, diğerleri ona uyarak höykürüyor, tiz sesli kavallar çalıyor, ölenin ruhu kolay gidebilsin diye kötü ruhları kovuyorlardı. Neden sonra bütün avcılar ellerinin hareketlerini ve seslerini kaval sesine uydurdular. Bir anda teknedeki kan boşaldı ve sanki ölüler ülkesine giden yol açılmış oldu. Mande elinden bir su akıttı. Kolunun içinde bağırsak uzantılı bir tulum gizlemiş olmalıydı. Bir hareketiyle herkesi susturup koyu bir sessizlikte, durgunlaşan suyun şırıl şırıl akışını dinledi. Su sesi, sessizlik ve avcıların ellerinin havada açık parmaklarla dönüşü... Ve dolunay altındaki bu görüntünün meşalede gölgelenerek dikili taşlara yansıması... *"Bir ruhun cennet yolculuğu için çok görkemli!"* Mande kargısının ucuyla belli bir ritim tutturarak iki sütuna sırasıyla vurmaya başladı. Sarıca yeniden ürperdi. Sütunun sesi diğer sütunlarda titreşime dönüşüyor, vınlama sesleri havaya karışıp su sesiyle birleşiyordu. Kireç taşının böyle bir özelliği olduğunu hiç bilmiyordu. Höyküren ve bağrışan avcılar bile susmuş şimdi bu sesi, taşın kutsal sesini dinliyorlardı. Ses on iki sütundan kırılıp merkezde yeniden toplanıyor akmakta olan su sesine karışıp kalplerin ritmiyle birleşiyor, o sırada avcılar bedenlerinden sıyrılıp sanki birer ruha dönüşüyor, totemleşiyor, ölenin ruhunu alıyor, akıtıyor, geldiği yurda, cennete götürüyorlardı. Avcıların elinde bir matara gördü. Deve mesanesinden yapılmış bir matara. Her biri sırayla birer yudum içip matarayı yanındakine veriyordu. İçinde kutsal bir su olmalıydı. Ayin, sesin ve suyun ulviyeti, bilgeliği, azizliği, arıtıcılığı, duruluğu, temizleyiciliği gibiydi ve yukarıdan aşağıya, bilenden bilmeyene, Ulu Ruh'tan cennete doğru akıyor, akıyordu. Sarıca titredi. Gözünü yumup bir müddet çocukluğuna ve gençliğine gitti; babasını ve Çira'yı hatırladı. Gözlerini açtığında mande meşaleyi söndürüp tuttuğu sapını duvara saplamakla meşguldü.

Bir an karanlık... Sonra dehşetli bir ruhaniyet...

Dolunay tapınağın zeminindeki suda dalgalanıyordu artık. Yıldızların suya yansıyıp yıkanma vaktiydi. Çiçekler ters gölgeler kırmaya başladılar. Avcılar su dolu zeminden sekilere çıkıp bu sefer ellerini mandeye doğru uzatarak yine parmaklarını sallıyorlardı. Durmadan, dinlenmeden... Lirik bir kaval sesinin hüküm sürdüğü sessizlik gök ile yeri bu su zemininde buluşturmuştu. Her bir avcı artık kutsal bildikleri varlığın, ilâhın, Ulu Ruh'un veya totemin tecellileri gibiydi. O anda tanrıyı temsil etmiyorlar, tanrı oluyorlardı sanki. Parmaklar suya yansımakta olan yıldızları tutuyor veya gökte dolunayı okşuyordu. Bir vecd ve coşku hâli... Sürüyor, sürüyordu... Her bir avcı terleyesiye, nefesi daralasıya, yorulasıya ve hatta hâlsiz düşüp kendinden geçesiye kadar... Ve işte mande, herkesin sudaki yıldızlara ve dolunaya daldığı sırada haykırıverdi:

"Duuuuyyy!.."

Sarıca, gözlerini hayretle açıp gördüğünün doğru olup olmadığını düşündü. Evet, mandenin elindeki bir insan başıydı. Yerdeki avcının başı. Kurban... Ne ara kesmiş, gövdesinden ayırmıştı? Şimdi devam ediyordu:

"Sen, ben, sizler, hepimiz sonsuz varlıklarız. İlk yaratılan insanın soyundan geliyoruz. Zamanın başlangıcından bu yana soyumuzun şaşmaz değerleri ve Yer Ana'nın belirlenmiş kanunlarına uyarak yaşadık. Şimdi aramızdan birini, görevini tamamlamış olan birini, buradan uğurluyoruz. Ulu Ruh'un bu yolculuğa izin verdiğine ve onu cennetine koyacağına inanarak... Onu Yer Ana'ya yeniden yaşamak üzere gönderiyoruz. Bedeni kuşların, hayvanların ve toprağın bedeninde, ruhu atalarının ruhlarıyla birlikte cennette..."

Elden ele gezdirilen matara kendisine gelmişti. Ağzına götürdü. Acı bir su. Genizi yakan keskinlikte. Muhtemelen buralarda ürettikleri bir tür içecek. O sırada, az evvel şahitlik edip nutuk okuyan tilki başlı avcının elindeki kargıyı mandeye uzattığını gördü. Kargının temreni çıkarılmış, ucuna tilki kemiklerinden bir tılsım çakılmış ve bir çatal bağlanmıştı. Mande elindeki kesik başı uzun saçlarından önce o çatala, sonra da iki dikili taş arasındaki hasır örgüsü ipe astı. Kesik baş, tam ölüler ülkesine açılan geçidin üzerinde salınarak kendi çevresinde aheste aheste dönmeye başladı. Eller ona doğruldu, parmaklar onun için hareket etti... O sırada mande sedyedeki cesedin göğsünü yarmış kalbini çıkarmakla meşguldü. Nihayet kalbi avucuna alıp onunla konuştu. Ölüler diyarında ona rehberlik edecek telkinlerdi söyledikleri. Kötü ve intikamcı bir ruh olmamasını istediği sırada bütün eller ve başlar yine göklere uzanıp yüksek sesle haykırışlar gönderdiler. Ölenin ne kadar kahraman, cesur ve becerikli olduğunu dillendirenler, onun iyiliklerini anlatanlar, kutsal sözleri ahenkle terennüm edenler, gözyaşı dökenler... Dünya ötesi âlem ile bir ölümlünün buluşturulması için gerekli bütün çabalar.

Sarıca mandeye baktı. Cesedin sarkmış etlerini lokma lokma kesiyor, kemiklerini sıyırıyordu. Bu etlerin bir kısmını gündüz tapınağın önünde gördüğü sunaklara koyup kertenkeleler, yılanlar, kelerler ve diğer sürüngenlere adak edeceğini, kemiklerini de etlerinden yeterince temizlenesiye kadar akbabalar için dikili taşın üzerine koyacağını biliyordu. "Güneşe gömme!" diye mırıldandı içinden ve devam etti; "Ölünün eti toprağın daha fazla ürün vermesini sağlayacak!" Sonra da kemikleri Ulu Kayın'ın dallarında bekletip ölü sahibine verecek ve ölüler diyarında onu beklemekte olan ruhuyla buluşturmak üzere kayalara veya taşlara gömmelerini isteyecekti. Ta ki Yer Ana'nın bağrında bedenini bekleyen ruh, o kemikler ile yeniden dirilip sonraki hayatına başka bir kafa ve anlayış ile başlayabilsin; topraktan gelen toprağa dönsün; böylece Yer Ana bütünlüğünü korusun ve verimliliğini arttırsın. Avcıların hepsi bu kemiklerin Yer Ana'ya yeni bir güç vereceğine, Yer Ana'nın kemikleri sayılan taşlarla bütünleşeceğine, bereketin böylece yenileneceğine inanıyorlardı. Bu yüzden hava koşulları, rüzgâr, güneş ve etçil hayvanlar tarafından yeterince temizlenen kemikleri bir dolunay sonra –elbette kafatasından daha erken– tapınaktan alıp Yer Ana'yla bütünleştirecekler, toprağa veya kayalara oydukları çukurlara gömeceklerdi. Sarıca ölünün sallanan kafasına baktı. Buruşuk ve yaşlı bir erkek. Muhtemelen avdan değil ihtiyarlıktan ölmüştü. Demek ki Tilki Obası onu ölmek üzere bir dağ başına bırakıp güneşe diri diri gömmemiş, bunun yerine ölümünü bekleyip cesedini Göbektepe'deki Ulu Kayın'ın altına getirmişlerdi. Mande onun için bir büyü tasarlıyor olmalıydı. Üzerindeki giysinin içini dışına çevirdi; bir turna! Turna kılığına bürünmüş bir insandan ziyade turnaya dönüşen bir insan gibi. Elindeki kalbi –bütün öğütlerini tamamlamış olarak– dikili taşlar arasına astığı kafatasına doğru kaldırdı. Şimdi ölümden ötesi için tılsımlar yapacaktı, besbelli. Boğuk sesi pek anlaşılmıyordu ama Hafıza'nın yaptığı dualar gibi bazı cümleler mırıldanmaya başladı. O sırada avcılardan biri duvardaki meşaleyi kapıp bir koşu, dışarıdaki ateşten tutuşturarak mandeye sundu. Mande belindeki keseden bir toz çıkarıp havaya doğru savurdu ve meşaleyi uçuşan tozların arasına soktu. Birden büyük bir alev ortalığı aydınlatıverdi. *"Kükürt tozuyla bilindik göz boyama!"* Avcılar bunu, büyünün bir parçası olarak düşüneceklerdi, muhakkak. Ateş ile büyü her zaman birbirini kollardı çünkü. Yeniden ortalığı bir kokuyla ıtırlandırdı. Avcıların sesleri gitgide yükseldi. Ölenin ruhuna güç aktarma işlemiydi bu. Mande, elindeki kalbi hassas bir terazide tartar gibi birkaç kez yukarı, aşağı indirip kaldırdı. Kalbin içindeki kötülüklerin mi, yoksa iyiliklerin mi ağır bastığını anlamaya çalışıyordu sanki. Kötülükler çok ise azaltmayı deneyecekti. Evet, tam da tahmin ettiği gibi şu anda asılı duran kafatasını tutup sol gözüne parmağını soktu. Ayindeki sesler birden kesiliverdi. Pek çok kötülük kalbe gözden girdiği için böyle yaptığını düşündü. Belki de ruhlar dünyasındaki hayatında kalp gözüyle görmesi için yapmıştı bunu; kestiremedi. Ayine katılanlar bu hareketten ürkmüş görünmüyordu. Ölü yakınları da bir rahatsızlık göstermediler. Belki de bundan ibret almışlar, kalp temizliğinin önemini kavramışlardı.

Sarıca iştah açıcı bir et kokusu duydu. Bizon Obası'ndan iki adam ellerindeki pişmiş bizon ciğerleriyle mandenin önünde duruyorlardı. Başka iki adam ise sırığa geçirilerek pişirilmiş tilkileri sunmak üzereydiler. O günkü avın –bereketsiz de olsa– şükranını yerine getiren oba üyeleri. Biraz sonra dışarıya çıkılıp av için her zamanki şenlik yapılacak, et yenecek, mamut ve bizonların etleri sabaha kadar tütsülenecek, pişirilenler şeritler hâlinde kesilecek, bazıları çiğ bırakılıp sırıklara geçirilerek güneşe ve rüzgâra tutulmak üzere ertesi gün Göbektepe'nin taş zeminine serilip kurutulacaktı. *"Bereket ayininin sonu?"* Sarıca iki dikili taşın arasından mehtaba baktı. Tam tepeye yükselmek üzereydi. Sekide oturan Düzburun'un ayağa kalktığını gördü. Yanında da reis Eğriboynuz. Elbette başlarında yılan derisinden totem başlıklarıyla. Yılan Obası'nın ayin vakti gelmişti demek. O sırada mande sunulan pişmiş etlerden bir lokma koparıp ağzına attı. Sonra meşalesini önce gökyüzüne, sonra zemindeki suya uzattı. Tapınaktaki avcılardan bazıları çığlıklar kopararak sekilerden inip yerdeki sudan yüzlerine, başlarına serptiler. Ayin bitmiş, kutsal suyla arınma başlamıştı. Arkası, dışarıda pişen etleri yiyip buğdaydan yaptıkları içkilerle sarhoş olma vakti.

Avcılar aslanlı girişe yönelip başlıklarını, maskelerini çıkararak neşeyle tapınağı boşalttılar. Mande, Sarıca'ya baktı. Eliyle ona gelip sekinin üzerine oturmasını işaret etti. Demek başından beri kendisini unutmamıştı. Munis bir çocuk gibi dediğini yaptı.

Tapınağın ikinci yüzü görünecek, pagan avcılardan sonraki ayin başlayacaktı; muhtemelen Öğreten'in müminleri için... Sarıca göreceklerini çok iyi izlemesi gerektiğini düşündü. Hafıza'nın onu buraya gönderme sebebiydi bu. Yılan Obası'nın nasıl dua ettiğini biliyordu ama bir mabette nasıl ibadet edeceklerini de merak etmiyor değildi. *"Yılan derileriyle başlarını ve bedenlerini yılana benzetip kıvranarak veya sürünerek içeriye giren avcıların ibadeti ilginç olacak."*

Hiç öyle olmadı. Yılan Obası'nın avcıları reislerinin arkasında düzgün bir sıra hâlinde dizildiler ve el parmaklarını göbekleri hizasında uç uca buluşturup öylece bekleştiler. Sarıca dikili taşlara baktı. Evet T biçimli taşlar tam da bu adamların duruşunu temsil ediyordu; tevazu içinde başlarını yere eğip el bağlayarak yaratıcıyı tefekküre dalan müminler. Onları reisin huzurunda dizilmiş gördüğü sabahı hatırladı; şimdi de mandenin önünde duruyorlardı. Yalın, dingin, huzurlu, içe yönelik ve gösterişsiz. Gürültüler, totemlerin ruhlarına seslenişler, haykırış veya ritmik hareketler yoktu artık. Sürgit bir tefekkür hâli... Mande önlerine gelip yüksek sesle "Kardeşlerim!" diyerek bir vaaza başladı. Uzunca bir vaazdı. Sözlerinin sonunda onlarla aynı istikamete dönüp mırıldanarak dualar okudu. Sabah yahut akşam ayinininde Hafıza'nın yaptığı gibi.

Dolunay tapınağın zeminindeki suda yakamozlar kırmaya başladığında mande duasını bitirmişti. Gerçekten ulvî bir zaman dilimiydi. Sarıca, mabedin kapılarını hakikate açmaya başladığını hissetti. Mande elini uzattı. Elinden tutmak ister gibiydi. Sert bir rüzgâr esip geçti. Mande vazgeçip önce duvardaki meşaleye sonra gökyüzüne baktı. Sarıca, Akşam Yıldızı'na başını çevirdi. *"O da ne?"* Dolunay eksilmişti. Dışarıda sarhoş olmuş insanların sesleri yükseldi. Mande havayı kokladı. Rüzgârı dinler gibi bir kulağını göklere çevirdi. Dolunaya tekrar baktı, evet, gitgide eksiliyordu. Ve dolu taneleri dikili taşlara vurmaya başladı. *"Yağmur ve bereket ayini!"* Kimisi seviniyor, kimisi feryat ediyordu. Mande, "Hem dolunay var hem dolu yağıyor, garip!" diye fısıldadığı sırada sevinenler kuraklık ve kıtlığın sonu diye düşünüyor, üzülenler ise bu zamansız yağış ile yeni bir felâketten kuşkulanıyorlardı. Gökyüzüne çevrilen bütün başlar, öbeklenmiş bulutlar arasından ayın gitgide karardığını izleyebiliyorlardı. Dışarıda eğlence naraları yerini telâşlı seslere bıraktı. Av etleri ıslanmamalıydı. Aksi takdirde ziyan olur, etler ziyan olunca da avcılara etlerini veren hayvanların ruhları bir daha et vermez, totemin hoşnutsuzluğuna yol açardı. Bunun için hepsi birlikte koştular. Ayın kararması uğursuzluk muydu? Her kafadan bir ses çıkmaya, herkes ayrı bir tedbiri dillendirmeye başlamıştı. Dışarısı tam bir kargaşa meydanına döndü. Sarıca mandeye baktı. Eliyle "Gitme! Dur!" anlamında telâşlı işaretler yapıyordu. Bekledi. Ay tamamen karardı. O sırada girişe koşan avcılardan biriyle çarpıştı. Düşerken görebildiği son şey, başının duvarda çıkıntı yapan bir taşa çarpmak üzere olduğuydu.

# Bölüm 17

Kendini hissetmek istiyor ama başaramıyordu. Derin bir mağaranın en dibinde kesif dumanlar arasında boğulur gibi oluyor, kurtulmak için çırpınıyor, bir türlü adım atıp mağaranın kapısına ilerleyemiyordu. Üzerine T biçimli taşlardan biri yatırılmış da altında eziliyordu sanki. Bir ara kendi iniltisini duydu. Sonra da Ateş'in havlama sesini. Genzini yakan keskin kokuyu hissedip hapşırdı. Ohh!.. Uyanabilmişti.

Çevresine bakındı. Her şeyi bulanık görüyordu. Işığa doğru başını çevirdi. Az evvel üzerinde bir kâbus olarak gördüğü T sütunun silueti işte oradaydı. Eliyle kendini ve uzandığı yeri yokladı. Bedeninde bir takatsizlik hissetti. Yattığı yerdeki küçük çakıllar bedenine batıyordu. Üzerindeki deri örtüyü kenara itmeye çalıştı. O sırada bir el alnındaki saçlarını tarar gibi geriye itti. Dikkatle baktı. Başucunda birisi vardı ama yüzünü seçemiyordu. Hatırlamaya çalıştı. Neredeydi? Ne olmuştu? Başucundaki kimdi?

"Sarıca!"

Bu ses!.. Hayır, hayal görüyor olmalıydı. Başına her ne geldiyse onu hummaya salmış, zihninde Çira'nın sesini yankılandırıyordu. Tekrar düşündü. Neler olmuştu? Hatırlamak için kendini zorladı. Çakıl taşları düşündü. Sonra da dolu tanelerini hatırladı. Ayın karardığını da. Dolular yağmaya başladığında mabette mandenin ayini bitmiş dışarı çıkmak üzereydiler, yere düşmüştü. Hâlâ mabetteydiler ve yerler kuruydu. Başucundaki de mande olmalıydı. Gözlerini ovuşturarak seslendi:

"Yüce mande!"

"Hşşştt! Benim!.."

Başını çarpmanın etkisiyle yine hayal gördüğünü düşündü. Görmek istedi ama seçemedi. Mırıldandı:

"Bana ne oldu?"

"Önce başını çarpıp yere düştün. Sonra üzerine taşlar, çamurlar yağdı. Altından seni çıkardığımızda ölmek üzereydin. Bu dördüncü gün, çok şükür kendine gelebildin!"

Çira, onun için dört gündür durmadan dualar ettiğini de avcıları koşturup ilaç ve merhem yapacağı bütün bitkileri temine çalıştığını da hatta başını dizine koyup zaman zaman kalbiyle konuştuğunu da söylemedi. "Çira! Çira!..." diye her sayıklayışında gözünden coşup gelen yaşlarını ise hiç dillendirmeyecekti elbette. Çok şükür hepsi geçmişti. Artık onu bırakmayacaktı. O kendisini bırakmış, bulacağım dediği hâlde bulmamıştı ama o bırakmayacaktı. Bunca zamandır "Bekle beni" dediği, "Sizi kimseye bırakmayacağım, gelip kurtaracağım" dediği, bunun için Ulu Kayın'a and içtiği hâlde gelmeyişini elbette unutmayacaktı ama artık bunun için ona kızmayacak, içerlemeyecek, lânetler okumayacaktı. *"Hepsi geride kaldı, sağlığına kavuştu ya!"* Şimdi, her dolunayda onun gelişini bekleyerek nasıl hasret dolu bir ömür geçirdiğini söyleşme zamanıydı. "Bu dolunayda!" dedi içinden, kavuşmanın hazzını kalbinde duyarak. Sevincini onunla paylaşmak için kulağına fısıldadı:

"Sarıca!.. Benim, Çira! Beni hatırlıyor musun?"

Sarıca, kalbinin hızlı çarpmasına mâni olamıyordu. Ses Çira'nın sesiydi. Bir an bir dilemmanın içinde kaybolup gittiğini düşündü. Başucundaki kişinin Çira olmasını ne kadar isterdi. Olabilir miydi; yüce Rab merhameti ve ihsanını ona bahşetmiş olabilir miydi? Matşula'yı buldurduktan sonra kendisine Çira'yı da buldurtur muydu? "İsterse neden buldurtmasın!" dedi içinden ve kalbinin çarpışını yavaşlatmak üzere derin bir nefes aldı.

"Sarıca!.."

Bayıldı. Bu sefer heyecan ve sevinçtendi ve tekrar kendine geldiğinde önce ona uzun uzun baktı. Gözleri şimdi daha iyi seçebiliyordu ve Çira'nın siması, aradan geçen bir köpek ömründen sonra bile fazla değişmiş değildi. Bir zaman hayal etmekte zorlandığı yüze bakınca onu hiç unutmadığını anladı. Hâlâ yanağındaki pembelikler duruyor, hâlâ saçlarındaki parlaklık ıtırlar saçıyor, hâlâ yeşile çalan mavi gözleri ışıl ışıl bakıyordu. Ve ince, kırmızı dudaklarında daima bir tebessüm harmanlayan o kıvrım.

Hasretle kucaklaşan iki kişi ne kadar zamanda bundan bıkardı bilmiyorlardı ama onlar bıkmadı. Hâlsiz düşesiye, açlık ve susuzluktan kendilerini kaybedesiye kadar sarıldılar. Bir ömre süren özlem ve bir ömür boyu hasretle...

Dolu ve yağmurların dindiği beşinci gecede Sarıca tamamen iyileşmişti. Gün batımında Ulu Kayın'ın altına oturduklarında merak ettikleri her şeyi heyecanla birbirlerine sormaya ve hayretler içinde anlatmaya hazırdılar. Sarıca, Hafıza'ya gitmeden evvelki dolunayda oturup baktığı sarı vadi ve buğulanan topraklarda şimdi yağmurlarla harelenmeye yüz tutmuş buharlar görüyordu. Yağmur ve dolular bereket getirmişe benziyordu. Avuçlarında tutup okşadığı eli sevgiyle sıkıp mırıldandı:

"Seni ne kadar aradım, bilsen!"

"Ben de seni ne kadar bekledim!" diye bir karşılık duymayı umarken bir sitem sorusuyla karşılaştı:

"Ne kadar aradın?"

İki sevgilinin naz ve niyazından ibaret soru ve cevaplardı bunlar ve ne kadar uzayıp gitse ancak sevgiyi çoğaltırdı. İkisi de hem merak etmek hem merak ederken öğrenmek; hem sormak hem de sorarken cevabı bilmek istiyorlardı. Nihayet Sarıca bütün içtenliğiyle içine yönelip geçmişi itirafa yöneldi. O günü hatırlıyordu; her şey ters gitmişti. Parmak, yarası bir deriyle sarılmış hâlde geri dönmüştü. Ve kendisi deriyi açıp içindeki resme bakmak yerine peşlerine düşme kararı almıştı. Parmak'ın kaçabildiği yerden Çira'nın da kaçabileceğini düşünmüştü ama gemiyi tahmin edememiş, kaçamayacak durumda tutsak oluşunu hesaba katmamıştı. Ve o kadar zamandır merak ettiği sorunun, Çira'yı kaçıranların o sahilde hiç iz bırakmadan birdenbire ortadan buharlaşıverişlerinin çaresizliği hâlâ içini kemiriyordu. *"Nasıl?"* Bu hususta aklından bin ihtimal geçirmiş, hepsini yapıp yeniden bozmuş ama adamların gemilerine yerden değil de sahildeki ağacın dallarından bineceklerini hiç akıl etmemişti. O hep sazlı ve çamurlu sahilde ayak izleri aramış, bulamadıkça çıldırmış ve topraktaki ağaç oyuklarını yeterince değerlendirmemişti. Çira, ağacın dallarından gemiye bindiklerini söyleyince bunu neden düşünemediğini, nasıl bu kadar aptal olabileceğini dövünerek tekrarlamış, hayıflandıkça hayıflanmıştı. Yerde gördüğü iki küçük çukurun bir merdiven ayağına ait olduğunu nasıl fark edememişti? Oysa orada fazladan da fazla zaman geçirmiş, izlerin birdenbire yok oluvermelerinin sebebini araştırmış, o iki çukura bakıp bakıp şaşırmıştı. Parmak, yarası sarılmış olarak geri döndüğünde sargının kendisi için bir mesaj olduğunu çok sonraları anlamak da hayatının en büyük şanssızlığı olmuştu. Belki ilk sabahta anlasaydı, Çira'yı kaçıranların bir gemileri olduğunu düşünüp ona göre çareler düşünebilirdi.

"Beni bulman için Parmak'ın yarasını sarıp sana kaçırdığım gün, Ada Oba'nın balıkçıları beni zorla o gemiye bindirdiler. Gördüğüm en büyük gemiydi. Tırnak durmadan ağlıyordu. Bizi neden kaçırdıklarını, nereye götürdüklerini bir türlü anlatmıyorlardı. Sabah olduğunda bir adaya vardık. Sahilde onları karşılamaya gelen kadınlar vardı. Avcılardan biri Tırnak'ı elimden alıp havaya kaldırdı. Bütün kadınlar çığlık çığlığa eğlenmeye başladılar. Adaya ayak bastığımızda ayağıma bir ip geçirip beni tenha bir ağacın dalına bağladılar. Kendi etrafımda birkaç adım dönebiliyor, onların mağaralarında neler olup bittiğinden habersiz öylece bekliyordum. Günde bir öğün balık getiriyorlar, ardından da Tırnak'ı kucağıma verip emzirmemi istiyorlardı. Onu sütten kesmediğime şükürler ediyordum. Tırnak emerken kimisi boyumu inceliyor, kimisi tenime dokunuyordu. Gitgide anladım ki birkaç nesildir aynı adada yaşayan bir balıkçı obasının arasındaydım. Adadan çıkıp dağılamadıkları için nüfusları arttıkça artmıştı.

İki dolunay sonra beni sırf Tırnak yaşasın diye hayatta tuttuklarını anladım. Tırnak'ın beyaz kaş, beyaz saç, beyaz tenli oluşunu bir tılsım saydıklarını da. Düşünceleri kıt, anlayışları sığ ve gelişimleri kısıtlı bir obaydı.

Kadınlar ancak birkaç kelimeyle konuşuyor, daha çok da işaretle anlaşıyorlardı. Onlar yanıma gelip gittikçe işaret dilini kaptım. Gerek çocuğuma davranışlarından gerekse konuşmalarından onu müstakbel kam veya mande olarak gördüklerini hissettim. Yavrum tamamen yürümeye başladığında ateş yakıp şenlik düzenlediler. Şaman ayini gibiydi. Ona davranışları büyük bir saygının eseriydi. Bunu kullanarak hayatta kalmanın ve yavrumu onların elinden kurtarmanın çaresine bakmalıydım. Torbamda kalan senin tuz topağını ve kenevir tozunu kullanarak kadınları yavaş yavaş kendime alıştırdım. Kamlık güçlerimle de saygınlıklarını kazandım. Nihayet Tırnak'ın iyi bir şaman olması için onu eğitmem gerektiğine hepsini inandırdım. Tırnak'ı kasten sütten kesmiyordum. Ta ki yaşamama izin versinler. Nihayet gün geldi itimatlarını kazandım, bana güvendiler. Bağlarımdan kurtuldum. Aralarında onlardan biri gibi yaşamaya başlamıştım artık. Yine de çaresizdim ve gemi dışında kaçacak yerim yoktu. Başlangıçta senin beni bulmanı umup durdum ama gitgide bunun beyhudeliğini anlamıştım. Kaçma fikrinden vazgeçtim. Tırnak onlardan biri olarak büyüyor ve hızla gelişiyordu. Nasıl bir gelişme dersen, ondan beklediğim yolda iyi biri olarak değil de durmadan şer işleyen, kötülük peşinde gezen bir çocuk olarak. Mayası bozuk gibi. Gitgide değişik hâller göstermeye, azgınlaşmaya başladı. Ergenlik çağına eriştiğinde kaşları, kirpikleri çıktı. Bazı bazı esrimeye varıyor, kendinden geçip sayıklıyor ve sonra sakinleşiyordu. Kendinde olduğu zamanlarda da aklı fikri kadınlardaydı. Bir kedi ömrünü tamamladığında yetişkin delikanlı gibiydi ve kadınlardan başka bir şeyle ilgilenmiyordu. Kediden sonraki köpek ömrü boyunca yalnızca kadınların arasında yaşadı. Esrime ve garipliklerini herkes görüyor, bazıları korkuyor, bazıları görkemli şaman olacağına yoruyorlardı. Babamın söylediklerini ve oğlumun gerçekten lânetli olup olmadığını o günlerde düşünmeye başladım. Ben ona Ada Oba'nın şamanı muamelesi yapıyordum ama o kendini obanın totemi gibi görmeye başladı. Ve lânetli iddialarda bulundu."

"Ne gibi?"

"Kendisinin gözcü nefilimlerin soyundan olduğunu, o yüzden çocukluğunda beyaz yumurta gibi göründüğünü, adaya bereket getirmek için gönderildiğini falan söyleyip adadaki kadınların hepsiyle yatmaya başladı. Bereket tohumlarını serpmek için."

"İnandılar mı peki?"

"Bütün insanlık gibi Ada Oba da o güne kadar yalanın ne olduğu hiç bilinmiyordu. İnsanlar öyle sanıyordu ki Ulu Ruh'un huzurunda, olmayan bir şey söylenmez, yapılmayacak şey iddia edilmez. Tırnak'a gelesiye kadar hiç kimse olmayan veya yapmayacağı bir şeyi henüz söylememişti. Bu yüzden söylediği her şeye inanıp ona göre davrandılar. Tırnak 'Şunu şöyle yapmazsan öleceksin!' diyordu; hemen öyle yapıyorlar, 'Onu getirmezsen... bunu götürmezsen...' diye başlayıp '...dünyanın sonunu getiririm ...adayı batırırım' gibi tehditler savuruyor, onlar da emrine koşuyorlardı. Oğlumu tanıyamaz olmuştum. Babamın söylediği lânet adım adım geliyordu. Ruhanî güçlerimi kullanarak onu tedaviye çalıştım ama nafile. Bu arada ada halkı onun hâllerini gördükçe bana yüklendiler. Derken Tırnak bir gün reisin kızıyla yatmak istedi. Kız razı olmadığını söyledi. Tırnak "Balıkları öldürürüm!" diye tehditte bulundu. Adada balıkçılıkla geçinen bir obada olsan ne yaparsın, bütün kabile kızı razı etmeye çalıştı. Kız direndi. Ve birkaç gün sonra kıyılar ölü balıklarla dolmaya başladı."

"Ciddi olamazsın!"

"Öyle oldu. Ben de araştırdım. Hain çocuk, adanın dağlık bölgesinde bir tür balık otu bulmuş. Onların tohumlarını kenevir tozu gibi ufalayıp ağaç sakızıyla macun yapmış. Sonra da sarmaşık dallarına yapıştırıp sahilin balık tutulan yerlerine batırmış. Ertesi sabah bütün balıklar sersemleyip sahile vurmuşlar. Hilesini anladım ama sesimi çıkaramadım. Yanına varıp icat ettiği yalanlardan vazgeçmesini, aksi takdirde yaptıklarını açıklayacağımı söyledim. Vazgeçmeyecekti. Ada Oba'dakilerin hepsini kendine düşman edinmişti. Bunu anlayınca adadan gitmek istediğini söyledi; 'Gemiyi bana vermezseniz dağınızı ateş alacak!' tehdidiyle. İki yelkenciyle birlikte beni de gemiye atıp kaçırıldığımız yerin tam tersi sahile bırakıldık. Şiddetli bir kış günüydü."

"O nerede şimdi?"

"Dirsektepe* taraflarında, ırmak kıyısında. Üç bahar evvel inşa ettirdiği bir tapınağın mandesi."

Sarıca vaktiyle Düzburun'un bahsettiği ve hakkında konuşmak istemediği mandeyi hatırlar gibi oldu. Ama ondan da önce, dolu yağmaya başladığı gece başına kaza geldiğinde konuştuğu Göbektepe mandesini düşündü. Çevresine bakınıp sordu:

"Tapınakta olduğumuza göre buranın mandesi nerede?"

Çira önce gülümsedi. Sonra yan tarafa uzanıp maskeyi yüzüne geçiriverdi. Sarıca hayretle haykırdı:

"Olamaz!?"

Çira mandenin sesiyle cevap verdi:

---

* Hallan Çemi

"Olur!"

Sarıca, maskeyi yüzünden çekip Çira'ya baktı. Sonra yüzüne tuttu, tekrar baktı. Sonra tekrar çekti. Üçüncü defa aynı şeyi yaptığında başını iki yana sallayarak mırıldandı:

"Tabii ya, oğul Dirsektepe'de mandeyse anne de Göbektepe'nin mandesi olacaktı. Düzburun dediğinde anlamalıydım? Ama ben mandeyi hep erkek olarak düşünmüştüm."

"Herkes hâlâ öyle düşünüyor!"

Sarıca şaşkındı. Kısa bir sessizlikten sonra yeni bir hakikat öğrenmiş gibi sesini yükseltti:

"Yani sen hep buradaydın ve ben..."

"Evet bir önceki dolunayda kavalının sesini işitmiştim. 'Sesini duyuyorsam kendisini görmeye hazır olmalıyım' deyip o gece seni çok bekledim. Bir avcı Göbektepe'ye geldiyse mandeyi görmeden gitmezdi. Sen de tapınağa gelecektin ve ben seni bir daha bırakmayacaktım. Sabaha kadar şurada oturdum. Gelmedin!"

Sarıca "O gece yola çıkıp Uçan Haberci'yi bulmaya gittim!" diyemedi. Gözü Çira'nın avucunda ovalayıp durduğu nesneye takıldı. Fırtına gününde kendisine hediye ettiği ve ayrılık gününde kaytanı kopan deniz kabuklarından iki parçaydı bunlar. Dışları avuçta ovalanmaktan aşınmış, eprimiş, solmuştu ama içlerinde hâlâ çizdiği desenler duruyordu. Akşam Yıldızı ve Ulu Kayın desenleri. Sarıca'nın içi sızlayıp geçti. Çira devam etti:

"Yılan Obası'ndan haberini aldım sonra. Hafıza'ya gitmişsin."

"Hafıza? Onu biliyor musun?"

"Ada Oba'dan ayrıldıktan sonra Tırnak ile yolumuz kasabaya uğradı. 303'üncü öğrenci olarak. Ve beni buraya gönderdi. 303 kişiye ders anlatmam için."

"Tıpkı benim gibi..."

"Evet, bu yüzden geçen dolunayda ardından gelmedim, nasıl olsa seni buraya, geldiğin yere gönderecekti. Hakikati bulmanı istedim."

"Hımm. Bana 'Tapınağa gir, kalbine girer gibi' derken aslında senin kalbine girmekten söz etmiş meğer. Peki ama benden seni irşad etmemi, sana ders vermemi de istemişti!"

"Hayır o ben değilim. Hafıza benimle buluşmanı istedi, beni bulmanı istedi. Senden haberi vardı çünkü. Hakikati aradığından haberi vardı. Seni ona ben anlatmıştım. Ve o da dua etti, bir gün sana ders verebilmek için. Şimdi bizi buluşturduğu için seviniyordur!"

Sarıca, Hafıza'nın öldüğünü söyleyemedi. Çira onun yutkunmasından anladı. Lafı değiştirmek için öylesine sordu:

"Tırnak'ı görmeye gitmeliyiz!"

Sarıca bunu söylediği anda, Çira elini başına götürdü. Hatırladığı bir şeyin onu telâşlandırdığı belliydi. Sarıca dört gece önceki dolu ve yağmura dair bir şey olduğunu sandı ama Çira bambaşka bir şey söyledi:

"Tırnak seni görmek istemeyebilir."

"?"

"Buraya yerleştiğimiz günlerdeydi. Kasabadan tam bir isyankâr olarak ayrılmıştı. Avcılar şu gördüğün mabedi yapmakla meşgulken o lânetli fikirlerini dillendirmeye yeniden başladı. Nefilimler, gücünün üstünlüğü falan... Kavga ettik. Bütün avcıları bana karşı kışkırtıyordu. Baş edemez olmuştum. İnsanların kafalarını karıştıran sorular ve önermelerle konuşup herkesi etkiliyordu. Olmayan şeyleri kurarak ve uydurarak yapıyordu bunu. İnsanları yalandırıyor ve arzularına alet ediyordu. Sonunda yalanı burada da icat etmiş oldu. İnsanlar için her söz inanılacak bir anlam taşıyordu ama onun yüzünden insanlığın hamuruna kara çalındı. Kendisinin meleklerden biri olduğunu iddia edip 'Elindeki avı bana vermezsen, gökten ateş yağacak... Benimle yatmazsan dünyanın sonu gelecek...' gibi uydurduğu tehditlerle çevremdekileri kullanmaya başladı. Ah Sarıca, böyle bir insanın yaşıyor olmasına mı, yoksa bu insanın benim evlâdım olmasına mı yanayım!.."

"Babam 'Herkes kendi karakterinin mimarıdır' derdi, bunda senin bir suçun yok."

"Nasıl olmasın, Öğreten'in emirlerini ve Hafıza'nın öğütlerini değiştirerek yalanlarını büyütüp duruyor. Dirsektepe'de şimdi avcılara "Ben gözcüyüm, tanrının sözlerini size bildireceğim!' diyerek sahte haberciliğe de başlamış. Çevresine toplananlar için bir tapınak bile kurmuş. Bu tapınağın bir benzerini."

"Tapınakta ne yapıyor peki?"

"Neler yapmıyor ki?"

"Seni örnek alsa bari..."

"Keşke... Ben insanlara yalnızca yardım etmeye çalışırım. Bir kam olarak ve Hafıza'nın 303. takipçisi mande olarak isteyene Ulu Ruh'tan bahseder, isteyene Rabb'i anlatırım. Buradakiler buğdayı işlemekle birlikte avcılıktan da vazgeçmiş değillerdi. Akşamdan gelir, geceyi benim yanımda vaaz dinleyerek geçirir, seherin alacakaranlığında da bereketli avlara giderlerdi. Sonraki karlar ve baharlar, kuru otlar ve sıcaklar süresince her geçen gün ziyaretçim arttı. Günün birinde Tilki Obası bereketli avdan sonra şükran ayini istedi. Ayin için bir mekân hazırlamanın iyi olacağını düşündüm. Fikrimi beğendiler ve gönüllü çalışacaklarını söylediler. Avcıların taşa, yılana, ağaca veya bunların kabartmaları karşısında tapındıklarını ama o anda tapındıkları şeylerin birer tanrı olduğunu düşünmediklerini, bilakis bu işaretlerde tanrıya yaklaşmak için onun gizemli varlığını gördüklerini biliyordum. Bunun için her obanın totemini taşlara çizdim ve ustalardan yontmalarını istedim. Güzel resimler benden, başarılı yontular ustalardan... Sonra düşündüm; 'Bu yaptığıma Hafıza ne der?' diye. Diğer obalar da Tilki Obası'nın dileğini tekrar etmeye başlayınca bir tapınak vasıtasıyla daha çok insana Hafıza'dan öğrendiğim erdemleri anlatabileceğimi var saydım ve Öğreten'in adına yaraşır bir şükran mabedi olarak, gördüğün şu sütunları tasarladım. Hikmet ve evrenin koruyucusu olsun diye sayısını on iki yaptım; tıpkı Öğreten'in on iki ilim ve on iki bilgesi gibi. Her bir taş sütun bir ilmi temsil etsin istedim. Her ilmin beş şubesi için de sütunun boyunu, kalınlığının beş katında tasarladım. Birbirine bakar gibi gördüğün şu ortadaki büyükleri ise zihinlerini okuyarak hâl diliyle sohbet eden ve birbirini tamamlayan bilge kişilere benzettim. Hiçbirine yüz veya beden çizmedim, surete tapmaya başlamasınlar diye. Ben bütün bunları yaparken Tırnak burada her şeyi baştan sona izledi. Kâh itiraz etti kâh fikir verdi. Kendi mabedini hac merkezi olarak tasarlarken buradaki fikirlerinden yola çıktı. Sahte mabet, sahte mande..."

"Gidip tapınağını yıkalım?"

"Bunu zor yaparız. Tapınağı kullanarak insanların elindeki her şeyi alıyor çünkü; avcının etini, çiftçinin buğdayını..."

"Kimse vermem demiyor mu?"

"Vermeyenlere adamlarını gönderiyor. Güya getireceğini söylediği büyük bir felâket varmış. Geçen dolunaydan bu yana süren kuraklığı kendisinin getirdiğine insanları inandırdı; emrine uymadıkları için onları cezalandırdığını söyleyerek. Şimdi de tapınağına gelmeyenleri lânetlediğini söylüyormuş. Güya dünyanın sonunu getirecek, tekrar ateş topları yağdıracak, ardından her yeri buz tutturacak, homurdayan dağın ateşini dışa çıkarıp buzu eriterek buğdayı yeryüzünden silecekmiş. Geçen hilâlde tapınağa gelenlerin sundukların yetersiz bulup 'Dolunayınızı yok edeceğim sizin, dünyanızı karartacağım!' tehdidinde bulunduğunu herkes biliyordu."

"Hımm?"

"Beş gece evvel dediğini yapmış oldu; sen de gördün, ay karardı. Bundan böyle avcılara daha fazla korku salacak ve herkesi yönetmeye başlayacak. Sahte tapınağı emelleri için kullanacak."

"Tapınağına Dirsektepe avcıları mı gidiyor?"

"Yalnızca onlar değil elbette. Ününü duyan herkes ya hizmetine girerek yahut korkusunu taşıyarak ona varıyorlar. Çevresinde büyük bir insan kalabalığı var. Her boydan, her yaştan, her cinsten... Emrini yerine getirmeye hazır olanlar veya korkusundan hizmetinde bulunanlar."

"Nasıl hayatta kalıyorlar peki; avlanmadan, buğday yetiştirmeden?"

"Tapınağa her gelenden ya bir kurban yahut buğday alıyor; kıtlığın şiddetini bir kat daha arttırmak ve hükümranlığını daha da genişletmek için. Atları kardeş edinen bazı adamlarıyla da bütün ambarları çapul edip buğdayı tapınağa yığdırıyor. O yetmezse alışkın hayvanlarını alıyor."

"Bütün bunları yapan birinin mande olamayacağını hiç düşünmüyorlar mı?"

"Tapınağı ölü ruhların cennet bahçesine geçiş ayininden fazlasıyla yaşatıyor. Her dolunayda büyük kalabalıklara kurban ayini yapıyor; bereket için bir insan kurban ederek!"

"Zorla insan mı öldürüyor!"

"Zorla olduğunu sanmıyorum. Çünkü totemiyle anlaşmazlığa düşmemek için kurban sunan bir kişinin, obasının en yaşlı veya itibarsız kişisini kurban olarak getirmesi fazla da zor olmuyor buralarda. Üstelik mande kurbanın cennete gitmesine garanti veriyorsa."

"Belki de kenevir tozuyla..."

"Bilmiyorum ama yaptıkları sınırsız!"

"!"

"Güya hastalara şifa vermek, hamile kalamayan kadınlara iksir sunmak, kavga edenleri barıştırmak, ergenlik yaşına gelenlere cinsel rehberlik etmek, bazı obaların ayine tamamen çıplak katılmalarını şart koşmak gibi şeyler işte. Güya insanın en çıplak hâli en yalın hâliymiş de, çıplakken insan doğduğu günkü berraklığa erişirmiş. Bütün bunları buğday veya et karşılığında yapıyor üstelik. Şu anda Har-an yurtlarında karnını doyurmak isteyip de ona el açmayacak, yalvarmayacak kimse kalmamış durumda."

"Dehşetli zalimlik!.."

"Sen Hafıza'ya gittiğin günlerde, bütün avların kendisine ait olduğunu ilân etti. Kim düzde veya ormanda bir av öldürürse ya kendisine teslim edecek veya canından olacakmış. Son avın bereketsiz olmasının sebebi..."

"Zalimlikten öte bir vahşet bu. İnsanlar ne yapsınlar?"

"Bir şey yapamıyorlar zaten. Çaresizlik, açlık, sefalet... Uğruna her şeyi fedaya hazır olduğum bebeğimin neye dönüştüğünü şimdi anlıyor musun Sarıca. Asıl ağırıma giden ise insanların ona bakarak, onu örnek alarak zulmü meşrulaştırmaları. Avcılar ve çiftçiler... Artık onlar da yalan söylüyor, açgözlü davranıyor, başkasının elindekini hak etmeden alıyorlar. Ben tapınağa gelen insanları teselliye çalışıyorum ama insanların açlıklarına öfkeleri eşlik ediyor."

"?"

"Şimdi de tapınağın arkasına bir cennet bahçesi kurdu diyorlar."

"Nasıl yani?"

"Ölenler için ve hayattakiler için eşitmiş. Çiçekli, ağaçlı bir bahçeymiş. Eğlenmek ve zevk ü safa sürmek için günün belirli saatlerinde oraya gidiyormuş. Yanında da..."

"Ölenler?"

"Kurbanlar... Buğday isteyenlerin, çaresizlerin verdikleri kurbanlar... Öte yandan, eceliyle ölen birinin cesedi cennet bahçesinde yakılırsa ruhunun orada ebedî kalacağını söylüyormuş. Böylece hem zevk peşindeki avcılar hem de ölülerine cennet satın almak isteyen çiftçiler kapısına gidiyor; elbette ellerinde avuçlarında ne varsa eşiğine sunarak."

"Kör, şaşılara kılavuzluk ediyor desene. Peki senin tapınağına benzeyen kısımları?"

"Yalnızca şekli... Ben mahremiyeti önerdikçe o çıplaklığı, ben doğru sözlülüğü tavsiye ettikçe o dedikoduyu, ben aile ve tek eşliliği anlatırken o karmaşık çok eşliliği öneriyor. Ben babasını bilen çocuklar üzerine vaazlar veriyorum, o hamile kadınların ne kadar çok erkekle birlikte olursa çocuklarının o kadar güçlü olacağına dair telkinlerde bulunuyor. Anlayacağın ben namus diyorum, o önemsiz diyor, ben iyilik dedikçe o kötülüğe yönlendiriyor, ben haram ve helal ayrımı yaparken o leş yiyicilerin lezzetli etinden bahsediyor. En son da yumurta gibi tüysüz ve beyaz doğan bütün çocukların öldürülmelerini, toprağa gömülmelerini emretti."

"Kendini inkâr etmek gibi!"

"Hayır kendi çocuklarını öldürecek kadar zalim olmak gibi!"

Sarıca, bir an onun pek çok kadınla yattığını ve yumurta tüysüzlüğünde doğan çocuklar ordusunu düşünüp dehşetle irkildi. Sonra da mırıldandı:

"Konuşkan haklı mıydı acaba?"

"Ne demek istedin?!."

Sarıca, söylediği cümleyle bir anne yüreğine dokunduğunu o anda fark etti. Tırnak zalim olabilirdi, acımasız olabilirdi ama işte onun evlâdıydı. Kendini affettirmek için sarılıp teselli edercesine sırtını okşadı. Aklında Tırnak'ı gittiği kötü yoldan döndürmek veya kötülüklerine bir nihayet vermek vardı. Zaten Hafıza da kendisini bu görevle göndermişti. Tapınağın kalbine yürümenin ne anlama geldiğini anladı. Ama şimdilik Çira'yı bulmuş olmanın hazzını yaşamak, saçlarını okşayarak dolunayları dolunaylara ekleyen hasretini bir nebze olsun gidermek istiyordu. Onunla geçirdiği güzel günlerin en tatlı heyecanıyla gün batımlarını hatırladı. Ona ceviz ağacının altında kavalından şarkılar ikram ettiği günü de. Sonra da ırmak kenarında mankala oynamışlardı. Gayriihtiyari ağzından çıkıverdi:

"Mankala oynayalım mı?"

Çira, uzun zaman önce, ölümün geldiği kasırga gününün ertesinde, birbirlerini buldukları zamanın başlangıcında, yenişemedikleri ilk mankala oyunlarını hatırladı. Son oyunu da Tırnak'ın viyaklamaları yüzünden yarım bırakmışlardı. Çira bu oyunu onca zamandır aklında tutmuş, Sarıca'yı yenebileceği son hamleyi tekrar tekrar kurmuştu. Oynayalım mı teklifine hayır diyemezdi. Yerinden kalktı. Sekideki taşlardan birini yuvasından çıkarıp elini deliğe soktu. Sarıca hayretler içindeydi. Göl kıyısında yarım kalan oyunun tablasıydı bu; Reis Kobra'nın mankalası. Sahilden toplayıp üzerlerine nakışlar kazıdığı kırmızı ve beyaz taşlar da haznelerinde pırıl pırıl duruyordu. Sarıca, Çira'yı da kendisine bulduran Rabb'e şükrederken bütün kalbiyle gülümseyip başını göklere çevirdi. Akşam Yıldızı oralarda bir yerlerde olmalıydı. Neşeyle göz kırptı.

# Bölüm 18

"Çözümü buldum Çira, Dirsektepe'ye gidip ona emzirdiğin sütleri kan olarak geri alacağım."

"Hayır, bunu yapmazsın; yapmayacaksın! Hafıza seni tapınağın kalbine mandeyi ıslah için gönderdi, canını alman için değil."

"Ama o insanları kurban ederek can alıyor. Yaptıklarını sona erdirmenin bir yolunu bulmalıyız mutlaka. Yer Ana'nın kuruması onun yaptıkları yüzünden, kıtlık onun yüzünden."

"Kuraklık yahut kıtlıkla oğlumun ne alâkası olabilir Sarıca?"

"İnsanı ıslah eden bir mande kılığına bürünüp sonra da onu kurban etmek, avlara karşı kullanılan hileleri insana da reva görmek, bu uğurda yalanı icat ederek bilinçlerin berraklığını kirletmek, haksızlık ve zulüm işlemek gibi huylarıyla Rabb'i kızdırmış olamaz mı sence?"

Çira annelik içgüdüsüyle karşı çıktı; kesin kararı vermiş de konuyu kapatmak ister gibi:

"Olamaz elbette!"

Sarıca üzerine gitmedi. Kavuşmanın tatlı büyüsünü bozmak istemiyordu. Dolunaylar ve sıcak geceler boyunca beklediği, özlediği mutluluğu yaşamak, soluklanmak, hissetmek arzusundaydı. Öğreten'in Rabb'ine şükürler ediyor, sevgiliye kavuşmanın saadetiyle içi içine sığmıyordu. Yine de buraya bir görevle gelmişti ve o görevi tamamladığı vakit, hakikat tezahür edecekti. Tırnak'la alâkalı bir şeyler yapılması gerektiğini, bunun için de Çira'nın rızasını almasının şart olduğunu biliyordu. İnsanlar açtı. Av iyi geçmemişti. Yağmurdan sonra toprak kim bilir ne zaman bereketine kavuşurdu? Şimdilik buğdaya da Tırnak hükmediyordu.

"Buğdayları elinden alıp insanlara dağıtmak için bir şeyler yapmalıyız, Çira..."

"İmkânsız!.. Daha evvel deneyenler oldu. Başarılamayacak bir şey... Şu sararmış ovanın bütün avcıları bir araya toplansa bile."

"Bütün avcıları toplayalım o hâlde!.. Fikirleriyle olsun mücadele edelim!"

"Çevresi sevenlerinden ziyade korkanlarıyla dolu birinin fikirleriyle de gücüyle de mücadele beyhude emektir Sarıca."

"O hâlde fikirlerinin sapkınlığını kendisine anlatmalıyız!"

"Fikirlerinin sapkınlığını o da biliyordur zannederim. Ama aynı fikirler ona hükümranlık veriyor, değiştirir mi hiç!.."

"Değiştirmek zorundayız. Zulmünün sona ermesi için... Belki de lânetinin..."

"Tek bir yolu var! Tehlikeli ama..."

Çira sözünün gerisini getirmemişti. Sarıca "tereddütlü ama"nın arkasında ürkütücü bir engel tahmin etmişti, yine de açılmış gözlerle ağzına baktı:

"Anlat!"

"Hayır, hayır!.. Bugüne kadar kim teşebbüs ettiyse canından oldu?"

"Çira, üzme beni, söyle haydi!"

"Oyun!"

"Oyun?"

"Ferahlık'tan öğrendiğim bir oyun..."

"Bildim, rençberlerle avcılar..."

"Evet, onu çok iyi oynuyor. Geçtiğimiz kışta da herkese meydan okudu. Yeneni zenginliğe boğacak, yenilenin canını alacaktı. Pek çok kişi zenginlik değil ama birkaç avuç buğday için durmadan kapısına vardı. Elbette hepsinin cesetleri dağlara atıldı. Eğer ben gider de..."

Çira bir avcı olarak gidip ölüm pahasına Tırnak'ın rençberlerini darmadağın etmeyi ve her şeyini elinden almayı çok defa kurmuş ama tapınağın mandesiz kalmasından korkmuştu. Şimdi Sarıca vardı, ölmesi hâlinde Sarıca tapınağı yönetirdi. Ne var ki duyduğu bir cümleyle irkildi:

"Ateş, gel oğlum, gidiyoruz..."

Çira, Tırnak'ı mağlup etmekten söz ederken Sarıca'nın oyunu bileceğini hiç tahmin etmemişti. Ve bütün yalvarmalarına rağmen Sarıca yolundan dönmedi. Oyunu yeni öğrenmiş biriyle yıllardır tecrübe edinmiş usta bir oyuncu arasındaki müsabakanın eşit olmayacağını düşünüyordu. Sarıca'nın Tırnak'ı alt etmesi küçük bir ihtimaldi. Sarıca ise Çira'yla mankala oynadığı ilk günü hatırladı. Şimdi aynı şekilde davranacak ve Tırnak'ın hamlesinin tersini yapacaktı. Kararını verdi, Tırnak ile görüştüğü vakit onu ikna etmeye çalışacak, sonra oyun teklif edecekti. Babası sayılırdı, küçük bir ihtimal, hatırını sayar, sözünü dinler ve her şeyi tatlılıkla halledebilirdi bile. Hafıza onu bölgede hakikati ikame etmek üzere göndermişti madem, bunun bir yolunu bulacaktı. İnsanlardan korkuyu kaldırmadan ve sahte haberciyi susturmadan hakikat ikame olunamazdı. Babasının, bulmasını istediği hakikat adına bile olsa maddî ve manevî anlamda Tırnak'ın kalbinin ta içine yürüyecek onu darmadağın edecekti; yine maddî ve manevî anlamda...

Üç gün boyunca yol aldı ve Dirsektepe'ye giden pek çok insanla karşılaştı. Birkaç avuç buğday umuduyla yürüyen, sürünen, aç ve perişan kadınlar, çocuklar. Kuraklığın ve kıtlığın onlara neler yaptığını gördükçe dehşeti daha yakından hissetti. Güzel bir kızı Tırnak'a sunmak için zorla götüren bir avcıya rastladı. Vazgeçirmeye çalıştı ama nafile!.. Tırnak'ın, insanlığın yaratılışını, hamurunu, mayasını, özetle insaniyeti bozduğuna inanmaya başladı. Daha evvelki atalar ve dedeler tarafından hiç bilinmeyen, akıl edilmeyen, uygulanmayan söz, eylem ve düşüncelerle insanlığı örseliyor, kalpleri bozuyordu. Yalanı icat etmesi, kötülüğü meşrulaştırması, daha evvel hiçbir insanda görünmeyen davranış biçimlerini uygulamaya koyması ister avcı ister çiftçi olsun herkesin tabiatını bozuyor, adımları veya düşüncelerini şaşırtıyor, ruh dengelerini kötülüğe yöneltiyordu. Konuşkan'ın lâneti doğru çıkmıştı. Tırnak, Kabil'in soyundandı ve nefilimleri bile aratacak iğrençliklerin peşindeydi. Dünya kuruldu kurulalı insanlar bir şeyi elde etmek için belli bir mücadele sarf ederlerdi ama Tırnak'tan sonra hak etmedikleri şeyi gizlice aldıklarını gördü. Daha önceki hiçbir atanın yapmadığı bu eylemin adına hırsızlık demişlerdi ve insanlar birbirlerinden durmadan çalıyorlardı. Tırnak, bir mande olarak bütün bunları hem kendisi yapıyor hem çevresindekilere yaptırıyordu.

Sarıca, Ferahlık'ın ve Hafıza'nın bir gün gelmesinden korktukları pek çok kötülüğün Tırnak tarafından zaten getirildiğini görerek üzüldü. Buğdaydan yapılan içkiyle sarhoş olmak, fuhuş ve fuhuşa bağlı olarak soy sop belirsizliği, mahremiyet, ar ve haya duygularının dışlanması, inananların takibe uğrayıp kovuşturulmaları, yalan, hırsızlık bunların başlıcalarıydı. Dirsektepe'den ve Har-an ovasından başlayarak bütün çevreye yayılmış aykırılıklardı bunlar ve kıtlığın yahut kuraklığın etkisiyle de çoğalmıştı. Açlık insanı meşru olmayan yollara saptırmaya başlamıştı. Tırnak'ın insanları azgın, yalan söyleyen veya çalan avcılar, mahremiyet ve soy sop kavramını hiçe sayan çiftçilerden ibaretti... Ve bunların arasında durmadan kavga, kan, ölüm, geçimsizlik... Pek çoğunun sebebi ise buğdaydan ürettikleri bir tür içki; sarhoş eden, kendinden geçiren... Buğdayın tabiattaki dengeyi bozduğuna inanırken şimdi de insanı ve insaniyeti bozduğuna inanmaya başladı.

Kader!.. Bir zamanlar yaşaması için ölü memelerden süt bulmaya çalıştığı, uçurumların zirvelerinden kuş yumurtaları topladığı bebeğin yanına bugün bir ölüm pazarlığı için gidiyordu. İyi beslenmesi için avının en güzel yerlerini ikram ettiği güçsüz ve masum çocuğun zulmüne bedel hayatını ortaya koyacak, pazarlığı canıyla yapacaktı. İnsanı, hayatı, hayatı yönlendiren etkenleri, sebepleri düşündü. Yaratıcı ile yaratılan arasındaki münasebeti, Yaratıcı'yı unutanların azgınlıklarını, vicdan ve merhametten yoksun hâle geliverişlerini... Öte yandan duyguları, kendi duygularını, gözünde yaşlarla bırakıp geldiği Çira'yı, bunca yıllık hasretin yükünü... Tırnak'ı hasretle kucaklamak için arıyor olmayı ne kadar isterdi oysa. Kader!.. *"Keşke Konuşkan onu öldürmüş olsaydı!"*

# Bölüm 19

Sarıca, ellerinde keskin kargıları olan bazı avcılar tarafından durdurulduğunda Dirsektepe'de olduğunu anladı. Ulu mandeyi görmek istiyorsa kendilerine buğday veya et vermesi gerektiğini söylüyorlardı. Öfkeyle bağırdı:

"Bre çekilin, elimde büyüyen çocuğu mu bana göstermeyeceksiniz?!"

Neden böyle söylediğini bilmiyordu, ağzından öyle çıkmıştı. Mamafih "elimde büyüyen" ibaresi muhafızların dikkat kesilmesine yaradı. Farklı sesler çıkararak tartıştılar ve Ateş'i dışarıda alıkoyup kargılı birinin eşliğinde içeriye girmesine karar verdiler. Sarıca birkaç adım attıktan sonra gürledi: "Ateş, gel oğlum!" Muhafızlar refakatçinin yanına birini daha vermekten başka bir şey yapamadılar.

Sarıca biraz sonra kendini bir tepeciğin yamacında buldu. Sonbaharın savruk rüzgârlarına göğsünü vermiş, ayazın iyiden iyiye hissedildiği bir yamaç. Daha yukarıda Göbektepe gibi bir Ulu Kayın yoktu, hatta bir tapınak da göremedi ama onun yerine kademeli olarak yamaca inşa edilmiş büyükçe bir evle karşılaştı; *"Tapınak yamacın arkasında olmalı."*

Bir köpek ömrü kadar zaman geçtikten sonra nasıl bir Tırnak'la karşılaşacağını merak ediyordu elbette ama gördükleri karşısında şaşkına döndü. Beyaz saç, beyaz kaş, yumurta surat bir genç beklerken karşısında uzun boylu, gür saçlı, güzel ama haşin suratlı bir delikanlı buldu. Boynuna, kollarına, hatta ayağına takıp takıştırdığı deniz kabukları ve renkli taşlar arasında çok farklı görünüyordu. Yüzüne dikkatle baktı. Bebekliğindeki burun ve çene yapısını aynen koruyordu ve tam da annesinin anlattığı gibi yüzünden kötülük okunuyordu. Güzel bir yüzde, dehşet saçan bir sima... Lânet bu olsa gerekti. Yüzden karakter okuma konusunda ilk kez babasının yanıldığını düşündü. Yuttuğu kenevir tozunun etkisiyle yarı baygın bakan, tamamen çıplak kadınların hizmet ettiği, arkasında iki muhafız bekleten biri olarak mandeden ziyade üstün yaratık iddiasında bir şarlatandı. Onu hep gözünü kısarak bakan, beyaz kirpik, beyaz kaş, beyaz yüzlü biri olarak hayal edip durduğuna güldü. Tırnak, artık başka Tırnak'tı. Çevresindeki baygın bakışlı kadınların her birerinin ayrı ayrı ulaşmak isteyecekleri gücü temsil ediyordu; kibirle... Kararını verdi; onu öfkelendirerek konuşacak, kibrini kıracak, sözün devamını ona göre getirecekti:

"Seni kucaklayayım mı, Tırnak! Tüysüz yumurtadan beyaz bir zıpırdın sen! Nasıl böyle olabildin?"

Tırnak "tüysüz yumurta" tanımlamasını duyunca karşısındaki kişinin Ada Oba'dan biri olduğunu düşündü. Çünkü onun tüysüz yumurta hâlini bir tek annesi biliyordu; bir de gemiyle kaçırıldıkları Ada Oba'dakiler. Küçümseyerek cevapladı:

"Sen, yabancı; çocukluğumda ya tüysüz diye beni lânetleyenlerden birisin yahut beyaz diye bana saygı duyanlardan! Ama şimdi tanrıyım artık. Söyle bakalım kimsin?"

Sarıca dirayetine şaşırdı. Onu bebeklikle çocukluk arasındaki çağında bırakmıştı; kendini hatırlamasını beklemiyordu. Yine de ona ta baştan başlayarak kim olduğunu anlatmak gereksiz olacaktı:

"Sarıca. Adım Sarıca!.. Sen henüz be..."

Tırnak sözünü kesti:

"O alçak sen misin? Annemle beni yabancılara teslim eden ve sonra da arkamızı aramayan lânetli baba."

Sarıca şaşırdı. Bir defa lânetli olan kendisiydi. Üstelik yabancılara teslim etmek diye bir şey hiç olmamıştı. Onu anlamaya çalıştı ve ani öfkesini gençliğine verdi. Gerçeği araştırmak yerine parlayıvermek... Aynı zamanda hayret içindeydi. "Baba"dan bahsetmişti. Çira'nın ona kendisini bir baba olarak anlattığını anladı. Kuzgun Obası babaların önemli olmadığı, çocuğu kadınların sahiplendiği bir oba olmasına rağmen Çira'nın böyle bir tercihte bulunmasından büyük haz duydu. Çünkü eğer bir kadın çocuğuna bir erkeği baba olarak gösteriyorsa sevdiği ve ömrünü adadığı adamın adını telaffuz ediyor demekti. Buna inanmak istedi ve gülümsedi. Obadaki bütün erkeklerin rüyalarına giren güzel kız Çira, gençliğinin hayallerini süsleyen Çira, ruhanî Aytışan'ın güçlü kızı Çira, ayrıldıkları günden sonra adını adına adamış, ömrünü ömrüne bağlamıştı demek. Göbektepe'de güneşin doğuşunu izlerken veya Akşam Yıldızı'na baktıkları sırada ona içindeki derin hasret ve sonsuz aşktan yeterince bahsetmediğine pişman oldu. *"İlk fırsatta bunu yapmalıyım!"* Caydı. *"Belki de yapmamalıyım!"* Kalbi çarpıyor, zihni dalgalanıyordu. Tırnak'a cevap vermesi gerektiğini hatırladı. Bahsettiği bu baba-oğul ilişkisini iyi değerlendirmeli, ona bir yakınlık içinde ve şefkatle yaklaşmalıydı. Ne de olsa bebekken kucağına alıp uyuttuğu zamanlar vardı. Yüzüne baktı. Onu yeterince öfkelendirdiğini görebiliyordu. Şimdi duygusal yanına hitap edecekti. Sesinin tonunu bir kat düşürdü:

"Aradım... Hem de çok..."

"Aradın? Ve şimdi de buldun, öyle mi? İhtiyacım olduğu zaman değil de ihtiyacın olduğu zaman?"

"Yanlış düşünüyorsun oğlum, bir şeye ihtiyacım olduğu için buraya gelmedim."

"Güldürme beni. Buraya herkes bir şey istemeye gelir. Belki sen de tapınağıma girip cennet bahçesinden yer istiyorsun. Seni oraya göndereyim mi?"

Tırnak son kelimeleri telaffuz ederken eliyle boğazını bıçakla kesme işareti yapıyordu. Sarıca irkildi. Kendisini cennet bahçesinde bir gezintiyle ruhunu cennete göndermeyi teklif edişi, "baba"sına karşı içinde beslediği hıncı da gösteriyordu. Bu ölüm tehdidi, bir ailenin en sevilmeyen ve kötü üyesini kurban etme fikriyle hemen hemen aynıydı. İyi ama neler biliyordu da bu çocuk kendisine karşı böylesine büyük bir kin ve nefretle yaşıyordu. Çira ona neler anlatmış olabilirdi ki? Her ne anlatırsa iyilikten gayrı olmayacağı da açıktı. O hâlde herhangi bir babalık anlayışına sahip olmayan bunca oba arasında ondaki bu "baba" duyarlılığı nereden geliyordu? Belki de bir oba olma, bir aile olma hayallerinin sonucu. *"Çira onu böyle büyütmüş olmalı!"* Eğer Tırnak babasını bu kadar önemsiyorsa şimdi onu bağrına basmalı değil miydi? Neden bir yabancı gibi görüyor ve kurban etmek istiyordu? İşinin zor olduğunu düşündü. Onu irşat edebilmek ve Öğreten'in hakikatine çağırabilmek için çok çabalaması gerekecekti. Alttan aldı:

"Cennet bahçesi yapacak kudreti sana verene şükretmelisin; lakin ben senin cennetini değil Rabb'in cennetini tercih ederim!"

"A-ha!.. Cennet bahçemi istemeyen biri! Neden peki?"

"Sevgili evlâdım, cenazenin bakımı, mezarın yeri, cenaze töreni hep yaşayanlar içindir ölene bir faydası yoktur. Senin cennet bahçen gibi... "

"Yoksa sen de şu Öğreten'in yolunda yürüyenlerden misin?"

"Hak yolda yürüyenlerden..."

"Hak olduğu sizin iddianız. Bana göre sefil birer ölümlüden gayrı değilsiniz!"

Sarıca'nın dili tutulayazdı. Bir zamanlar nefes alıp verebilmek için kucağına muhtaç olan şu âciz ve çaresiz yaratık şimdi ölümsüzlük iddiasında bir kibir anıtıydı. Çira'nın dediği gibi, ruhunda hastalık bulunan, dengesiz bir iblisle karşı karşıya olduğunu düşündü. Melek olduğunu, peygamber olduğunu, nefilim soyundan olduğunu söylemekten geçmiş, şimdi de ölümsüz olduğunu söyleyerek resmen tanrılık iddiasında bulunuyordu. Sesini yükseltmemek için kendini zor tuttu:

"Ölümlüyüm, evet... Ama seninle ölümüne bir anlaşma yapacağım."

"Bütün şartlar benim lehimde iken seninle niye anlaşayım babalık!"

"Babalık dediğin için!"

"Peki neymiş anlaşman?"

"Seninle bir oyun oynayacağız, kazanırsam..."

"Hah-ha!... Oynayalım. Kazanırsan ne isteyeceğini sormayacağım hiç. Çünkü istemeyi hak etmeden kurban olacaksın..."

"Yine de, olur a hani kazanırsam..."

"Boşa konuşma babalık, oyunun sonunda öleceksin dedim. O yüzden ben de sana bu oyunu cennetimde oynamayı teklif ediyorum; ne kaybettiğini göresin diye."

Sarıca hiçbir şey demedi. Tapınağı ve bahçeyi de görmüş olacaktı. Tırnak, hizmetçilerine işaret edip yürüdüler. Güzel iki kadın gerdirilmiş deriden oyun tablasını alıp arkalarından geldi. Meyvesi dökülmüş ahlat ağaçlarından birinin altına koyup taşları üzerine sıraladılar. Sarıca, bahçeye dikkatle baktı. Kıtlığa ve kuraklığa rağmen fevkalâde güzel düzenlenmiş, çiçekler, meyveler, yer bitkileri, su arkı ve aralarında gezinen genç kızlar ve delikanlılar;

hepsi çıplak. Sarıca, Tırnak'ın cennet hayaliyle çıplaklık arasında kurduğu çarpık anlayışı garipsedi. "Cenneti çıplak kadınlar bahçesi sanan zavallı çocuk!" diye geçirdi içinden ve sonra tapınağa baktı. Tıpkı Göbektepe'dekine benziyordu. Bir farkla ki hizmetçileri yine kadınlardan seçilmişti; hepsi birbirinden güzel. Bahçenin sınırları ise insan boyunu bulmayan barınaklarla doluydu. Sıra sıra. Tırnak konuğunun merakla barınaklara baktığını görünce övünmek istedi:

"Onları soracaksın, herhâlde... Buğday ambarlarım! Hepsi dolu."

"Har-an'da bunca aç insan varken..."

Bu sefer Tırnak onun sözünü kesti:

"Kıskanma! Cennetimde sağ kalırsan sana ikram ederim elbette!"

Sarıca yüz vermedi. Oturup tablaya baktı. Kareler çivitle çizilmiş, içleri kırmızı ve beyaz boyanmıştı. Avcılar hanesinde reis, kam, gözcüler, okçular ve kesiciler... Önlerinde de ikişer adet boynuzlu at, fil dişli kaplan, bizon ve tilki. Çiftçiler hanesinde reis, mande, ekiciler, koruyucular ve toplayıcılar ile yine önlerinde ikişer adet koyun, deve, şahin ve yılan şekli verilmiş taşlar. Siyah ve beyaz.

Karşılıklı bağdaş kurup oturdukları vakit kadınlardan biri taşlardaki reisleri avucuna alıp iki yumruğunu arkasında saklayarak sordu:

"Çiftçi mi, avcı mı?"

Tırnak eliyle sen seç der gibi Sarıca'ya ikramda bulundu. "Avcı!" deyip sağ elindeki taşı aldı. Çiftçilere ait beyaz taşlar Tırnak'ın olmuştu. Deveyi iki hane ilerletti; bizonun karşısına.

"Daha güçlü olmak için daha çok et, daha çok buğday! Buyur babalık, hamle!"

Tırnak'ın hamlesini söz oyunuyla da desteklemesi rakibinin zihnini karıştırıp hata yapması içindi. Sarıca babasının karakter tahlillerine göre "Çok zeki!" dedi içinden. Kararını verdi. Tıpkı bir zamanlar mankalada Çira'ya yaptığını yapacak, her hamleyi tam tersiyle karşılayacak, rakibini şaşırtacaktı. Bu yolda sözünü de hiç esirgemeyecekti:

"Avcının elinden avını, çiftçinin elinden buğdayını alarak devşirilmiş güç; hıh!.. Oysa ben daha çok merhameti, daha çok iyiliği kaba güce tercih ederim."

Oyun tam bir strateji ve fikir savaşı olmak zorundaydı. Bütün hamleler insaniyete dair tartışmalar, soru-cevaplar, bazen alaylar ve iğnelemeler, bazen hakaret ve aşağılamalarla devam etti:

"İyiliğinizin yok olacağı o günü bekliyorum, ateşler yağıp dünya buza kesecek, hepiniz yok olacaksınız."

"Var eden var ettiğini neden yok etmek istesin?"

"Yeniden var etmek için! Anlaşmamız böyle!"

"Rab'le mi anlaştın? Ne üzerine?"

"İnsana yeni bir şans vermek üzerine. Yayı gerersen kopar, inancı gevşetirsen... Ben insanların inançlarını gevşete gevşete Rabb'i benimle anlaşmaya razı ettim."

"İblis!"

"Ah keşke!"

"Sana bir soru. İblis olarak insanın şimdiki şansını değerlendirmek varken neden ikinci şansa ihtiyaç duyuyorsun? İşin zor olmayacak mı?"

"Ne gibi?"

"Yeniden adaleti bozacaksın, zulüm işleyeceksin, gasbedeceksin, aldatacaksın, yalan uyduracaksın... İkinci şansa ihtiyacın yok senin, bunları zaten yapıyorsun!"

"İkinci defa aynı hazzı duymak istiyor olabilir miyim, sence?"

"Ağ atıp rüzgârları yakalamaya çalışıyorsun sen. Ormana yunus resmi çiziyorsun, sulara yaban domuzu..."

"Annemin dediğine göre gökten düşen ateşlerin ölüm getirdiği, eriyen buzların su olup nefesleri boğduğu günleri en iyi sen bilirmişsin! Yeniden görmeye hazırlan!"

"Ben aynı ateşlerin insanları koruyup beslediğini, aynı suların arıtıp yıkadığını da gördüm. Dünyanın kirlendiği için yıkanmaya değil, kirletenlerin kendilerini yıkamaya ihtiyaçları var. Eğer bir şans verilecekse Rab bunun için insanlığa değil, insana şans veriyor, hem de her gün, her an... Değil mi?"

"Rab insanın da hayvanlar kadar masum olmasını ve ilk günkü gibi yaşamalarını isteseydi onlara akıl vermezdi. Rab insana akıl vererek kendi işlerinin bazılarını onların yapmasını istedi. Ben bunun için seçildim."

"Bu yüzden mi insan öldürüyorsun?"

"Öldürmek?!. Asla! Kurbanlarımı kastediyorsan ben cenneti isteyenleri cennete gönderiyorum o kadar."

"Bir avuç buğday karşılığında cenneti kim ister. Onları zorla kurban ediyor olmayasın?!."

"Kurbanın geride bıraktığı yakınlarına yaptığım yardımları kastediyorsan..."

Sarıca cesaret gösterip kahkaha atarak sözünü kesti:

"Sahi oyunda yendiklerin de cennete gidiyor mu?!"

Tırnak öfkeyle bağırdı:

"Sence hayatı üzerine oyun oynayan birisi ölümü istemiyor mudur, ha?!. Söyle!.."

Oyun gerilim dolu bir ortamda sürüyordu. Sinir harbi ile sabır arasında... Akşam olurken Tırnak çetin cevize çattığını anlamıştı. Özellikle tanrı-insan ilişkileri üzerine sorular uzadıkça Tırnak'ın cevapları tükenmeye, hamleleri bozulmaya başladı. Elbette durmadan tükettiği içkinin ve kenevir tozunun zihninde bıraktığı savrukluk da onu sersem etmişti. Hiçbir rakibiyle bu kadar uzun bir oyun oynamamıştı. Açmazları gitgide artıyordu. Rakibi usta bir oyuncu değildi ama usta bir oyuncu olması da gerekmiyordu artık. Tırnak kendine mağlup olmak üzereydi. Sarıca her defasında onun en tahmin etmediği hamleyi yaparak zihnini oyalıyor ve bocalamasına yol açıyordu. Oyunu izleyenler tedirgindiler. Tırnak'ın öfkesi taştıkça taşıyor, hamleleri yanlış üstüne yanlışa çıkıyordu. Oyunu göz ucuyla izleyen muhafızlar ve hizmetçilerin efendilerine karşı sarsılan güvenleri de Tırnak'ı etkiliyor, "Ya yenilirsem!" sorusunun zihninde zonklamasına yol açıyordu. Sonunda Sarıca zaferini ilân etti:

"Ve işte! Çiftçi reisi ölür!"

Bahçede soğuk bir rüzgâr esmiş gibi oldu. Oyunu yan gözle izleyenlerden bazılarının bu sonuca sevindiği, diğerlerinin üzüldüğü açıkça anlaşılıyordu. Tapınaktan çıkan genç kızlar da yenilgiye sevinenlerden oldular. Tırnak onları görmek istemiyordu, başını kaldırmadan sordu:

"Hımm!.. Beni yendin, ha?"

"Asla!.. Ben seni yenmedim, sen kendine yenildin!"

"Şimdi seni zengin etmemi isteyeceksin, öyle mi?"

"Hayır, zenginlik için oynamadım. Seninle oynamak ve seni yenmiş olmak bana yeter."

"Yine de senin istemen ve benim de vermem gerekiyor. Yenildiğim bir oyunun ödülünü vermediğim söylensin istemem. Tanrılar sözünde durmalı, değil mi?!"

Sarıca her şeyin planladığı gibi gitmesine şükrediyor, sevincini belli etmemek için kendini zor tutuyordu. Tırnak'ın yüzüne baktı. Gururuyla kendisine hâkimiyet sağlamaya çalıştığı belliydi. Ne istese vermeye hazır olduğu da. Meydan okudu:

"Dile benden ne dilersen!"

Tırnak hazinelerini vermeyecek kadar akıllıydı. Sarıca planını devam ettirdi; tekrar sesine bir şefkat katarak:

"Madem ısrar ediyorsun Tırnak, evlâdım; senden babalık hakkı olarak iki buğday tanesi dilerim. Şu ibret tablasının ilk hanesine koymak için. Sonra da her hanede buğday adedini kendisiyle katlasınlar ve bana son hanede biriken buğdayı versinler; hatıra olarak, kâfidir."

"Nasıl yani canını rehin koyarak oynadığın bir oyundan bir avuç buğday mıydı maksadın? Şöyle öküzlere yüklenmiş yiyecekler veya denklere istiflenmiş eşya falan?"

"İstemem, sen benim oğlumsun diye bunu da hatıra için alacağım. Ama lütfen ne eksik olsun ne de fazla. İki buğday... Sonra da katlanacak..."

"Dediğin gibi olsun, ne eksik ne fazla!"

"Tastamam!.. Şimdi de bir şartım var."

"Neymiş?"

"Seninle istediğin zaman ikinci bir oyun oynayalım. Mağlup olan, galibin Rabb'ini kabul etsin!"

Tırnak zekâsına güveniyordu, karşısındaki adamın ise kendisinden daha zeki olmadığını huzuruna geldiği vakit anlamıştı ama işte zamanı uzatarak yenilmişti. Yarın ikinci bir oyunda içkisiz oynar, elbette onu yenerdi. "Peki" demek üzereyken gözdelerinden birinin yüzünde küçük bir sevinç ışıltısı gördü. Önce ikinci bir oyunda onu yenecek olmasına sevindiğini düşündü. Sonra birden aklına geldi; "Peki ya yenilme ihtimalime seviniyorsa!" Durdu. Ne yapması gerektiğini düşünmeye başladı. Belki de mağlubiyetini gören herkesi o anda orada öldürmeli ve bu olumsuz anıyı hayatından silmeliydi. Şimdiye kadar kendisini yenen çıkmamıştı ve şu hizmetçilerle tapınak bakireleri mağlubiyetine seviniyorlardı. İkinci oyun oynansa da oynanmasa da ilk mağlubiyeti tatmıştı. Karar verdi, ikinci oyunu kabul etmeyecekti.

Sarıca, onu hakikate çağırmanın bir yarar sağlamayacağını, inkâr ve şirk dolu kalbinin güzellikle yumuşamayacağını ama onu kendi silahıyla vurup ikinci bir oyunda yenerse bundan dönemeyeceğini, döndüğü takdirde de halk üzerindeki etkisinin yok olacağını düşünerek bu teklifi yapmıştı. Tırnak teklifi kabul etmeyince telâşlandı. "Şimdi buradan sağ salim çıkmaya bakayım!" diye düşündü. Planı buraya kadar tıkır tıkır işlemişti ama bundan sonrası için yaver gitmeyebilirdi... Tırnak'a baktı. Yüzünü buruşturuyordu. Muhtemelen babalığına yenildiği haberinin duyulacağından endişeliydi. İtibarı sarsılacak, özellikle adamları arasındaki otoritesi azalacaktı. Çaresizlikle kıvranan Tırnak'a oyunu unutacağına ve hiçbir yerde asla söz etmeyeceğine dair teminat vermenin iyi olacağını düşündü. Tam ağzını açacaktı ki Tırnak yerinden kalkıp bağırdı:

"Seni affetmedim alçak herif ve ikinci bir oyun şansı vermeyeceğim sana. Şimdilik ölmediğine şükrederek buğdayını al ve defolup git."

"Ben de seni affetmedim evlâdım; kötülüklerin için. Buğdayımı yarın arkamdan gönderirsin! Unutma, ne bir eksik ne bir fazla!.. Yürü Ateş!"

Gece yarısına doğru Sarıca, Göbektepe'ye varmak üzereyken Tırnak'ın mallarından sorumlu vekilharç, efendisini uyandırması için muhafıza yalvarıyordu.

"Yarın geç olabilir; derhâl uyandırmalısın!"

"Neden, nedir mesele?"

"Dün oynadığı oyun!"

"Yenildi diye mi? Ne olmuş!"

"Hayır yenildiği için değil, verdiği buğday için!"

"Ha-ha!.. Bir avuç buğday için mi uyandıracağım efendimi? Canıma susamadım ben!"

Sabah olduğunda vekilharç Tırnak'a muhafızını şikâyet ederek söze başladı:

"Nefilim cenapları! Eğer muhafızınız gece sizi uyandırmama müsaade etseydi sizi yenen adamın birilerine bu mağlubiyeti anlatıyor olmasından değil, zekâsının bu derece yüksek olmasından korkmamız gerektiğini söyleyecektim."

"Sabah sabah neler geveliyorsun bre. Ne olmuş adama? Nedir derdin?"

"Felâket, efendimiz, felâket... Nasıl söyleyeceğimi bilemiyorum!"

"Olduğu gibi söyle, canımı sıkma benim."

"Efendimiz. Akşam emriniz gereği önüme, kurt tulumuyla bir tulum buğday aldım. Yerde serili oyun tablasının başına geçtim. O adamın dediği gibi ilk karesine iki buğday tanesi koydum. Sonra ikiyi ikiyle katladım. Dört etti. İkinci kareye dört buğday koydum. Sonra dördü dörtle katladım. On altı etti. Üçüncü karede on altıyı on altıyla katladım... İki yüz elli altı etti... Dördüncüde iki yüz elli altıyı iki yüz elli altıyla..."

"Yeter adam, nereye gelmek istiyorsun?"

"Tablanın altıncı hane karelerinde bütün ambarlarınız boşaldı efendim. Taahhüt ettiğiniz kadar buğdayı verebilmek için ambarlarınız dolusundan çok daha fazla buğday bulmanız gerekecek!"

"!"

Tırnak ile vekilharcının bu konuşmayı yaptığı sırada Sarıca olup biteni Çira'ya anlatmıştı bile:

"Buğdayı gönderecek mi sence?"

"Ambarları boşaltarak mı; tabii ki hayır. Ama biz onun buğdayını almaya hak kazanmış olduğumuzu ve hakkımızı nasıl alacağımızı düşüneceğiz."

"Madem kazanıp hak ettin, madem ki o da taahhüt etti, gönderecektir, bekleyelim."

"Yalanı icat eden kişiden beklediğine bak Çira. Annesinin iyi olması evlâdın da iyi olmasına sebep değil ki! Asla göndermeyecektir. Şimdi bizim gidip almamız gerekecek; iyilikle değilse zorla!"

"Zorla?"

"Neden olmasın? Yer Ana'dan av almak gibi, mücadele ederek!"

"Unutma Sarıca, bahsettiğin kişi avını zorla elinden alacağımız herhangi bir avcı değil."

"Ya?"

"Herkesten güçlü, herkesten üstün. Ayrıca oğlum o, Sarıca, unuttun mu, ikimizin birlikte yaşamasına çırpındığımız oğlumuz o bizim. Asla bir yiyecek veya av kavgasından söz etmiyoruz burada; muhafızları, hizmetçileri ve inandırdıklarıyla topyekûn bir avcılar ve rençberler güruhuna sahip olan Tırnak'tan söz ediyoruz."

"O kadar avcı ve rençber de bizim yanımızda var Çira, ellerinden buğdayları ve etleri alınan, çaresiz, umutsuz insanlar... Hafıza'nın adalet dediği şey yeryüzünden yok mu olsun? Yüzlerce mazlum karşısında bir zalimden bahsediyoruz şu anda; oğlumuz olsun veya olmasın... Buğday yahut et olmazsa mazlumların birer birer ölmeye başlayacaklarını da hatırdan çıkarmadan..."

"Ama o benim oğlum..." diye tekrar edebildi Çira, sonra da ilk defa bir erkeğin omuzunda ağladı. Hiç kıpırdamadan bekleyen Sarıca'nın kalbi "oğlumuz" sözünden sarhoş, gözleri Dirsektepe istikametinden korkulu. Oradan gelecek bir haberci, bir avcı, bir tehlike veya bir müjde için. Sonunda Çira'nın saçlarını okşayarak mırıldandı:

"Mabede gelen obaların avcılarını toplasak kaç kişi eder Çira?"

"Üç yüz kadar. Belki onun yarısı kadar da çiftçi."

"Peki Tırnak'ın çevresinde kaç kişi vardır?"

"Muhtemelen iki katı kadar. Karnını doyurmak isteyen herkes orada, hizmetinde çünkü."

"Derim ki, haber salıp herkesi toplarsak gider buğdayımızı alırız."

"Çok tehlikeli. Yalnızca oğluma değil bütün avcılara ölümü getirecek bir tedbir. Olmaz!"

"Ölüm zaten yanı başımızda Çira. Ve inanıyoruz ki haklı olan biziz."

"Sen ne teklif ettiğinin farkında değilsin Sarıca, bugüne kadar Yer Ana'da olmayan bir şeyi oldurmak, yapılmayanı yapmak istiyorsun, açacağın kapının ağır bedeli olacaktır."

"Bir avcının hakkını araması her zamanı şamildir, adalet ise herkes için en doğru davranış... Bedel ne ise ödenmelidir."

"Pek çok insanın birbirini öldürmesinden bahsediyorsun sen. Buna hak aramak veya adalet mi diyeceğiz şimdi?"

"Hayır, buna adalet için mücadele diyeceğiz."

"Daha evvel yapılmayan zalimce bir şey... Avcıların yahut çiftçilerin karşı karşıya gelip birbirlerini savmaları, savaşmaları, vurmaları vuruşmaları... Üstelik bir yanında sen, diğer yanında oğlum. Hayır!.."

"Teklifime yanlış yerden bakıyorsun Çira. Ben Tırnak'ı veya adamlarını öldürmekten değil, ölmek üzere olanlara hayat verecek buğday için gerekirse ölmekten bahsediyorum."

"Buğday... Uğruna ölüm istediğin şey, öyle mi? Adına ne diyeceğiz, savaş mı?"

"Şöyle düşün, ölüm buğday kılığına girip kapımıza gelmiş, birilerini alıp götürmek istiyor. Gidenler iyiler mi olsun, kötüler mi? Sen ve ben, Çira, Akşam Yıldızım, şimdi bu kararı vermek zorundayız!"

O gün, o akşam ve sonraki akşamlar... Çira ile Sarıca arasındaki tartışma tam yedi gün sürdü. Yedinci gün dolunay da değildi, hilâl de. Önceki avın etleri bitmiş, açlık bebeklerin çığlıklarına vuruyordu. Avcılar av günü olmamasına rağmen oba oba tapınağa geliyorlardı. Bitkin, perişan ve açlığın ölüme dönüştüğü haberleriyle. Günün sonunda Göbektepe, Tırnak yüzünden ava çıkamamış aç ve üzgün avcılarla, Tırnak yüzünden çocuklarını aç koymuş çiftçilerle dolup taştı. Artık tapınakta ne ayin heyecanı ne av coşkusu vardı. Daha önce sabaha kadar sarhoş olup eğlenen avcılar bu sefer mande Çira'ya et ve buğday için yalvarıyorlardı. Hiçbiri obaya dönüp kadınlarının yüzüne bakmak, açlıktan ağlayan çocukların sesini duymak istemiyorlardı.

Sarıca, gelenleri gördükçe kendi kendini yiyordu. Çaresizlik belini bükmüştü işte. Çira'yı razı edememiş, Tırnak'tan da hiçbir ses çıkmamıştı. İnsanlar ne Sarıca'dan ne oynadığı oyundan ne de buğdaydan bahsediyorlardı. Sanki o gün hiç yaşanmamıştı. Çira işin aslını biliyor, Dirsektepe'den bir haber gelmeyişini yaklaşan bir tehlikeye yoruyordu. Sekizinci gün Göbektepe'de daha önce hiç olmayan bir kalabalık toplanmış durumdaydı. Lakin herkeste bir suskunluk, herkeste bir çaresizlik vardı. Sanki kimsenin konuşacak bir şeyi yokmuş gibi üzgün, perişan, aç. Mandeden bir işaret bekliyorlardı. Sarıca, Tırnak'tan haber çıkmadıkça bunu fırtına öncesi sessizliğe yoruyordu. Çira ise oğlunun yine şeytanca bir plan yapmakta olduğunu düşünüyor, bunu kimseyle paylaşamıyordu. Endişesi, birkaç muhafızını buralara gönderip Sarıca'yı alıp götürmeleriydi. Onu götürürlerse ne yapardı? Gelen avcılar ve çiftçiler Sarıca'nın sözünü dinliyor, dediğini yapıyorlardı ama gözleri de hep bir umut cümlesindeydi; buğdaya giden yolun açılacağına dair bir umut. Sarıca ise herkes nezdinde saygınlığını kendisi kazanmıştı ve eğer Tırnak'a karşı ortak bir direnç oluşturulacaksa bunu o başaracaktı. Öte yandan kalbi de onun yokluğuna şiddetle karşı çıkıyordu. Sarıca'sız bir hayat artık mümkün görünmüyordu. Mutluluğu için de ona ihtiyacı vardı. Tırnak onu elinden alırsa ne yapardı? Onca zaman onsuz yaşamıştı ama şimdi onsuz olamayacağını biliyordu. Biriktirdiği onca hayal varken...

Gün doğarken Çira istemeye istemeye Göbektepe'de büyük bir ateş yaktırdı ve dumanlar, çevre obalara kargıları, yayları ve bıçaklarıyla birlikte toplanma çağrısı göndermeye başladı. Şartı Tırnak'ın öldürülmemesiydi. Sarıca bunun için söz verdi.

"Asla öldürmem!"

# Bölüm 20

Yanıyor, hayıflanıyor, üzülüyor, kendine lânetler okuyor ve durmadan düşünüyor, düşündükçe de batağa saplanıyordu. Her şey ne kadar da çabuk olup bitivermişti. Üstelik umduğu gibi gitmeyen bir yığın gaile vardı başında. Peki ya bunca ölü? Ne mabette ayinin ne obalarda tokluğun mazur göstermeyeceği kadar çok... *"Ah buğday, ah!.."*

Buğdaydan evvel avcı vardı ve av vardı. O güne kadar hep avcılar, av üzerine konuşuyor, ava yönelik bir hayat yaşıyorlardı. Buğdayla birlikte insan ava dönüşmüştü. Bu bir vahşetti ve avın gözünden avcıyı barbar, zalim ve acımasız gösterecekti. Oklar ve kargılar o güne kadar hayvan sürülerine karşı ve aklın üstünlüğüyle kullanılmıştı ama dün, adına savaş dedikleri bir vuruşmada temrenler hep insanlara yönelmişti. Göbektepe'nin eteklerinde artık avın da aklı vardı ve avcısını avlamak üzere öfkelenip saldırıyordu.

Dün şuracıkta birbirine saldıran insanları izlemiş, aralarına karışmış, rakibine dokunmuş, hissetmiş ve sayıları yüzleri aşkın av veya avcıdan bazısının ölüme kapanan gözlerine bakmış, çırpınışlarını görmüş, yaşama arzusuyla âdeta yalvarışlarına şahit olmuş ve içinde bir şeylerin acıdığına yanmıştı. Dün burada bedenler eskiden olduğu gibi yeni gelen ruhlara yer açmak için değil, birbirini hayattan mahrum etmek için birbirine kastetmişlerdi. İnsanlık dün burada Yer Ana'nın düzenini bozmuş, merhameti ve merhametsizliği bir arada yaşamıştı. O güne kadar avladığı hayvanların son nefeslerinde neleri gördüklerini, neleri hissettiklerini düşündü. Merhamet dilenerek avcıya nasıl baktıklarını hayal etmeye çalıştı. Nafile! Avcının av olmadan bunu bilmesi mümkün değildi. Ömrü boyunca avladığı her hayvanın kendisine merhamet dilenerek bir an baktığını düşündü. O bakışı ya görmemiş yahut görmezden gelmişti. Dehşetle titredi. Çünkü dün burada insanlar birbirinin gözündeki merhametsizliği görmüş, hayvanlara yapmadığı kadar vahşice birbirlerine saldırmıştı. İki taraftan ölülerin, can çekişen çiftçi veya avcıların, kırılmış kargıların ve savrulmuş okların arasında şimdi, öylece oturup ağlamasının zahirdeki sebebi buydu. İçteki sebebi ise vicdanında kapanmaz bir yara olarak onu ve adını hep takip edecekti. Çünkü insanın insanı acımasızca avladığı şu vahşeti kendisi icat etmişti. İyi mi olmuştu şimdi? Lânetli çocuğun insanlığı bozmasına müsaade etmeyeceğim diye insaniyeti en şiddetli biçimiyle kendisi yaralamıştı. Daha

her şeyin başlangıcında, o büyük kasırganın dehşeti arasında öldürmesi gereken lâneti kendi elleriyle büyütüp yetiştirmiş ve aradan geçen onca zamana, Çira'ya verdiği söze ve onun gözü yaşlı yakarışlarına rağmen nihayet, durup durup şimdi avlamış, bebekken yapmadığını bugün yaparak güya lânetini dünyadan arıtmıştı.

Yorgun, bitkin ve üzgündü. Oturup kaldığı yerden bir türlü kalkamıyordu. Ölümü anlamak istiyor ama başaramıyordu. Bir ara iki kara gözün kendisine baktığını fark etti. Yerde kımıltısız yatanlardan birinin gözleri. Adam ölmüştü ama işte gözleri kendisine bakıyordu. Ölüm onu izliyordu, öyle hissetti. Aklında bir soru; ölüler gerçekten hayattakileri görebilir mi? Eğer öyleyse şu Göbektepe'de sayısız gözlerin şahitliğinde bunca insan birbirini öldürmüş ve karşılıklı ölmüşlerdi. Dehşetle irkildi. Göbektepe hayat ile ölümün göbek bağı, ikisi arasındaki geçişin dehliziydi. Göbektepe ölümleri hayata gönderen bir geçit, Göbektepe hayatlar harmanıydı. Gelgelelim vaktiyle buradan cennete göçen ruhlar dün bedenlerinden sıyrılmış, hâlâ savaşmaya devam ediyorlardı. Şu ölülerin açık gözleri hâlâ birbiriyle vuruşuyor, çarpışıyor, savaşıyordu. Buğday yüzünden! Peki ama aynı ruhlar acaba şimdi kendisini nasıl görüyorlardı? İleride onların yanına gittiğinde kendisini nasıl karşılayacaklardı? Bu dehşetli soru bütün ömrünce avladığı her canlının kendisine baktığını hissettirdi. Peki ya onlar da olup biteni izledilerse? O güne kadar gözlerini yumdurduğu hayvanlara yaptıkları acaba o hayvanlar tarafından nasıl görülmüştü? Son nefesinde avcısına bakmakta olan bir avın hisleri neler olabilirdi? Şu anda kendisine bakan ölü gözler ne hissediyordu meselâ? Şu iki kara göz ona bakarken ne anlatıyordu? Mutlu bir bakış değildi gördüğü. Daha ziyade hesap soran, suçlayan, töhmet altında bırakan, "Sebebim sensin!" anlamı okunan bir bakış. "Belki de bana öyle geliyor!" diye kendini teselli edip bu karamsarlığı üzerinden atmak istedi. I-ıh!.. Kendisinin sebep olduğu bu son bakışların bir gün kendisini bulacağını düşündü. Ürperdi. Bir iyi niyetin sonucu nelere mal olmuş, başına ne işler açmıştı. Bir lâneti ortadan kaldırmak ve insanların açlıktan ölmesine mâni olmak istemişti yalnızca. Zihni durmadan "Bütün suç Tırnak'taydı; biraz da kıtlıkta" diyor, dili de bunu sayıklıyordu. Ama kalbi...

Tırnak buğdaya ve ete el koyup yığmasaydı bütün bunlar olmayacaktı. Oyundan sonra vaadinde durup buğdayı gönderse, en azından paylaşsaydı yine bu olanlar yaşanmazdı. Peki ya Göbektepe'yi işgal edip Çira'yı tutsak etmek ne oluyordu? Üstelik avcılar için ateşin yakıldığı gecenin seherinde yapmıştı bunu, herkes akın akın tepeye gelirken. O alaca karanlıkta avcı obalarını gafil avlayıp ok ve kargı yağmuruna tutmasaydı keşke. Dirsektepe'den gelip Göbektepe'yi işgal etmeseydi. Çira'yı esir almasına Sarıca'nın asla razı olmayacağını ve tahammül göstermeyeceğini bilmiyor muydu?

Ve olan olmuştu. Çira'ya verdiği "Asla öldürmem!" sözüne rağmen olan olmuş, Tırnak'ı kendi elleriyle öldürmüştü.

Hatırlıyordu elbette, Tırnak ansızın gelip Göbektepe'yi işgal edince birkaç avcıyla birlikte tepeden düze çıkmış çevre obalardan gelen avcılar arasından üç yüz kadarını daha yoldayken uyarıp saflarına katmıştı. Dört bir yandan gelen bu avcılar Göbektepe'de mandeyi bulmayı umarken düşmanı bulmuş ve tuzağa düşürülmüşlerdi. İlerledikçe de kargılarla deşilmiş avcıları görmüşler; zulüm ve hunharlığı izlemişlerdi... Sabah olduğunda ise Göbektepe'de Tırnak işgalci, kendileri muhasaracı konumundaydı artık. Üstelik tepede sayıca kendilerinin iki katı adam vardı. Yine de kuşatanlar, kuşatılanlara göre daha azimli ve cesur çıktılar. İkinci günün sonunda Tırnak'ın Dirsektepe'den kendi adamları için getirttiği buğday ve ete el koyup kontrolü tamamen ele geçirdiler. Sarıca'nın niyeti bir anlaşma yapıp buğdayı paylaşmak, sonra da sulh yapmaktı. Sulh şartı olarak Çira'nın serbest bırakılmasını isteyecekti. Lânetli çocuk buna fırsat vermedi; adamlarına emredip tapınağı taş ve toprakla örerek doldurmaya başladı. Ovadaki avcılar bunu kendileri için büyük hakaret saydılar ve tepeye yürümek için sabırsızlanır oldular. Sarıca'nın barışçıl yollarla meseleyi hâlletme çabaları işte o noktada sona ermişti. Tapınak için ölümü göze almış insanları zaptetmek çok zor olacaktı. Denedi ama tapınağa saldırı, buğdayların

alınmasından, açlık içinde ölen bebeklerden daha öfkeli bir ortam yarattı. Ve Sarıca, birkaç cümlelik nutukla avcıların taşkın öfkesini Tırnak'a yöneltiverdi. Yaptığı savaş planlarını bile uygulamaya fırsat kalmadan avcılar dört bir yandan yamaçlara tırmandılar. Sonuç, Göbektepe yamaçlarına serpilmiş üç yüz kadar ceset... Tırnak dahil...

Sarıca oturup kaldığı yerde bir yandan düşünüyor, bir yandan çevresini izliyordu. Hemen bütün avcılar ve çiftçilerin, benzer düşünce ve pişmanlıklar içinde kargılarına dayanmış öylece bekleştiklerini gördü. Her iki tarafın muharipleri de Tırnak öldüğü anda savaşmayı kendiliğinden bırakmışlar, öylece kalakalmışlardı. Şimdi hepsinin gözü kendisindeydi; muzaffer bir reis edasıyla. Obaları dağılan, aralarına kin giren bu adamları yönetmesi gerekiyordu. Eğer bunu yapmazsa cennet bahçesine ve buğday ambarlarına koşup yeniden savaşa tutuşabilirlerdi. Gözü Tırnak'ın adamlarına ilişti. Çoğu karnının doyması için tehdide veya buğdaya kanmış zavallılardı ve pişman oldukları hâllerinden anlaşılıyordu.

Sert bir rüzgâr esip geçti. Sarıca, gökyüzünde beliren pare bulutlara baktı. Kuzey taygalarında kar yağacağı zaman gördüğü bulutlara benziyordu. Bunu hayra yordu. Birkaç adım attığı sırada tek tük yağmur damlaları da düşmeye başladı. Herkes sevindi. Kuraklık ve kıtlığı temelli bitirecek bereketli yağmurlar geliyordu anlaşılan. Ayın karardığı bereket ayininden bu yana ara ara yağıyordu zaten.

Sarıca, yağmur çiselemeye başladığında avcıların yamaçta toplanmalarını söyledi. Herkes itaat etti ve yedi yüz kadar avcı, kargılarını ayak uçlarına dayayıp bir çıt bile çıkarmadan yamaca dizildiler. Bir kayanın üstüne çıktı. Niyeti bereketli yağmurlara atıfta bulunarak barışçıl bir konuşma yapmaktı. Önce kucaklayıcı ve ikna edici bir ses tonuyla başlayıp sonra hükmeden, emreden bir tavırla devam edecekti. Bir zafer konuşması değil, hayır, gelecek günlere dair her birerinin nasıl davranmaları ve neler yapmaları gerektiğini bildiren bir konuşma olmalıydı. Düşündüğü gibi davrandı ve hemen her cümlesi Öğreten'in meleklerden aldığı emir ve telkinlerden, Hafıza'dan duyduğu hayat düsturları ve anlayışlardan oluşan cümleler kurdu. O konuştukça birbirlerinin canını almak üzere vuruşan avcı veya çiftçilerin yan yana gelmeye, yaklaşmaya ve yakınlaşmaya başladıklarını, terlerini birlikte soğutacak şekilde ve pişmanlık duygularıyla omuz omuza verdiklerini görebiliyordu. Az evvel şiddeti ve ölümü hisseden bu insanlar için Sarıca'nın ağzından dökülen vaatler, tavsiyeler, davranış biçimleri ve teselli edici sözler birer sığınak, birer ev kadar sıcak gelmişti. Gitgide onlar da söylediklerini kabul etmeye, itaatlerini bildirmeye başladılar. Sarıca'nın tepeden yamaçlara yayılan her cümlesinin sonunda avcılar kargılarını havaya kaldırıp kabul ve tasdik ettiklerini haykırıyor, onu reislerini dinler gibi dinliyorlardı. Sonunda içlerinden biri bağırdı:

"Reis Sarıcaaaaa!"

Herkesle birlikte o da sesin geldiği yöne baktı. Yılan Obası'ndan bir avcıydı bağıran. Hemen yanı başında da Eğriboynuz'un cesedi duruyordu. Bu bağrışın ne anlama geldiğini önce kestiremedi. Cümlelerine ve tavsiyelerine devam etti. Cümleleri sona erdikçe "Reis Sarıcaaaa!" diye uzayıp giden nidalara başka tekrarlar eklendi; "Çok yaşa Reis Sarıca, ömrün uzun olsun..." Yılan Obası'nın dışındaki avcıların da sesleri aynı sese katıştı, çoğaldı, çoğaldı. Kuzgun Obası. Ardından Domuz Obası... En son, obaların reisleri de kargılarını kaldırıp koroya katıldıklarında Sarıca titredi. Sevinmesi mi, endişe duyması mı gerektiğini kestiremiyordu. Obalar kenetlenmiş, kasabaya evrilmiş gibiydi. Hafıza'nın 365'inci öğrencisi olarak karşısında 365 kişiden fazlası vardı ve hepsi Öğreten'in akidesini kargılarını havaya kaldırarak "Reis Sarıcaaaa!" diye diye kabul ediyorlardı.

Yağmur çisil çisil yağmaya başladı. Sarıca, Göbektepe'yi dolduran insanların sorumluluğunu üzerine almak üzere olduğunu fark etti; kadınları ve çocuklarıyla birlikte. Pek çoğunun derdi, sıkıntısı, üzüntüsü vardı ve yaralarının sarılması gerekecekti. Eğer hepsinin reisliğini kabul ederse bir obadan bir kasabaya evrilip çiftçisini, avcısını organize etmesi gerekecekti; Öğreten'in yaptığı gibi. Sonra da onlara her şeyi öğretmesi gerekecekti; yine Öğreten'in yaptığı gibi. Bir zamanlar Çira ile bir oba olmayı ne kadar çok istediği geldi aklına. *"Çira olmadan bir oba ne işe yarar ki!"* Önce çevresine bakındı. Tırnak onu rehin aldığına göre tapınağa, sarnıca veya Ulu Kayın'ın yanında bir yere saklamış olmalıydı. Öldürmüş olamazdı; annesiydi. *"Umarım öldürmemiştir!"*

Yağmur aynı hızda devam ediyordu. Meydandaki kanlar yıkanmış, ölüler temizlenmişti sanki. Şimdi mandenin onları cennete gönderme vaktiydi. Ne var ki artık mande yoktu. Öğreten'in yaptığı gibi onları gömmek gerektiğini düşündü.

"Mandeyi bulun, ölüleri gömmeliyiz!"

Az evvel "Reis Sarıca!" diye bağıran avcılar nedense önce onun emrini dinlemek konusunda tereddüt ettiler. Ölüleri gömelim demesini zihinlerinden yorumluyor olmalıydılar. Şimdiye kadar ölüleri değil kemikleri gömmüşlerdi. Bir duraklama oldu. Onu reis kabul edip etmemenin eşiğinde öylece bekleşiyorlardı. Sarıca, dediğini yapmayacak olurlarsa başlangıçtaki karamsar düşünceleriyle baş başa kalacağını, kabul ederlerse Hafıza'nın verdiği görevi tamamlamış olacağını düşündü. Bekledi. Herkes bekliyordu. Sonunda uzaklarda bir ses onun dediğini tekrarladı:

"Mandeyi bulun, ölüleri gömmeliyiz!"

Yamaçlar dalgalandı. Avcılar derhâl dağıldılar. Ulu Kayın'ın çevresine, sarnıca, mabedin doldurulmamış kısımlarına Sarıca bizzat kendisi baktı. Bir yerlerde gizleniyorsa ses versin diye her ağız aynı ismi haykırıyordu.

"Mandeee!.."

"Mandeee!.."

Avcılar mandenin Sarıca'yla olan geçmişini henüz bilmiyorlardı. Onu bulamamanın herkesten ziyade yeni reislerini endişelendirdiğinin de farkında değillerdi. Yoktu. Mande sır olup uçmuştu. Yoklamadık yer bırakmamışlar, yerdeki iri taşları yuvarlayıp altına bile bakmışlardı. Mande yoktu. Dirsektepe mandesi ölmeden evvel Göbektepe mandesini yok etmiş, buharlaştırmıştı. Bir zamanlar ikisini birlikte görenler inanamıyor, inananlar ise hayret ediyorlardı. Gerçi Göbektepe mandesinin yüzünü hiç maskesiz görmemişlerdi ama ikisinin baba oğul veya kardeş olduklarını tahmin ediyorlardı. Nihayet birisi mandenin maskesini getirdi. Tapınağa doldurulan taşların altında bulmuş. Sarıca maskeye el koydu. Çira'nın sesini boğuklaştıran ve onu ruhanî bir mandeye çeviren kuş teleklerinden gergefi avcıların görmelerini istemedi. Onu kadın Çira olarak değil erkek mande olarak hatırlamaları daha iyiydi.

Karanlık çökmek üzereyken herkes gibi o da Çira'dan umudu keserek işlerine döndü. Ölüleri toplayıp mamut avladıkları çatalın alt ucuna yığmalarını istedi. Gece kan kokusuna gelecek leş yiyicilerden de onları korumak gerekecekti. Avcılardan bazıları bunun gereksiz olduğunu düşünecekti muhakkak. Bazıları yakılmasını isteyecekti. Ama Sarıca, Çira'yı aramaya ara verme pahasına reis olarak obanın ilk kuralını koydu:

"Bundan böyle ölülerimiz yakılmayacak, dağlara bırakılmayacak, parçalanıp kuşlara yedirilmeyecek... Ölülerimizi toprağa gömeceğiz!"

Çiftçiler ve avcıların bazıları buna sevindiler ama bazı avcılar eski inançlarında ısrarcı olma yolunu seçtiler. Sarıca onlara itiraz etmedi, bilakis ölülerini alıp götürmelerine yardımcı oldu. Tırnak'ı da diğerlerinden ayrı bir yere gizlice gömdürttü.

Gece yarısına doğru bütün işler bitince Sarıca eski oba reislerini kendisine birer yardımcı ve vekil olarak atayıp ilk emirlerini verdi. Reisi ölen obalardan da aynı amaçla birer kişi seçmişti. Her şeyi adaletle yönetiyor, herkese adil davranıyordu. Bunun hep böyle olacağına dair onlara teminat verdi. Cennet bahçesindeki ambarları hesap edip içindeki buğdayın kimler tarafından hangi şartlarla bölüştürüleceğini vekillerine anlatıp onları uğurladı; dört gün sonra yine buluşmak üzere.

Avcılar ölülerini veya buğdayı bir an evvel obalarına taşımak üzere sabahı beklemeden yola koyulduklarında, Sarıca yaşananların insanlık adına bir hezimet oluşunun hâlâ suçluluğu içindeydi. Arkalarından baktı; Göbektepe'nin önlerinde hiç bu kadar meşale aynı anda yanmış olamazdı. Hüzünlendi. Hüznünün sebebi bir savaşın yaşanmış olması kadar Çira'nın yokluğuyla da alâkalıydı. Yağmur dinmiş, gökteki bulutlar dağılmıştı. Göbektepe'de, Ulu Kayın'ın altında, vaktiyle Çira'nın kendisine barınak edindiği yerde, onun hatıralarıyla yapayalnız oturdu. Kuzgun Obası'ndaki çocukluğunu, büyüme çağında Çira'ya duyduğu hayranlık ve gizli aşkı, buzulların eridiği zamanlardan sonra büyük kasırga gecesinin getirdiği yıkımı ve ölümü, sonraki korkusunu ve onunla birdenbire başbaşa kalıverişini, nihayet bir oba olma hayalini düşündü durdu. Ömrü boyunca onu aramış ve bundan yaşama sevinci duymuştu. Şimdi bir oba, hatta obadan öte bir kasaba olmuştu ama o yanında yoktu. Kalbine kargısını bizzat saplayarak öldürmeden evvel Tırnak'tan onu nerede esir tuttuğunu öğrenmemenin pişmanlığıyla yanıp yakılıyordu. Çira'nın mahpus tutulduğu yeri düşündü. Eşyaların terkediliş biçimi onun sağ olduğunu gösteriyordu. "Tırnak'ı öldürdüğüm için benden uzaklaştı!" diyerek kendine kızdı. Avcıları çağırmak için ateş yaktığı günün sonunda oğlunun canına zarar verilmeyeceğine dair ona söz vermişti... Eğer sebep bu sözde duramamak ise en azından gelip nasıl öldüğünü, nereye gömüldüğünü falan sorması gerekmez miydi? *"Belki de kızgınlığının geçmesini bekliyor!"* Başka bir ihtimal daha vardı. İnsanlar onun kadın olduğunu bilmiyorlardı. Belki de avcıların onu bir kadın olarak görmelerini istemediği için saklanıyor, kendini unutturuyordu. Eğer böyle ise bu ona ikinci bir hayat hakkı tanırdı. *"Mande olmaktan bıkmış olabilir!"*

Sarıca onu düşündükçe yeni bir mazeret, yeni bir sebep uyduruyor, akıbetine yeni bir yorum getiriyordu. Elbette her defasında onun hayatta olduğu ihtimaline daha fazla yer vererek. Ve sonunda sayıklamaya başladı:

"Nerdesin Kuzey Yıdızım?!"

*

Bereketli yağmurlar Göbektepe'de hayatı eski zenginliğine döndürürken Sarıca da bütün obaların reisi olarak adalet ve dostluğu paylaşıyor, paylaştırıyor, paylaşılmasını sağlıyordu. Kış yağmurla ve karla geçip gitti. Sarıca içinde hep çatışmalar yaşadı. Baharın ilk günleri, toprağın filiz filiz fışkırma zamanlarıydı. Gökyüzünün bulutları açılmış, Fırat'ın kıyılarında otlar yeşerip boy atmıştı. Umut dolu bir baharın başladığı günlerdi. Avcılara ve çiftçilere bir yaşama sevinci gelmiş; Sarıca Har-an'a âdeta uğur getirmişti. Yer Ana herkese gülümsüyordu. Hayat güzelleşiyor, insanlar coşuyordu. Av mevsimi yaklaşıyor ve buğday günleri geliyordu. Sarıca önünde uzayıp giden ovaya bakıp bütün bunları düşünürken ruhundaki karamsarlık, çatışma ve keder hiç eksilmedi. Bir yandan Çira'ya dair gitgide sönen umutları, diğer yandan yeryüzünde ilk savaşı icat etmiş olmanın ağır yükü. Öğreten'in izinde hidayet bulan insanların çoğaldığını düşünüp seviniyor ama ardından "Yeniden bozulacaklar!" diyerek üzülüyor, sonra da izah getiriyordu: "İnsanın insanı avladığı bir dünya bozulmaya düzelmekten daha yakındır!" Tırnak'ı öldürdüğü günün ağır yüküyle insanlara doğru yol, düzen ve bilgelik dağıtmanın hazzı birbirini kovalayıp duruyordu. Hayatı boyunca iyi şeyler yapmaya çalışmıştı ama işte bunlardan birinin sonucu kötü olmuştu. Hâlâ iyi şeyler yapıyordu lakin bu yeter miydi? Mamafih babasına verdiği sözü tutmuş, Hafıza'ya verdiği sözü tutmuştu. İnsanlara verdiği sözleri de tutuyordu. Verdiği sözü tutamadığı tek kişi Çira'ydı. İşte yine neşenin kaçıp gitme zamanı...

Çira bütün ruhunu kuşatmış, düşüncesinin her anında onu kâh azarlıyor kâh sitem ediyordu. Bu da bazen karamsar veya üzgün bazen heyecanlı veya umutsuz günleri çekip getiriyordu. İşte şimdi de kendinden nefretinin çemberini kırıp kendini unutma umuduyla boş boş gökyüzüne bakıyordu. Birden onu gördü. İşte orada, Akşam Yıldızı'nın suretine bürünmüş kendisine gülümsüyordu... Bütün yıldızlar yerli yerinde, tam da Öğreten'in tarif ettiği şekilde, onun arkasındaydılar. Lacivert derinlikler ışıl ışıl... Ve Akşam Yıldızı, her zamanki gibi diğerlerinden daha iri, daha parlak, daha yakın...

Sarıca çok eskilerde kalan o bahar akşamını hatırladı; Çira'ya onu hiç bırakmayacağına dair ilk sözü verdiği akşamı. Çira omuzuna başını yaslamış, bakışlarını göğe çevirmiş ve yeni parlamakta olan Venüs'ü işaret ederek "Akşam Yıldızı" diye fısıldamış, doğduğunu göstermişti. "Bak, bak!" diyerek. Sarıca, kızıllıkları kaybolmaya başlayan gökyüzüne bakıp onu gördüğünü işaret ederek, "Evet!" demişti, bir ömrü beraber geçirmeye söz verir gibi. Ne kadar net hatırlıyordu; onu bırakmayacağına dair içilmiş bir yemin gibi... Bırakmamıştı, hatta bütün ömrü onu aramakla geçmişti ama ne yazık ki bulduğu zaman sahip çıkamamıştı. Gözünden bir damla yaşın yanağına doğru süzülüşünü hissetti. O sırada bir fısıltı duydu; Çira'nın sesi:

"Akşam Yıldızı! Bak!.."

Kendine gelmek için başını salladı. Hayal görüyor ve Çira'nın sesini duyuyordu.

"Bak, bak; doğuyor! İşte orada, bak!"

Bayılacak gibi oldu. Bu da bir hayal miydi? Kulağının dibinde fısıldıyordu işte. Başını çevirip çevirmemekte tereddüt etti. Ya hayal ise! *"Peki ya hayal değil ise!"*

# Kaynaklar


A. Onat Karacalı. *Neolitik Yakındoğu ve Göbeklitepe Mimarisi*, Gece Kitaplığı, İstanbul, 2018.

Andrew Collins. *Göbekli Tepe ve Tanrıların Doğuşu*, (Trc. L. T. Basmacı), Alfa Yay., İstanbul, 2014.

Bahattin Çelik. A New Early Neolithic Settlement in Southeastern Turkey, *Neo-Lithics*, 2/4, 2004.

Bahattin Çelik. A New Early Neolithic Settlement. Karahan Tepe; *Neo-Lithics*, 2-3, 2000.

Bahattin Çelik vd. "Türkiye'nin Güneydoğusunda Yeni Bir Çanak Çömleksiz Neolitik Yerleşim: Taşlı Tepe" Anadolu (Anatolia) 27, 2011.

Bilal Toprak. *Dinler Tarihi Perspektifinden Klaus Schmidt ve Göbekli Tepe*" Türkiye Lisansüstü Çalışmalar Kongresi 12-15 Mayıs 2016 Isparta Bildiriler Kitabı c.III, s. 201-210

Caner Taslaman. *Evrim Teorisi, Felsefe ve Tanrı*, İstanbul Yayınevi, İstanbul, 2007.

Caner Taslaman, Enis Doko. *Kur'an ve Bilimsel Zihnin İnşası*, İstanbul Yayınevi, İstanbul, 2015.

Cemal Özçelik. *Göbekli Tepe: Öteki Dünyaya Açılan Kapının Şifreleri*, Nas Yay., İstanbul, 2018.

Chris Gosten. *Tarih Öncesi* (Trc. S. Gül), Dost, Yay. Ankara, 2016.

Clive Ponting. *Dünya Tarihi* (Trc. E. B. Özbilen), Alfa Yay., İstanbul, 2018.

Derman Bayladı. *Göbeklitepe'nin Keşfi*, Bulut Yay., İstanbul, 2017.

Emel Esin. *Türk Kozmolojisine Giriş*, İstanbul 2001.

Faruk Bayat. *Türk Kültüründe Kadın Şaman*, Ötüken Yay., İstanbul, 2012.

Graham Hancock. *Tanrıların Büyücüleri* (Trc. F. N. Öztürk), Ganj Yay. İstanbul, 2018.

Gül Akdeniz. *Tarih Öncesi ve İlkçağ Mimarlığı*, İdeal Kültür Yay. İstanbul, 2016.

Günyüz Keskin. *Peygamber Enok'un Kitabı*, Hermes Yay., İstanbul, 2018.

H. Tarcan. *Evrensel Uygarlıkların Köken Kültürü: Ön-Türk Uygarlığı*, İstanbul, 2008.

Halet Çambel ve R. J. Braidwood. *Prehictoric Research in Southeastern Anatolia*, Ed. Fak. Yay. İstanbul, 1980.

Halis Göktuğ. *Simgebilim Perspektifinden Göbeklitepe Tapınakları*, Ozan Yay. İstanbul, 2016.

Julian Baldick. *Hayvan ve Şaman: Orta Asya'nın Antik Dinleri*, Hil Yay. İstanbul, 2000.

Kaan Demirdöven. *Göbeklitepe'nin Yas Bulutları*, Mona Yay. İstanbul, 2017.

Kaan Demirdöven. *Mabedin Sırrı*, Nesil Yay. İstanbul, 2016.

Klaus Schmidt. *Göbekli Tepe: A Stone Age Sanctuary in South-eastern Anatolia*, Berlin, 2012.

Klaus Schmidt. *Taşçağı Avcılarının Gizemli Kutsal Alanı: Göbekli Tepe* (Trc. R. Aslan), Arkeoloji Sanat Yay. İstanbul, 2007.

Levent Sepici. *Göbekli Tepe*, Sınır Ötesi Yay. İstanbul, 2015.

M. Atâ Çatıkkaş. *Firdevsi-i Rumi; Satranç-nâme-i Kebîr*, TDK Yay. Ankara, 2015.

M. Kenan Yelken. *Her Yönü ile Göbeklitepe*, Gece Kitaplığı, İstanbul, 2019.

M. Sait Üçlü. *Göbekli Tepe (Xerawreşk) Uygarlığı; Kimliğini Arayan Kent*, Vesta Yay, İstanbul, 2016.

Mahmut Erol Kılıç. *Hermesler Hermesi: İslam Kaynakları Işığında Hermes ve Hermetik Felsefe*, Sufi Kitap, 2017.

Michelle Paver. *Tarihöncesi Günlükleri: Kardeşim Kurt*, (Trc. A. Kurtsoy) Remzi Kit. İstanbul, 2006.

Mircea Eliade. *Dinler Tarihine Giriş*, Alfa Yay. İstanbul, 2010.

Mircea Eliade. *İmgeler ve Simgeler*, Doğu Batı Yay. İstanbul, 2017.

Mircea Eliade. *Okültizm, Büyücülük ve Kültürel Modalar*, Doğu Batı Yay. İstanbul, 2017.

Mircea Eliade. *Şamanizm*, (Trc. İsmet Birkan), İmge Kit. Ankara, 2018.

Muhtelif, "Göbekli Tepe'yi Anlamak", *Aktüel Arkeoloji*, Özel Sayı, nr. 46, Ağustos, 2015.

Nurettin Yardımcı. *Mezopotamya'ya Açılan Kapı Harran*, Ege Yay. İstanbul, 2008.

Ö. Barış Etli. *Göbekli Tepe ve Ön Türkler: Şamanların Gökyüzü Tapınağı*, Gece Kitap. İstanbul, 2016.

Pınar Çağlıner. *13: Göbeklitepe'de Dünya Tarihi Yeniden mi Yazılıyor*, Apsis Kitap, İstanbul, 2019.

S. Özdül. "Çanak Çömleksiz Neolitik Çağda Güneydoğu Anadolu'da Din ve Sosyal Yapı" *Tarih İncelemeleri Dergisi*, "011, s. 173-199.

Sergen Çirkin. *Güney Sibirya Arkeolojisi ve Şamanizm*, YKY, İstanbul, 2019.

Sigmund Freud. *Totem ve Tabu* (Trc. K. Şipal), Say Yay., İstanbul, 2012.

Sigmund Freud. *Dinin Kökenleri* (Trc. A. T. Kapkın), Say Yay., İstanbul, 2002.

Vural Yiğit. *Evrimin Öyküsü*, Evrim Yay. İstanbul, 2008.

W. Karl Luckert. *Göbekli Tepe*, (Trc. L.T. Basmacı), Alfa Yay. İstanbul, 2016.

W. Susan Bauer. *Antik Dünya* (Trc. M. Moralı), Alfa Yay. İstanbul, 2013.

Y. Noah Harari. *Hayvanlardan Tanrılara Sapiens*: *İnsan Türünün Kısa Bir Tarihi* (Trc. E. Genç), 47. Bs. Kolektif Yay. İstanbul, 2018.

Yonca Eldener. *Göbekli Tepe Muhafızı*, Altın Kitap, İstanbul, 2014.